KB187615

Fantastic Oriental Heroes

剑神 검신

검신 1

청산 新무협 판타지 소설

초판 1쇄 찍은 날 § 2003년 12월 20일
초판 1쇄 펴낸 날 § 2003년 12월 30일

지은이 § 청산
펴낸이 § 서경석

편집장 § 문혜영
편집 § 장상수 · 서지현
마케팅 § 정필 · 강양원 · 이선구 · 김규진 · 홍현경

펴낸곳 § 도서출판 청어람
등록번호 § 제1081-1-89호
등록일자 § 1999. 5. 31
어람번호 § 제2-0302호

주소 § 경기도 부천시 원미구 심곡1동 350-1 남성B/D 3F (우) 420-011
전화 § 032-656-4452 팩스 § 032-656-4453
http://www.chungeoram.com
E-mail § eoram99@chollian.net

© 청산, 2003

값 8,000원

ISBN 89-5505-931-0 04810
ISBN 89-5505-930-2 (SET)

청산 新무협 판타지 소설

1

인간 사냥꾼

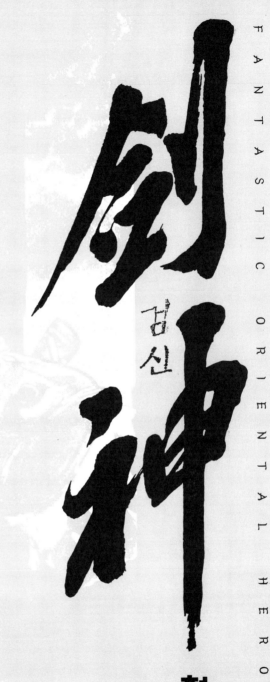

劍神

검신

FANTASTIC ORIENTAL HEROES

도서출판 청어람

목차

■ 제1장
요동의 인간 사냥꾼

1

운두령은 요동 땅에서 비교적 험준한 고갯길로 산적들이 즐겨 약탈을 행하는 곳이다. 산적들이 노리는 대상은 당연히 푸짐한 보따리를 수레에 가득 실은 상인들이다.

딸랑딸랑!

말방울 소리와 함께 운두령 고갯길을 따라 말을 타고 오르는 한 청년이 있었다. 바싹 여윈 말은 옆구리 뼈가 드러날 정도라 언제 쓰러질지 모를 만큼 위태로워 보인다.

말안장에 앉아 있는 청년 역시 다소 마른 체구였다. 남루한 옷차림으로 보아 부유한 집안의 자제는 아닌 듯싶었다. 등에 멘 고색창연한 고검(古劍)이 그저 떠돌이 검사임을 짐작케 해준다.

여윈 말은 가파른 고갯길이 힘겨워 연신 흰 입김을 뿜었다.

청년은 바쁜 여정이 아닌 듯 거북이처럼 느릿느릿 발걸음을 옮기는 말을 채찍질할 생각도 없어 보였다. 풀 몇 포기 나지 않은 주변의 황량한 정경을 둘러볼 뿐이었다.

청년의 표정은 참으로 권태로웠다.

젊은 나이에도 불구하고 마치 세상을 다 산 늙은이처럼 따분함이 배어 나온다. 사람이 권태로워지면 당연히 게을러진다. 깨끗이 씻지 않은 청년의 몰골이 더욱 권태롭게 느껴지는 것도 그 때문일 것이다.

겨우 고갯마루를 올라선 말은 연신 콧김을 뿜으며 허연 침을 질질 흘린다.

"이놈아, 은자 열 냥 값은 해야지. 차라리 나귀만 못하구나."

청년은 한심하다는 듯 혀를 끌끌 찬다.

말은 주인의 비웃음에도 아랑곳없이 느릿느릿 고갯마루를 내려갔다.

마른풀로 위장한 채 고갯마루의 잔목 속에 숨어 있던 산적 떼들은 나지막하게 욕설을 퍼부었다.

"저 빌어먹을 놈이 왜 얼쩡대는 거야?"

"어서 꺼져라. 잠시 후면 동방에서 귀한 물자를 잔뜩 실은 대상이 지나간단 말이다!"

"이그, 상인들이 눈치 챌까 봐 저걸 조질 수도 없고."

운두령 산적들은 모처럼의 약탈을 기다리는 중이었다. 한데 대상들을 기습할 함정이 은자 한푼 없어 보이는 떠돌이 하나 때문에 발각될 수도 있기에 이만 부득부득 갈아야 했다.

호피 덧옷을 걸쳐 입은 털보두목은 큼지막한 대두도를 소매로 슥슥 닦았다.

"염병, 벌써 세 시진째 잠복만 하고 있으려니 좀이 쑤셔 미치겠군."

졸개 하나가 얼른 호로병을 건넨다.

"두목, 목이라도 좀 축이십시오."

"이놈아, 산중에 술 냄새를 풍기면 냄새 잘 맡는 상인 놈들이 눈치 챌 것 아니냐?"

두목의 질책에 졸개는 얼른 호로병의 마개를 닫았다.

운두령의 산적 두목은 변방의 녹림계에서 제법 이름을 떨치는 인물이었다.

무흔초적(無痕草賊) 독고철(獨孤鐵)!

별호 그대로 약탈을 해도 흔적을 거의 남기지 않는다. 달리 말하면 약탈로 끝나는 것이 아니라 사람들을 모두 죽여 입막음까지 한다는 의미다. 하기에 십수 년간의 산적질에도 관부나 백도협사들로부터 자신을 지킬 수 있었던 것이다.

독고철의 목에는 제법 많은 현상금이 걸려 있어 일부 현상범 추적자들이 그를 노렸지만 모두 고혼이 되고 말았다. 십수 년간의 싸움판에서 단련해 온 그의 대도십삼식은 요동 일대에서 적수가 없을 정도였다.

무료함에 젖어 마른풀을 씹고 있던 산적들은 귓전을 때리는 말방울 소리에 그만 입을 쩍 벌리고 말았다.

지금쯤이면 고갯길을 다 내려갔어야 할 청년이 다시 말을 몰아 고갯마루를 올라오고 있는 것이 아닌가. 여윈 말은 금세라도 쓰러질 듯 콧김을 뿜어대며 힘겨운 걸음을 옮기고 있었다.

부아가 치밀어 오른 산적들은 당장이라도 뛰어내려 갈 기세였다.

"저… 저 육실헐 놈이 왜 또 기어올라 오는 거야?"

"이그, 저걸 그냥 한칼에 베어버려?"

"미친 새끼, 가뜩이나 짜증나는데 염장까지 지르는군."

독고철은 술렁대는 산적들에게 나직이 일침을 놓았다.

"입 다물어, 이놈들아. 저 한 놈 때려죽이자고 모처럼의 수입을 포기하잔 말이냐?"

청년은 여전히 권태로운 표정이었다. 약간 내려간 눈까풀 때문인지 보는 사람조차 따분함을 느낄 정도였다. 겨우 고갯마루에 올라선 말은 숨을 헐떡이며 푸르르 허연 침을 뿜어댄다.

청년은 먼지로 범벅된 말갈기를 툭툭 친다.

"쓸모없는 놈, 여물 값은 해야 할 것 아니냐?"

주인을 잘못 만난 말은 신세를 한탄하듯 고개를 떨구며 느릿느릿 고갯길을 내려갔다. 워낙 느린 발걸음이라 내리막길임에도 불구하고 한참을 소요해야 했다.

청년의 모습이 시야에서 사라지자 산적들은 풀로 위장한 거적을 내던지며 모습을 드러냈다.

"두목, 계속 얼쩡대는 것으로 보아 수상한 놈입니다."

"그냥 단칼에 베어버립시다."

졸개들은 몹시 분개했지만 독고철은 그래도 한 집단의 수괴답게 진중함을 보였다.

"네놈들은 타초경사(打草驚蛇)란 말도 모르느냐?"

졸개들은 난데없이 어려운 문자가 나오자 목을 움츠렸다.

"타, 타초 뭐라굽쇼?"

"한심한 놈들. 풀을 건드려 뱀을 놀라게 한다는 뜻이다. 곧 대상들이 들이닥칠 테니 군말 말고 대가리 처박고 있어!"

졸개들은 두목의 호통에 찔끔하며 다시 위장 거적을 뒤집어썼다. 그러나 그들의 인내심은 오래가지 못했다.

딸랑딸랑!

방울 소리와 함께 권태로운 표정의 청년이 다시금 말을 몰아 고갯마루를 올라오고 있는 것이다. 벌써 세 번째 같은 고갯길을 오르내린 말은 거의 기진맥진한 상태였다.

졸개들은 제각기 병장기를 움켜쥔 채 뛰쳐나갈 기세였다.

"두목, 죽여 버립시다!"

"저 거렁뱅이가 도대체 무슨 수작을 부리는지 잡아 족칩시다."

독고철은 아침나절부터 잘 갈아놓은 대두도를 혀로 스윽 핥는다. 그역시 인내의 한계를 넘어선 것이다.

"니들은 여기 있거라. 나 혼자 내려가 놈을 단칼에 베어버리고 오겠다."

그는 커다란 체구에도 불구하고 날렵한 신법을 펼쳐 단숨에 가파른 벼랑을 뛰어내렸다.

청년은 느닷없이 뛰어내려 오는 독고철을 보고도 눈 하나 깜짝하지 않았다. 권태로움 속에서 그저 가는 미소를 지을 따름이었다.

독고철은 대두도를 어깨에 걸치며 외쳐 물었다.

"대체 네놈이 무슨 의도로 운두령을 얼쩡대는 거냐?"

청년은 느릿느릿 말안장에서 내려선다.

"네가 운두령의 산적 두목이냐?"

"오냐, 내가 바로 무흔초적 독고철이다!"

독고철은 명성만으로 상대를 제압하려는 듯 자신의 별호와 이름에 힘을 주어 내뱉었지만 청년은 아랑곳하지 않았다.

"미련한 놈, 그렇게 눈치가 없단 말이냐? 세 번씩이나 같은 길을 오르게 만들었으니 말이야."

독고철의 눈빛이 예리하게 빛난다.

"하면 네놈이 날 유인하기 위한 수작이었단 말이냐?"

"네 목에 은자 백 냥이 걸렸다면서?"

"푸하하핫!"

독고철은 크게 웃어젖히고는 대두도를 비껴 쥐었다.

"이제 보니 더러운 현상범 추적자였구나. 하긴 여태 너 같은 놈들을 숱하게 베어버렸지."

"진작 찾아오려 했는데 네 목 값이 조금 더 오르기를 기다린 거다."

"미친놈, 차라리 구걸이나 할 것이지. 네 스스로 죽기를 작정했구나!"

고갯길 벼랑 위에서 포진해 있던 졸개들 중 하나가 외친다.

"두목, 저편 멀리 대상들이 오고 있습니다!"

독고철은 마음이 급해졌다.

"단칼에 베어줄 테니 어서 목을 길게 뻗어라!"

청년은 어깨 뒤로 손을 돌리더니 고풍스러운 검을 스르릉 뽑아 들었다. 청년의 검을 본 독고철은 절로 실소를 터뜨렸다.

"크홋, 이놈아. 아무리 검 살 돈이 없기로서니 그 따위 토막 난 검을 갖고 다닌단 말이냐?"

그러했다. 청년의 검은 검신이 중간서부터 잘려 나간 반검(半劍)이었다. 길이는 겨우 이 척 오 푼에 불과했다.

청년은 반검을 흔든다.

"물건 크다고 힘 좋은 건 아니잖아?"

독고철은 청년의 조롱 섞인 말에 이를 부득 갈았다. 사실 그의 성물은 크기에 비해 제구실을 못했다. 우연치 않게 정곡을 찔린 그는 대두도를 바싹 꼬나 쥐었다.

"이 호로새끼!"

독고철은 대끔 자신의 절기인 대도십삼식을 펼쳐 냈다.

바람을 가르는 파공성과 함께 웅후한 도기가 뻗어 나온다. 그의 도법은 오랜 실전을 바탕으로 가다듬고 보안했기에 상당한 위력을 지니고 있었다. 육중한 병기 탓에 쾌속함은 없지만 대신 내리 꽂는 힘은 대단했다.

청년은 권태로운 표정으로 느릿느릿 검을 치켜들었다.

차―차창!

순식간에 삼 합이 교환되었다. 하지만 청년은 제자리에서 한 걸음도 움직이지 않았고, 그저 귀찮은 듯 검을 움직였을 뿐이다.

독고철은 가슴이 덜컥 내려앉았다. 상대를 경시했던 마음이 싹 가셨다.

'으음, 예사 놈이 아니었군!'

청년은 독고철이 공세를 거두고 바싹 긴장하자 권태에 젖어 중얼거렸다.

"뭐야, 은자 백 냥짜리가 겨우 이 정도였어?"

독고철의 코에서 풀무질 같은 콧김이 뿜어졌다. 17년 산적 생활 동안 이런 수모는 처음이었던 것이다.

"오냐, 네놈을 짓이겨 버리겠다!"

독고철은 대도십삼식 중 최강의 도법을 전개했다.

"차아앗!"

산악이라도 쪼갤 듯 강맹한 초식이 불꽃을 발하며 내리 꽂힌다. 모든 변화를 배제하고 오로지 파괴를 위한 수법만을 배려한 도법이었다.

콰아앙!

지축을 뒤흔드는 폭음과 함께 청년이 있던 자리에 커다란 구덩이가 패었다. 적중되었다면 흔적도 찾기 힘들 만큼 위력적이었다.

'이 정도면 흔적도 없이 돼졌겠군.'

독고철이 내심 흡족함에 젖을 때였다.

번쩍!

예리한 파공성이 귓전으로 파고드는가 싶자 목 부위가 뜨끔해졌다. 이어 모골이 송연해지며 그의 전신이 뻣뻣하게 굳어지고 말았다.

청년은 언제 쾌검을 펼쳤냐 싶게 반검을 등의 검집에 꽂았다.

독고철의 입술이 달싹거린다. 그러나 그의 입술은 끝내 열리지 않았다. 목 부위에서 댓살 같은 핏물이 터지며 목과 동체가 분리된 것이다.

그는 비명조차 지르지 못한 채 고혼이 되고 말았다.

벼랑 언덕 위에서 내려다보던 졸개들의 입에서 경악의 비명을 터져 나왔다.

"허억, 두목께서?"

"맙소사, 단 일 검에 당하시다니!"

"이럴 수가!"

졸개들은 비로소 깨달을 수 있었다. 잔뜩 권태로움에 젖어 있는 청년은 그들의 상대가 아니었다. 적어도 검귀(劍鬼)의 단계에 이른 자임에 틀림없었다.

현상금이 걸린 자들은 목 자체가 돈이다. 수급만 들고 가면 관부나 현상금을 내건 방파에서 은자를 내준다. 하건만 독고철의 목을 벤 청년은 바로 수급을 취하지 않았다. 그는 무슨 이유에서인지 뒷짐을 진 채로 느릿느릿 고갯마루 위를 거닐고 있었다.

졸개들은 단 일 검에 자신들이 섬기던 두목의 목을 벤 청년의 수법에 기가 질려 감히 뛰어내려 갈 엄두도 못 낸 채 망연히 바라보고만 있었다.

약간의 시각이 흐르자 독고철의 목에서 흘러나오던 피가 굳기 시작했다. 청년은 비로소 가죽 주머니에 독고철의 수급을 담았다.

"기다리는 건 정말 따분해."

말안장에 오른 청년은 말을 몰아 느릿느릿 고갯마루를 내려갔다.

청년은 전문적인 인간 사냥꾼이었다. 명성을 얻기 위한 협사가 아니었기에 현상금이 걸리지 않은 산적 졸개들 따위는 아예 무시한 것이다.

졸개들은 목 없는 시체가 되어버린 두목을 내려다보다 부르르 진저리를 쳤다.

"마… 맞아. 놈에 대해 들어본 적이 있는 것 같아."

"장삼, 대체 놈이 누군데?"

"검귀! 은자를 쫓는 추은검귀(追銀劍鬼) 환유성(桓琉星)이란 놈이 분명해!"

2

요동 일대에서 제법 명문세가로 통하는 동방세가(東方世家)에서 은자를 챙긴 환유성은 터벅터벅 대문을 걸어나왔다.

동방세가의 가주인 동방걸은 무사들을 대동한 채 대문까지 나와 환유성을 배웅했다.

"하하, 환 대협, 다른 악적들의 목도 후하게 쳐줄 테니 가급적 본 세가를 찾아오시오."

여윈 말 위에 올라앉은 환유성은 건성으로 목례를 보내고는 말 머리를 돌렸다.

동방세가의 당주급 되는 중년인이 불평을 털어놓았다.

"가주, 한갓 인간 사냥꾼 따위를 왜 이리 환대하시는 겁니까?"

"그런 소리 말게. 현상범 추적자들이 본 세가를 많이 찾아올수록 본 세가의 명성은 높아지게 돼 있어."

"그동안 현상금으로 내준 은자만도 엄청나지 않습니까?"

"중요한 건 명예지 은자 따위가 아닐세."

그는 뒷짐을 진 채 새로이 걸친 편액을 올려다보았다.

동방세가(東方世家)!

웅후한 필체로 새겨진 편액을 바라보는 그의 입가에 절로 미소가 감돈다.

"천금을 아끼지 않고 수급을 사들여 충성을 보이지 않았다면, 우리 같은 변방의 소문파가 어떻게 태양천주의 친필 편액을 받을 수 있겠는가?"

동방걸은 나름대로 처세에 능한 사람이었다.

백도무림의 맹주 격인 태양천(太陽天)은 중원 열세 개 성에 지부를 두고 있지만, 멀리 요동까지는 지부를 설립하지 않고 있었다. 그걸 알기에 동방걸은 태양천의 지부를 대신해 현상범 추적자들로부터 현상범들의 수급을 사들여 태양천에 보내왔다.

태양천으로서는 막대한 경비와 물자가 소요되는 지부를 설립하지 않고도 그 역할을 대신해 주는 우호 세력이 생겼으니 반가운 일이었다. 하기에 태양천주 단목휘(檀木輝)는 친필 편액을 하사해 나름대로 답례를 했던 것이다.

동방걸에게 있어 태양천주의 친필 편액은 그야말로 황제의 은총에 해당되었다.

태양천주의 친필 편액이 걸린 동방세가를 누가 감히 무시할 수 있겠는가. 그것은 태양천에 대한 도전이기도 했기에 동방세가는 요동 일대를 아우르는 힘을 가질 수 있었다.

동방걸은 멀어지고 있는 환유성 쪽으로 시선을 돌리며 고개를 끄덕였다.

"누가 알겠는가. 머지않아 본 세가가 태양천의 요동지부로까지 승격될지 말이야."

3

요동 성내의 번화가는 아주 번잡스러웠다. 중원대륙과 동방의 이민족을 연결하는 교량 역할을 하는 곳이 바로 요동성이었기 때문이다.

석양 무렵이 되면 사방에서 밀어닥친 교역상들로 인해 성내 객잔은 북적이기 마련이다.

환유성은 객잔 이 층 창가에 앉아 혼자 술을 마시고 있었다.

수중에 은자 백 냥이라는 거금을 쥐었지만 그의 탁자 위는 여전히 조촐했다. 오리 구이와 계란탕, 독한 송엽주가 전부였다.

대다수 현상범 추적자들은 한 건 올리면 기루부터 찾아 질펀하게 퍼마시는 것이 통례였지만, 환유성은 그런 호사스러움과는 거리가 멀었다.

그를 아는 사람들은 도대체 그 많은 은자를 어디에 쓰는지 궁금해한다.

더러는 그가 가난한 촌민들에게 은자를 나눠주는 게 아닌가 생각했지만 환유성은 그런 의협도 아니었다. 진정한 협사들은 현상범의 수급으로 은자를 버는 것을 아주 비천하게 생각한다. 하기에 현상범들을 뒤쫓는 인간 사냥꾼에 대한 인식은 썩 좋지 않았다.

환유성이 송엽주 한 병을 말끔히 비우고 한 병을 더 주문할 때였다.

주렴이 거칠게 젖혀지며 한 명의 여인이 당당히 들어섰다. 등에 폭이 넓은 검을 멘 경장 차림의 여인은 먼 길을 달려온 듯 피풍의에 뽀얗게 앉은 황토 먼지를 툭툭 털었다.

객잔 내에서 술을 즐기던 취객 하나가 가볍게 기침하며 불평을 토로했다.

"쿨럭, 남들 식사하는데 이 무슨 무례한 짓이야?"

여인은 짙게 그린 눈썹을 치켜 올리며 쉰 소리를 내뱉은 중년인 쪽으로 시선을 돌렸다.

"어떤 새끼야?"

매력적인 용모와는 어울리지 않는 아주 거친 말투였다. 여인은 냅다 탁자를 걷어찼다.

"당장 나오지 못해!"

중년인은 상대가 여인이라 우습게 봤다가 워낙 드센 반발에 찔끔하며 고개를 외면했다.

여인은 아예 피풍의까지 벗어 심하게 먼지를 털었다. 그녀는 주변을 매섭게 쏘아보았다.

"이 아가씨께서 오랜만에 요동에 돌아오니 눈깔 먼 놈이 있나보군?"

다행히 그녀를 알아보는 무사가 있었다. 그는 자리에서 일어나 정중히 포권을 취했다.

"아이구, 표풍나찰(飄風羅刹) 금 여협이 아니시오?"

객잔의 취객들은 그녀의 별호를 듣는 순간 술이 확 깨는 기분이었다.

표풍나찰 또는 표풍선자로 불리는 여인의 이름은 금류향(琴留香)이었다. 그녀는 요동 일대에서도 명성이 쟁쟁한 인간 사냥꾼이다. 여인으로서는 아주 드문 현상범 추적자로 매운 손속과 독랄한 검법의 소유자였다.

그녀의 육감적인 몸매와 매력적인 외모를 탐해 집적댔던 자들은 모두 사지가 베어져 불구자가 되어야 했다.

금류향은 무사를 쏘아보았다.

"네 눈에는 내가 나찰로 보여?"

"아, 아니외다, 금 여협. 표풍선자이심을 깜빡했소이다."

무사가 황급히 호칭을 고쳐 부르자 금류향은 겨우 기분이 풀어진 듯 이 층 계단으로 발걸음을 옮겼다.

간담이 약한 취객들은 서둘러 계산대에 은자를 던지고는 객잔을 빠져나갔다. 공연히 시비에 휘말리다 멀쩡한 사지가 베어질 수 있었기 때문이다.

이 층에 오른 금류향은 혼자 술을 마시고 있는 환유성을 보고는 환한 미소를 지었다.

"어마, 유성!"

그녀는 성큼 다가서더니 뒤에서 환유성을 와락 끌어안았다.

"나를 봤으면 아는 체라도 했어야 할 것 아냐?"

환유성은 권태로운 표정으로 그녀를 밀어냈다.

"비켜."

금류향은 입술을 삐죽이고는 맞은편에 앉았다.

"너, 운두령 산적 놈의 목을 베었다면서? 오늘 한잔 사."

"네 은자로 사 먹어."

"이그, 언제까지 노랑이 짓이나 하고 살 거야?"

금류향은 진작부터 대기하고 있던 점소이를 불렀다.

"이런 지저분한 음식 치우고 근사하게 한상 차려 와. 술은 울금향(鬱金香:튤립 뿌리로 담근 술)으로 가져오고."

"울금향이라굽쇼?"

"설마 없다는 건 아니겠지?"

금류향의 표정이 험악하게 변하자 점소이는 부리나케 계산대로 달려갔다.

"주인님, 울금향을 대령하라는 주문입니다요."

"이놈아, 그런 귀한 술이 우리 같은 객잔에 어디 있어!"

"어쩌겠습니까? 없다고 하면 표풍나찰의 손에 주인님이나 소인의 팔다리 하나는 베어질 텐데요."

객잔 주인은 표풍나찰이란 명호에 안색이 싹 변했다.

"젠장, 요동성 기루를 샅샅이 뒤져서라도 구해와야겠군."

표풍나찰의 등장으로 요동객잔은 한바탕 북새통을 떨어야 했다.

울금향은 황실이나 왕부, 고관대작들 정도는 되어야 마실 수 있는 아주 귀한 술이었다. 요동성 같은 교역의 중심지에서도 쉽게 구해질 수 있는 술이 아니었다.

금류향은 환유성을 응시하며 생긋 미소를 지었다.

"유성, 우리 말이야, 합작하는 게 어때?"

"뭘?"

"목에 현상금 걸려 있는 놈들을 함께 잡자는 말이지. 우리 둘이 손을 잡으면 수백금이 걸린 강호의 대마두들도 죽일 수 있을 거야."

"다른 놈이나 찾아봐."

금류향의 애교스런 태도와 달리 환유성의 반응은 냉담하기만 했다. 그의 성격을 익히 아는 그녀였지만 계속적인 무시에 눈매가 실쭉해졌다.

"넌 여전하구나?"

"너도 마찬가지야. 계집이면 치마나 두르고 집에서 살림이나 할 것이지 왜 검을 갖고 설쳐?"

"왜, 여자가 무공을 배우면 안 돼?"

"세상 여자가 다 너 같으면 누가 애를 낳겠냐?"

금류향이 발끈하여 외친다.

"내가 애를 낳든 안 낳든 네가 무슨 상관이야?"

"근데 왜 자꾸 날 귀찮게 쫓아다녀?"

환유성은 다소 술기 오른 눈을 들어 그녀를 바라다보았다. 금류향은 내심 찔끔했지만 냉담하게 응수했다.

"흥, 내가 언제?"

점소이는 애써 구한 울금향 한 병을 조심스레 탁자 위에 올려놓았다. 울금향 한 병에 은자 서른 냥이니 일반인은 향기도 못 맡아볼 만큼 귀한 술이었다.

금류향은 단숨에 한 잔을 비우고는 다시 한 잔을 따라 환유성에게 건넸다.

"오해 마. 우리는 똑같이 현상범을 쫓는 인간 사냥꾼이야. 네가 쫓는 놈을 나도 쫓을 수 있는 거라구. 그러다 보니 우연히 자주 만나는 거지."

환유성은 울금향을 코끝에 대고 잠시 음미하고는 천천히 들이켰다.

"흐음, 과연 울금향이로군."

그가 자신이 권한 술을 즐겨 마시자 금류향의 상한 기분이 다소 풀어졌다.

"얼마든지 마셔. 오늘 내가 마음껏 사줄 테니까."

울금향은 아주 독한 술이라 석 잔 술에 두 사람 모두 한껏 취기가 올랐다.

발갛게 달아오른 금류향이 볼이 아주 매력적으로 물들었다. 사내와 같은 짙은 검미로 인해 다소 억세 보여서 그렇지 그녀의 용모는 상당히 뛰어난 편이었다. 술기에 젖어 끈적거리는 눈빛에 은은한 색기마저 피어올랐다.

"유성, 만일 네가 그때 네가 날 구해주지 않았다면 난 이 자리에 없었을 거야."

금류향은 턱을 괸 채 환유성을 응시하며 추파를 던졌다.

누구한테도 거칠 것이 없는 그녀가 유독 환유성한테 양보하고 호감을 갖는 이유는 큰 은혜를 입었기 때문이다.

중원에서 도망쳐 온 현상범을 기습하다 그녀가 오히려 당하고 말았다. 현상범은 숱한 아녀자를 범해온 음적답게 그녀를 겁간하려 했다.

그때 우연히 지나가던 환유성에게 금류향이 도움을 요청했지만 환유성은 의협과는 거리가 멀었기에 무심히 지나치려 했다. 한데 음적이 방해가 된다며 환유성을 가로막고 죽이려 했던 것이다.

매사에 권태로운 환유성은 싸움을 피하려 했지만 음적이 자신의 정체를 드러냈다.

"목에 현상금이 걸렸다면 얘기가 달라지지."

환유성은 반검을 뽑아 들고 일검에 음적의 목을 베어버렸다.

물론 환유성은 전혀 의도하지 않았지만 금류향을 구해준 셈이었다. 이후, 금류향은 그의 독특한 성격에 매력을 느껴 현상범 추적을 빌미로 자주 만나왔던 것이다.

술에 취해서인지 금류향은 슬며시 그의 의중을 떠보았다.

"유성, 너도 날 좋아하지?"

금류향은 자리에서 일어나 환유성 옆으로 바싹 붙어 앉았다.

"그래서 날 구한 거잖아? 그렇지?"

환유성은 권태로운 눈빛으로 그녀를 바라보다 몸을 일으켰다.

"너, 취했구나?"

그는 계단을 내려가 후원에 위치한 객실로 향했다.

금류향은 입술을 잘근잘근 씹으며 씨근거렸다.

"망할 자식, 지가 뭐라고 날 이렇게 무시해?"

4

금류향이 환유성의 객실로 찾아온 것은 이경이 훨씬 넘어서였다. 혼자서 더 술을 마셨는지 흠뻑 취한 상태였다.

"오해 마. 묵을 방이 없다잖아."

금류향은 비틀비틀 들어서며 검과 피풍의를 벗어 던졌다. 술김이라지만 그녀는 치마와 저고리마저 거침없이 벗어 젖혔다.

침상에서 한참 잠들어 있던 환유성은 귀찮은 듯 돌아누웠다.

"그럼 바닥에서 자. 대신 방 값은 네가 내."

금류향은 침상가에 걸터앉으며 그를 흔들었다.

"일어나. 한 잔 더 하자고."

"류향, 한 번 더 귀찮게 하면 내쫓을 거다."

환유성은 그녀의 손을 거칠게 내쳤다.

금류향은 입술을 질끈 깨물며 벌떡 일어섰다. 그녀의 입에서 한바탕 욕설이라도 터져 나올 순간이었다. 그러다 그녀는 고개를 저으며 애써 눌러 참았다.

'아니야. 이 지긋지긋한 요동 땅에서 벗어나려면 이 빌어먹을 자식이 꼭 필요해.'

그녀는 속옷마저 훌훌 벗어 던졌다.

부푼 수밀도 가슴이 출렁인다. 군살 한 점 없는 아랫배와 대리석 같은 허벅지가 마치 조각상처럼 아름답다.

손바닥만한 고의 하나만 걸친 그녀는 침상 위로 올랐다.

"저리 좀 바싹 붙어."

그녀는 엉덩이로 환유성을 밀치고는 한 이불 속으로 들어갔다.

"욱······!"

역겨운 냄새에 금류향은 코를 막아야 했다.

제대로 씻지 않은 환유성의 체취는 지독했다. 시큼한 땀 냄새와 고약한 발 냄새에 속이 뒤집어질 정도였다. 만일 그녀가 단단히 작심한 바가 없었다면 당장에라도 뛰쳐나갔을 것이다.

환유성도 단의 하나만 걸친 상태라 두 남녀의 피부가 바짝 밀착되었다.

"유성, 자?"

금류향은 등을 돌려 누워 있는 환유성을 끌어안으며 몸을 비벼댔다.

환유성은 다소 짜증이 섞인 음성으로 툴툴거렸다.

"뭐야? 귀찮게끔."

금류향은 환유성의 앞가슴을 어루만졌다. 탄탄한 근육이 믿음직스러웠다.

"우리 말이야, 중원으로 가지 않을래?"

"중원?"

"그래. 언제까지 요동 같은 변방에서 쓰레기 같은 놈들이나 찾아다니며 살아야겠어?"

그녀는 대담하게 그의 단의 속으로 손을 밀어넣었다. 손아귀에 가득한 굳건한 성물의 감촉에 그녀는 가슴이 저려왔다.

"아……!"

환유성은 몸을 돌려 바로 누웠다.

"갑작스레 중원은 왜?"

"이왕이면 중원에서 명성을 떨쳐 보자는 거야. 천하제일의 태양천도 구경해 보고, 은자가 아닌 금덩이가 걸린 마두들을 사냥할 수도 있으니 말이야."

"네 실력으로?"

"그러니까 너와 함께 가자는 거지."

금류향은 자신의 고의를 벗어 던지고는 억지로 환유성의 단의마저 벗겨냈다. 그녀는 과감하게 그의 몸 위로 자신을 실었다.

"게다가 무술의 명인을 찾아 무공을 배우면 더 강해질 수도 있잖아?"

"귀찮아."

"제발 그런 소리 좀 하지 마. 넌 천하의 영웅이 될 수도 있어."

금류향은 자신의 하체를 그의 몸에 대고 비볐다. 그녀는 그가 자신을 부둥켜 안아주기를 원했지만 그는 권태로운 눈빛으로 그녀를 올려다볼 뿐이었다.

"영웅이 돼서 어쩌게?"

"그게 사람 사는 거잖아? 명성과 부를 얻고, 거기다 권력까지 쥔다면 무엇이 부럽겠어?"

자신이 먼저 달아오른 금류향은 참을 수 없는 신음성을 흘리며 그의 가슴에 얼굴을 묻었다.

"아, 유성. 어서……."

환유성은 고개를 옆으로 돌리며 스르르 눈을 감았다.

"하고 싶으면 네가 해."

금류향은 그를 꽉 깨물어주고 싶을 정도였다. 하지만 지금은 그의 역겨운 체취도 색정을 자극하는 향기로 느껴졌다. 그녀는 부끄러움도 잊은 채 그의 다리에 걸터앉아 자신의 몸 깊숙이 그를 받아들였다.

남들이 훔쳐보고 있다면 웃음이 터져 나올 만큼 어색한 정사였다.

사내는 나른함에 취해 반쯤 잠든 상태고, 계집 혼자 발정난 암캐처럼 신음성을 흘리며 허리를 놀리고 있었다. 본래 금류향의 의도는 그를 유혹해 자신을 취하게 만든 다음 함께 중원행을 권유하려는 것이었다. 하지만 지금은 아무래도 좋았다.

독한 울금향으로 한껏 달아오른 그녀의 몸은 불덩이처럼 뜨거웠다. 몇 차례 사내를 접한 경험이 있는 그녀였지만 자신이 몸속에 이렇게 강렬한 색기가 잠재돼 있을 줄이야… 그녀 자신조차 놀랄 정도였다.

새벽이 올 때까지 그녀는 온몸이 부서져라 그의 하반신에 밀착해 비벼댔다. 마치 오랜 가뭄 속에 단비를 맞은 듯 갈증을 깨끗이 해소한 그녀는 아주 포근한 기분이 되어 수면의 세계로 빠져들었다.

입가에 머금은 행복한 미소가 그녀의 심정을 대변해 준다.

해가 중천에 뜬 후에야 깨어난 금류향은 허전한 침상을 더듬다 벌떡 일어나 앉았다. 환유성은 이미 행장을 챙겨 떠난 후였다. 서찰 한 조각 남기지 않고 사라진 것이다.

"이 나쁜 자식!"

금류향은 씨근거리며 서둘러 옷을 입고는 방을 나섰다.

객잔의 주인은 잔뜩 겁먹은 모습으로 그녀를 가로막았다.

"아가씨, 환 대협께서 방 값과 식대를 모두 아가씨 앞으로 달아두었습니다요."

■ 제2장
검노(劍奴)의 정체

1

　관모산은 요동성 북방에 위치한 척박한 산이다. 산의 절반은 암석으로 뒤덮여 비교적 생명력이 끈질긴 소나무와 넝쿨이 겨우 푸르름을 간직하고 있을 뿐이었다.

　산자락에는 한여름 폭우 때나 개울을 따라 물이 흘러갈 뿐, 대부분은 마른 건천의 흔적만 남아 있었다.

　여윈 말을 타고 관모산 기슭에 이른 환유성은 커다란 봇짐을 둘러메고는 말안장에서 내렸다. 아무도 가져갈 사람이 없기에 말 고삐를 매는 일도 없었다.

　그는 천천히 능선을 타고 올라갔다.

　멀리서 보면 한가로이 산행을 즐기는 사람의 모습처럼 보인다. 능선을 넘어간 환유성은 풀 한 포기 자라지 않은 적막한 계곡으로 들어섰다.

계곡은 이름을 함곡(函谷)이라 했다.

그곳이 그의 거처다. 물론 그는 혼자가 아니다. 어렸을 적부터 그에게 검술을 가르쳐 온 검노(劍奴)란 노인이 함께 있었다.

스스로를 검의 노예라 칭하는 노인은 아주 음침한 모습의 소유자였다. 얼굴이며 몸 곳곳이 상흔이 그의 볼썽사나운 모습을 더욱 흉하게 만들었다.

검노가 함곡을 떠나는 일은 거의 없다. 그는 언제나 손에 검을 쥐고 혼자 검법을 연마하고 있었다. 먹을 식량과 입을 옷은 모두 환유성이 책임져야 했다.

보법을 펼치며 검을 휘두르던 검노는 환유성이 들어서자 얼른 검을 거둬들였다.

"네놈이 또 공짜로 검술을 훔쳐보고 있었구나?"

"내가 아니면 그 따위 검술을 누가 은자를 주고 배우겠소?"

환유성은 느릿느릿 걸음을 옮겨 검노 앞에 봇짐을 던졌다.

검노에게 검술을 배웠으니 어찌 보면 둘의 관계는 스승과 제자 사이라 할 수 있었다. 하지만 둘 사이에 그런 각별한 감정은 전혀 없었다.

검노는 검을 뽑는 간단한 수법에도 은자를 요구했고, 환유성은 어떻게든 은자를 만들어 그에게 바쳐야 했다. 하기에 둘 사이는 무술을 파는 자와 은자를 주고 사는 계약 관계일 뿐이다.

검노는 봇짐을 풀어 기름종이에 싼 오리 튀김을 보고는 군침을 흘렸다.

"흐흐, 이게 얼마 만에 먹어보는 요리인가?"

그는 송엽주 한 병을 곁들여 오리 한 마리를 게눈 감추듯 먹어 치웠다. 건성으로도 환유성에게 한잔 권하지 않았고, 환유성 역시 전혀 바라지 않는 태도였다.

길게 트림을 한 검노는 입가를 혀로 핥으며 물었다.

"그래, 이번에는 어느 놈을 베었느냐?"

"운두령의 도적 괴수요."

"놈은 어떤 수법을 사용했더냐?"

"커다란 칼이었소. 힘은 제법이었지만 쾌속함이나 변화는 전혀 없는 잡술에 불과했소."

"크홋, 녹림의 도적놈들 수법이야 다 그게 그거지. 이제 네놈의 검술을 능가할 자는 이 요동 땅에는 없을 것이다."

환유성은 팔짱을 낀 채 느릿느릿 걸음을 옮기며 물었다.

"그것을 어찌 장담하시오?"

검노는 마른 천으로 검을 닦으며 대답했다.

"무림에서 요동은 아주 보잘것없는 변방이다. 중원을 둘러싼 여덟 곳의 변방을 팔황(八荒)이라 하는데, 요동은 그 팔황 중에서도 가장 형편없는 곳이지."

"그래서 이 형편없는 요동 땅으로 몸을 숨긴 것이오?"

검노의 눈빛이 서늘해진다.

"유성, 네가 지금 무슨 소리를 하는 거냐?"

환유성은 두툼한 은자 주머니를 검노 앞으로 던졌다.

"검노의 마지막 수법을 배우고 싶소."

검노는 무게로 은자를 가늠하며 비릿한 웃음을 흘렸다.

"크홋, 마지막 수법이라··· 고작 은자 백 냥으로 나의 구명절초를 배우겠단 말이냐?"

"틀렸소. 모두 합해 1,327냥이오."

"뭐라?"

검노는 무슨 소리인가 싶어 쥐눈을 반짝이며 환유성을 올려다보았다.

환유성은 검흔이 겹겹이 새겨진 석벽 앞에 선다. 삼 년 동안 검술을 배우면서 그가 석벽에 남긴 흔적이었다.

"삼 년 동안 내가 당신에게 갖다 바친 은자가 1,327냥이란 말이오."

"이놈아, 대신 그만큼 검술을 배웠지 않느냐?"

"당신은 내게 검술의 기초적인 것만 가르쳐 주었을 뿐이오. 쾌검은 내 스스로 터득했소."

검노는 뭔가 수상쩍은 기분을 느낀 듯 자리를 털고 일어섰다.

"오늘따라 네놈이 말을 많이 하는구나."

"그래서 좀 귀찮긴 해."

환유성은 천천히 몸을 돌렸다.

"당신은 혼신의 힘을 다해 마지막 초식을 펼쳐야 할 거요. 그렇지 않으면 당신은 내 반검에 죽게 될 테니까."

"……!"

검노의 표정이 흉악하게 일그러진다.

그는 잠시 환유성을 뚫어져라 직시했다. 그의 전신에서 강렬한 살기가 서릿발처럼 피어오른다. 그를 대하는 환유성의 태도는 여전히 권태로움에 가득 차 있을 뿐이었다.

검노는 나직한 신음성과 함께 나직이 내뱉었다.

"네놈이 기어코 내 정체를 알아냈구나!"

"듣기에 태양천에서 두 권의 살인 명부를 배포했다더군. 한 권은 은자로 지급하는 은살명부이고, 다른 한 권은 금으로 지급하는 금살명부라 했소."

검노는 고개를 끄덕이며 순순히 자신의 신분을 털어놓았다.

"오냐, 내가 바로 악인궁(惡人宮)의 당주로 있었던 탈명귀검(奪命鬼劍) 소중살이다."

웬만한 무림인이라면 그 별호만으로도 간담이 떨려왔을 것이다. 하지만 환유성은 눈썹 하나 까딱하지 않았다.

"당신 목에 황금 200냥이 걸렸다는데 확실하오?"

"그렇다. 태양천의 악독한 놈들은 과거 악인궁을 괴멸시킨 것도 부족해 살아남은 수뇌급들의 목에 황금까지 걸었다. 더러운 현상범 추적자들 때문에 난 중원을 떠날 수밖에 없었지. 하지만 악인궁은 머지않아 부활할 것이다."

정체가 발각된 탈명귀검 소중살은 검을 비껴 들었다.

"네놈을 믿고 검술을 가르쳐 주었는데 배반을 하다니!"

"검노, 우리 사이에 배반이란 말은 어울리지 않아."

"네놈은 권태로운 성격이라 호기심을 갖지 않으리라 생각했는데…
결국 네놈의 호기심이 널 죽게 만드는구나."

환유성은 손을 뻗어 반검을 스르릉 뽑아 들었다.

"검노가 가르쳐 준 검법을 보고 누군가 묻더군. 탈명귀검과 어떤 사이냐고 말이야. 그래서 알게 된 것뿐이지."

"어쨌든… 마지막 기회를 주겠다. 나를 도와 악인궁을 재건하는 데 협조하겠다면 목숨은 살려주겠다. 아니, 악인궁의 일급전사로 삼아주지."

"난 악인궁이든 태양천이든 관심없어. 명부에 이름이 오른 자들을 찾아 죽이는 게 내 일이야."

소중살은 검극에 진기를 주입해 퍼런 검화를 피워 올린다.

"네놈을 잘못 가르쳤군."

보법을 펼치는 순간 소중살의 신형이 어지럽게 흔들렸다.

탈명귀검이라면 검귀(劍鬼)급 중에서도 최상급에 이른 검술의 달인이었다.

그의 검법은 복잡한 변화로 상대를 쓰러뜨리는 데 유효하다. 그의 탈명구식은 다시 아홉 개의 초식으로 갈라져 모두 구구 팔십일초의 변화를 일으킨다.

차— 차창—!

폭우처럼 쏟아지는 검초 속에서 병장기가 맞부딪치는 금속성이 요란하게 울려 퍼졌다.

현란한 보법까지 가미한 진퇴 속에 탈명구식을 펼치는 소중살은 회심의 미소를 지었다. 환유성이 공세를 펼치기는커녕 제자리에 서서 그의 검초를 막아내기에 급급할 따름이었기 때문이다.

"네놈의 목에 은자 한 푼이라도 걸려 있지 않은 것이 아쉽군."

소중살은 빈정거리며 몸을 빙글 회전시켰다.

무수한 검화가 하늘을 뒤덮었다. 물샐틈없는 초식은 환유성의 퇴로를 완전히 차단한 채 죽음의 기운을 물씬 풍겨냈다.

환유성의 반검은 길이가 짧은 관계로 그나마 수비적인 초식을 펼치기에 용이했다. 그는 상상 이상의 위력을 뿜어내는 소중살의 탈명구식을 맞이해 다소 혼란스러워졌다. 짜증이 난 듯 그의 미간이 찌푸려졌다.

'보법을 배우지 못해 따라잡을 수 없는 게 문제로군.'

환유성은 뒷걸음질을 치며 반검을 휘둘러 쏟아지는 검초를 정신없이 막아냈다.

차차창一!

검을 통해 전해지는 상대의 공력에 경맥이 진동해 매스꺼움을 느낄 정도였다.

소중살은 살기 어린 미소를 지으며 바싹 다가섰다. 그는 탈명구식의 최후 절초를 펼치며 자신있게 환유성의 목을 베어갔다.

"탈명혈살(奪命血殺)!"

쐐애액一!

검기는 환유성의 가슴을 타고 목젖으로 뻗어갔다.

절체절명의 순간!

그러나 너무 자신감에 젖어 환유성의 사정권 안으로 다가선 것이 그의 실책이었다. 환유성은 쓰러지듯 몸을 옆으로 눕히며 검초를 피해냄과 동시에 쾌검을 펼쳐 냈다.

번쩍!

소중살은 환유성의 가슴을 관통했다는 쾌재를 느끼는 순간 자신의 목에서 느껴지는 서늘한 한기에 숨통이 턱 막혀왔다.

여태껏 수많은 상대를 베며 느꼈던 것과는 전혀 다른 불쾌함과 고통이 그의 전신으로 엄습했다.

이어 그는 몸에서부터 빠져나가는 영혼의 몸부림에 입을 쩍 벌렸다. 그러나 비명도 지를 수 없었다. 목이 자신의 몸에서 분리되는 것을 본 그의 눈은 더할 수 없이 부릅떠져 있었다.

털썩!

목과 분리된 몸뚱이는 썩은 짚단처럼 엎어졌다.

가까스로 소중살의 목을 벤 환유성은 나직이 한숨을 내쉬었다. 만일 그의 반응이 조금만 늦었더라면 피를 흘리며 바닥에 쓰러진 시체는 자신이었을 것이다.

"과연 검귀다운 솜씨였어."

그는 검을 꽂고는 뒷짐을 진 채 주변을 거닐었다.

서둘러 수급을 취하지 않는 건 그가 예전부터 해왔던 방식이었다. 베어진 목을 통해 피가 말끔히 빠진 후에야 수급을 깨끗하게 갈무리할 수 있기 때문이다.

소중살의 목을 가죽 주머니에 넣은 환유성은 터벅터벅 함곡을 걸어 나왔다. 함곡을 잘 뒤지면 그동안 그가 갖다 바친 은자를 찾을 수 있을지도 모른다. 하지만 그에게 그런 일은 너무도 번거로운 작업이었다.

그는 은자가 필요해 현상범 추적자들을 쫓는 것이 아니었다. 그저 그가 살아가면서 해야 할 일일 뿐이다.

그 일마저 없다면 그의 삶은 너무도 권태로우니까.

2

동방세가의 가주 동방걸은 입을 쩍 벌린 채 환유성을 올려다보았다.

"저, 정말 환 대협이 이자의 목을 베었단 말이오?"

"조금 힘들기는 했소."

환유성은 걸음을 옮겨 창가에 섰다. 잘 꾸며진 정원에는 한여름의 풀벌레 울음소리가 요란하게 울려 퍼지고 있었다.

"황금 이백 냥이면 지니고 다니기 무거우니 은표로 대신 주시오."

"확인만 된다면 원하시는 대로 드리리다."

동방걸은 소중살의 수급을 세심히 살폈다.

베어진 목 부위는 아주 깨끗했다. 단 일 검에 베어진 것이 틀림없었다. 소중살이 표정이 아주 고통스럽지 않은 것은 지독히도 빠른 쾌검에 의해 당했기 때문이리라.

'믿을 수가 없군. 탈명귀검이라면 악인궁 내에서 십악에 꼽힐 만큼 뛰어난 검법의 소유자인데……'

동방걸은 수급을 보자기로 싸고는 환유성 쪽으로 고개를 돌렸다.

환유성은 창가에 기대선 채 나른한 표정으로 정원의 풍경을 감상하고 있었다. 일순 동방걸은 사악한 욕심에 휩싸였다.

'저자를 죽여 입을 막는다면 황금 이백 냥은 내 것이 된다. 물론 내게 필요한 건 황금보다 명성이지.'

어느 정도 기반을 이룩한 사람에게 있어 명예는 목숨만큼 소중하다.

탈명귀검을 그가 척살한 것으로 알려진다면 그는 요동의 패자로서 당당히 군림할 수 있을 것이다. 그의 명성도 능히 천하백대고수 반열에 오르게 된다.

동방걸은 침을 꿀꺽 삼켰다.

환유성은 완전 무방비 상태다. 물론 그의 쾌검이 두렵기는 하지만 기습을 펼치면 충분히 죽일 수 있다. 그가 탈명귀검을 죽인 사실은 아직 아무도 모를 것이다. 황금과 명성, 두 가지 모두 차지할 수 있다.

환유성은 천천히 돌아섰다.

"가주, 아직 확인이 안 됐소?"

동방걸은 비로소 사악한 욕심에서 깨어났다. 아무리 명성이 소중해도 그의 목숨까지 걸 만큼 모험을 하고 싶지는 않았다.

"하하, 확실한 건 태양천에 보내봐야 하겠지만 내 환 대협을 믿고 은표를 내드리겠소."

내실로 들어간 동방걸은 작은 주머니를 가져왔다.

"황금을 은자로 환산해 백 냥짜리 은표와 특별 사례금으로 은자를 조금 넣었소."

환유성은 확인해 보지도 않고 주머니를 품속에 넣었다.

"관모산 함곡에 가면 탈명귀검의 시체가 있을 것이오. 치워주고 싶은데 귀찮아서……."

"알겠소. 적당히 장례를 치러주겠소."

"주변을 잘 뒤져 보면 장례비 이상은 건질 수 있을 것이오."

동방걸은 접견실을 나서는 환유성을 따라나서며 은근한 어조로 권했다.

"환 대협, 웬만하면 함께 태양천을 방문해 보지 않겠소?"

"태양천?"

"태양천의 단목 천주께서는 천하의 영웅들을 환대해 별도의 작위를 하사하기도 하오. 탈명귀검의 목을 벤 공로라면 능히 작위를 받을 수 있을 것이오."

"가주가 대신 받으시오."

환유성은 시큰둥하게 응수하고는 대문을 나섰다. 여윈 말위에 오른 그는 느릿느릿 동방걸의 시야에서 사라져 갔다.

동방걸은 고개를 절레절레 저었다.

'명성에도 관심없고, 그렇다고 황금에도 그다지 집착하지 않는 것 같고… 대체 무슨 낙으로 세상을 살아가는지 모르겠군.'

3

요동 벌판을 가로지르는 요수(遼水)는 한껏 불어 있었다. 완만한 경사 지대라 한번 불어난 물은 여름이 다 지날 때까지 큰 강을 형성한다.

강변 나루터에는 강을 건너려는 상인들도 북새통을 이루고 있었다. 대다수는 요동에서 동방의 귀한 물품을 사들인 중원의 교역상들이었다.

요수가 불어나는 여름 한철에나 은자를 만질 수 있기에 배를 저어 생업으로 삼는 뱃사공은 드물었다. 하기에 요수를 오가는 나룻배는 그다지 많지 않았다.

돛을 단 나룻배가 나루터로 들어서기가 무섭게 상인들은 짐을 가득 얹은 나귀를 채찍질해 배로 올랐다.

환유성은 거의 끝 무렵에야 여윈 말을 이끌고 배에 몸을 실었다. 서두를 일도 없었고 딱히 정한 곳도 없기에 그의 움직임은 답답하리만큼 굼떴다.

'그래, 금류향의 말대로 중원으로나 가보자. 이제 요동 땅에서는 목 벨 놈도 별로 없을 테니까.'

함곡으로 다시 돌아갈 일이 없는 그로서는 막연히 내린 결정이었다. 그렇다고 금류향이 원하는 것처럼 부귀와 명성을 탐해서가 아니었다.

그가 그나마 찾고 싶은 한 사람을 만날 수 있을까 하는 기대감 때문이었다. 그 사람은 바로 그에게 부러진 반검을 남겨준 아버지였다.

'그 사람을 만나도 내가 아버지라 부를 수 있을지 모르겠군.'

한 배 가득 실은 뱃사공은 뱃삯으로 두둑해진 전대를 두드리며 힘차게 외쳤다.

"출항이오─!"

돛을 감은 밧줄을 풀자 여기저기 찢긴 돛이 높이 펼쳐졌다. 닻을 끌어 올린 사공은 삿대를 저어 배를 나루터에서 밀어냈다.

두두두─!

나루터 저편에서 자욱한 먼지를 날리며 한 필의 말이 달려왔다. 달리는 말에 연신 채찍질을 가하는 인물은 다름 아닌 금류향이었다.

"멈춰!"

사공은 노를 저으며 약간은 미안하다는 듯 외쳤다.

"아이구, 이거 어쩌나? 다음 배를 타시구려!"

금류향은 나루터를 향해 그대로 말을 몰아오며 소리를 빽 질렀다.

"멈추라고 했지!"

배에 타고 있던 상인들로서는 한시라도 빨리 강을 건너고 싶은 마음뿐이었다.

"그냥 갑시다."

"그래, 계집 하나 태우자고 다시 배를 돌린단 말인가?"

"한 사람 뱃삯은 내가 치를 테니 어서 노나 저으시게."

사공은 반쯤 빠진 이빨을 드러내며 헐헐거렸다. 그도 다시 배를 돌리기는 싫었나 보다.

"허허, 그러십시다."

그는 열심히 노를 저어 강 건너 쪽으로 뱃머리를 돌렸다.

금류향은 뱃전에 서 있는 환유성을 발견하고는 악을 쓰듯 외쳐 댔다.

"이 나쁜 놈아, 내가 같이 가자고 할 때는 싫다면서!"

환유성은 대꾸하기도 귀찮아 짐 보따리 위에 엉덩이를 걸쳤다.

나루터에서 길길이 날뛰던 금류향은 무슨 생각에서인지 말 고삐를 낚아채 오던 길로 말을 몰아갔다.

배 후미에서 노를 젓던 뱃사공은 기겁을 하며 입을 쩍 벌리고 말았다.

"저, 저런!"

저편까지 말을 돌려 간 금류향이 나루터를 향해 그대로 돌진해 오고 있었기 때문이다. 연신 말을 채찍질하는 행동으로 미루어 말을 타고 그대로 나룻배까지 건너뛸 기세였다.

배 안에 타고 있던 사람들은 진귀한 구경거리에 모두 뱃전에 몰려 금류향의 하는 양을 지켜보았다.

"쯧쯧, 이미 십수 장을 지나왔는데 어쩌겠다는 거야?"

"허, 천마라도 되나보지?"

"헤헤, 물에 풍덩 빠진 계집의 몰골을 보게 되었네그려."

말은 그대로 나루터를 박차며 강 위로 뛰어올랐다. 달려오던 여세를 몰아서인지 말은 무려 칠 장이나 건너뛰었다. 참으로 놀라운 도약이었다. 하지만 날개 달린 천마가 아닌 다음에야 물 위를 달릴 수는 없는 일이었다.

첨벙!

말은 황톳빛으로 가득한 강물 속으로 처박히고 말았다.

순간, 말 등에서 일어선 금류향은 안장을 박차며 몸을 날렸다. 여인으로서는 다소 건장한 체구였지만 그녀의 신법은 제비처럼 날렵했다. 표풍선자라는 별호가 그냥 지어진 것은 아니었다.

그녀는 두 팔로 무릎을 안은 채 빙글빙글 회전하며 나룻배를 향해 날아들었다.

환유성은 팔베개를 한 채 벽에 기대앉았다.

'끈질긴 계집이군.'

가까스로 뱃전에 내려선 금류향은 크게 한숨을 내쉬었다.

"젠장, 하마터면 물에 빠진 생쥐 꼴이 될 뻔했잖아?"

상인들은 그녀의 놀라운 경공에 바싹 겁에 질려 한쪽으로 물러섰다. 그녀를 태우지 말라고 지시했던 자들은 사색이 된 채 와들와들 떨었다.

금류향은 냅다 뱃사공부터 조졌다.

늙은 뱃사공은 그나마 몇 개 남지 않은 이마저 모두 분질러지고 말았다. 이가 깨져 나온 피를 토해낸 뱃사공은 무릎을 꿇으며 애원했다.

"아이구, 아가씨. 소인은 그저 상인 분들의 지시를 따랐을 뿐입니다요. 제발 살려주십시오."

그래도 화가 풀리지 않은 금류향은 씩씩거리며 돌아섰다.

"어떤 새끼야? 어떤 새끼가 날 태우지 말라고 했어!"

상인들은 고개를 처박은 채 묵묵부답이었다. 은자를 받고 상인들을 호위하는 무사들도 몇 있었지만 금류향의 살기등등한 기세에 감히 나설 생각을 못했다.

금류향은 폭이 넓은 광신검을 뽑아 들었다.

"모두 죽여 버리기 전에 당장 나서지 못해!"

환유성은 잔뜩 권태에 젖어 몸을 일으켰다.

"그만 좀 해둬. 내가 그랬어."

금류향은 독기 어린 눈빛으로 그를 쏘아보다 검을 거둬들였다. 성큼 다가선 금류향은 냅다 환유성의 뺨에 따귀를 올려붙였다.

"이 나쁜 자식!"

환유성은 발갛게 부은 볼을 매만지며 짜증스럽게 내뱉었다.

"그만두라고 했지?"

다소 기가 죽은 금류향은 그의 가슴을 토닥토닥 때렸다.

"이 사기꾼, 빈대, 쇠파리 같은 놈아. 날 버리고 갈 수 있을 것 같아?"

환유성은 그녀의 손목을 탁 쥐었다.

"너, 물속에 처박히고 싶어?"

그제야 금류향은 서릿발 같은 안색을 풀며 눈을 흘겼다.

"함께 떠났으면 이런 일도 없었잖아?"

그녀는 주변 사람들의 시선에는 아랑곳없이 와락 환유성을 끌어안았다.

"아, 정말 기뻐. 우리 이제 함께 중원으로 가는 거야. 그렇지?"

상인들은 갑작스레 해결된 상황에 안도의 한숨을 쉬었다. 그들은 말 몇 마디로 들고양이처럼 사나운 여나찰을 잠재운 환유성의 존재가 그렇게 고마울 수 없었다.

그들은 수군거리더니 부여산 준마 한 필을 금류향에게 선물했다.

"소인들 때문에 귀한 말을 잃게 해서 죄송스럽소이다. 부디 받아주십시오."

금류향은 당연하다는 듯 말 고삐를 쥐고는 싸늘한 미소를 지었다.

"니들 목 값이 이것밖에 안 돼?"

4

중원과 인접해서인지 요녕성은 한족의 냄새가 물씬 풍겼다. 북방은 기마족이 대부분이라 말을 타고 다니지만 중원인들 중 제법 행세깨나 하는 사람들은 수레나 마차를 즐겨 탔다.

산해객잔은 요녕성에서 가장 호화롭다는 명성을 지닌 객잔이다. 한 끼 식사를 하는 데만도 은자 열 냥이 소요되고 하룻밤 유하는 데에도 은자 스무 냥을 지불해야 한다. 즉, 하루 세 끼와 방 값으로 은자 오십 냥이라는 거금을 지불할 능력이 없는 자는 아예 발을 들여놓을 수도 없었다.

환유성과 금류향은 객잔의 넓은 정원이 내려다보이는 전망 좋은 창가에 앉아 풍성한 식사를 즐기고 있었다.

"호호, 나룻배의 상인 놈들 덕분에 이렇게 기름진 식사를 하게 됐어."

"너, 이제 강도 짓까지 하려는 거냐?"

"피이, 무슨 강도 짓? 그놈들이 잘못을 시인하고 스스로 은자를 내놓은 건데?"

"내가 보기에는 도적과 다를 바 없어."

금류향은 눈을 흘기며 술잔 가득 울금향을 따랐다.

"진짜 도둑놈은 중원의 장사치들이야. 요동에서는 은자 열 냥이면 마실 수 있는 울금향을 무려 스무 냥이나 받아먹잖아?"

그녀는 시장을 지나오면서 미리 물가에 대해 파악해 두었던 것이다.

"술값만이 아니야. 옷 값과 장신구, 말 값도 요동에 비해 두세 배는 비싸. 웬만한 놈들 목을 베서는 입에 풀칠하기도 힘들겠어."

환유성은 잔뜩 권태로움에 젖어 술잔을 비운다. 금류향은 유혹적인 눈빛으로 그를 바라보며 생긋 미소를 지었다.

"하지만 우린 부자잖아? 기죽을 것 없다고."

"우리?"

"그래. 너, 탈명귀검의 목 값으로 황금을 이백 냥이나 받았다면서? 그 정도면 일 년은 먹고 살 걱정을 하지 않아도 되겠어."

"그건 내 돈이야."

환유성은 음식의 대부분을 남긴 채 몸을 일으켰다. 금류향은 그의 소매를 잡아끌었다.

"아까운 음식을 왜 남겨? 밤새도록 먹자고."

"음식은 배가 고프지 않을 정도만 먹으면 돼."

그는 미련도 두지 않고 주렴을 헤치고 나섰다.

"하여간 유난을 떨어요."

금류향은 어쩔 수 없이 환유성을 따라나섰다.

후원의 객실로 향하면서 금류향은 점소이를 불러 뭔가를 단단히 일러두었다.

객실로 들어서자 금류향은 다짜고짜 환유성의 옷을 벗기려 들었다.

"왜 이래, 초저녁부터?"

"유성, 제발 부탁인데 목욕 좀 해."

"귀찮아. 네가 다른 방 얻어 자면 될 것 아냐?"

"내가 씻겨줄게."

점소이들이 커다란 대나무 욕조을 갖고 들어와 뜨거운 물을 가득 채웠다.

"넌 그저 물속에 몸만 담그고 있어. 내가 알아서 다 할 테니까."

금류향은 억지로 환유성을 욕조 안으로 밀어넣었다.

환유성으로서는 자신이 언제 수욕을 했는지조차 기억이 나지 않았다. 뽀얗게 묻은 먼지를 씻어주는 비가 올 때까지 세면 한 번 한 적이 없는 그였다.

금류향 역시 거의 벗다시피 한 몸으로 환유성의 몸 구석구석을 씻어주었다. 얼마나 구정물이 많이 나왔는지 욕조의 물을 다섯 번이나 갈아야 했다.

흙먼지를 씻어낸 환유성의 모습은 그야말로 환골탈태(換骨奪胎)였다.

귀밑까지 뻗은 검미와 귀티 어린 곧은 콧날, 강인한 의지를 엿보여주는 굳게 닫힌 한일 자 입술.

금류향으로서는 그가 이렇듯 수려한 미공자인 줄은 꿈에도 생각지 못했다.

"아, 유성. 정말 멋져."

그녀는 마른 수건으로 그의 몸의 물기를 닦아주며 연신 감탄사를 발했다.

"이런 유성을 보면 중원의 계집들이 몸살을 앓겠어."

그는 환유성의 품으로 안겨들었다.

"우리 오늘 근사한 밤을 보내."

"……."

환유성은 잠시 그녀를 바라보다 번쩍 안아 들었다. 전혀 예상치 못한 행동에 금류향은 마치 첫날밤을 맞는 신부처럼 가슴이 두근거렸다.

이미 몸과 마음으로 준비된 금류향은 몸속 깊이 전해지는 환유성의 강인한 힘에 삼혼칠백이 녹아들 지경이었다. 흰 비단결 팔로 그를 휘감은 그녀는 연신 신음을 토해냈다. 요동성 객잔에서 술김에 맺은 때와는 비교도 되지 않을 열락의 밤이었다.

환유성의 코 고는 소리가 고즈넉이 들려온다.

금류향은 아직도 꿈에 젖은 듯 몽롱함에 젖어 있었다. 입가에 맺힌 미소는 지워질 줄을 몰랐다.

'아, 됐어. 유성도 이제 나를 좋아하는 게 분명해. 우리는 함께 중원을 활보하며 사는 거야.'

침상에서 내려선 그녀는 격렬한 정사에 다리가 후들거려 걸음도 제대로 걷지 못할 지경이었다. 그녀는 벗어놓은 옷을 뒤져 작은 비단 주머니를 꺼내 들었다.

주머니에서 꺼내 든 물건은 가는 실이었다. 아주 어렵사리 구한 천잠사(天蠶絲)였다.

천잠이라는 귀한 누에에서 뽑아낸 실이 천잠사다. 워낙 질기고 가벼워 실 한 올의 가격이 황금 한 냥이나 나간다.

천잠사로 지은 옷을 천잠보의(天蠶寶衣)라 하는데, 무림인들에게 있어 값을 매길 수 없는 보물이었다. 천잠보의를 입고 있으면 웬만한 도검과 내가강기에도 몸을 보호할 수 있기 때문이다.

금류향은 깊이 잠든 환유성을 가만히 들여다보았다.

'지난번처럼 또 나 혼자 내버려 두고 갈 수가 있어.'

그녀는 천잠사 한쪽 끝을 그의 발목에 감고 다른 한쪽 끝을 자신의 발목에 감았다. 비로소 안심이 되었다.

그는 환유성의 볼에 쪽 입을 맞추고는 빙그레 미소를 지었다.

'넌 내 거야. 나 없이는 아무 데도 못 가.'

월동창으로 스며드는 햇살은 아주 강렬했다.

달콤한 잠에서 깨어난 금류향은 길게 기지개를 켰다. 간밤의 격정적인 정사로 인한 피로감에 세상모르고 잤던 것이다. 그녀는 환유성이 누웠던 자리를 더듬으며 콧소리를 냈다.

"유성, 아직도 자?"

그녀는 뭔가 서늘한 기운에 놀라 번쩍 눈을 떴다.

넓은 침상에는 그녀 혼자뿐이었다.

황망히 주변을 둘러보았지만 환유성의 모습은 보이지 않았다. 새로 사놓은 옷도 그대로 있었다. 그는 여전히 낡은 장삼을 걸친 채 사라져버린 것이다.

"앗! 이, 이놈이 또?"

그녀는 자신의 발목에 묶인 천잠사를 더듬어보았다. 자신의 발목에는 천잠사가 그대로 묶여져 있었다.

"말도 안 돼. 나만의 수법으로 매듭을 엮어놓았는데 어떻게 푼 거야?"

그녀는 알몸인 상태인 것도 잊은 채 황급히 침상 아래로 뛰어내렸다.

"환유성, 이 매정한 놈아!"

그러나 채 네 걸음도 걷기 전에 그녀는 아픈 비명과 함께 바닥에 쓰러지고 말았다.

"아악!"

그녀의 발목에 묶인 천잠사의 다른 한쪽 끝이 침상 다리에 묶여져
있었던 것이다. 환유성이 자신의 발목에 묶인 천잠사를 풀어 침상 다
리에 묶어놓았음이 분명했다.

가는 천잠사는 금류향의 하얀 발목 깊숙이 파고들었다.

"아… 아파!"

금류향은 눈물을 글썽이며 서둘러 천잠사의 매듭을 풀었다. 그녀는
이빨을 빠드득 갈았다.

"나쁜 새끼! 어디 잡히기만 해봐!"

대충 의복을 걸쳐 입은 그녀는 손에 검을 쥐고는 득달같이 객실에서
튀어 나갔다.

꽃무늬 화복 차림의 주인은 호위 무사들을 대동한 채 정원 한쪽에서
주판알을 퉁기고 있었다. 그는 금류향이 정원으로 나서자 얼른 막아섰
다.

"허허. 푹 주무셨소, 소저?"

"그 자식 어디로 갔어?"

"함께 온 무사께서는 아침 일찍 떠나셨소."

"뭐, 뭐야?"

주인은 주판알을 퉁기며 비릿한 미소를 흘렸다.

"계산은 모두 소저께서 하실 거라더군요. 합이 은자 팔십 냥이오."

"말도 안 돼! 내가 왜 돈을 내? 어서 비키지 못해!"

호위 무사들이 그럴 줄 알았다는 듯 금류향을 에워쌌다. 주인의 표
정이 싸늘하게 변했다.

"소저, 은자가 없으면 몸이라도 잡혀야겠소. 소저의 미모가 출중하니 특별히 은자 팔십 냥을 쳐주겠소."

금류향은 대뜸 광신검을 뽑아 들었다.

"흥, 이 늙은이가 어디서 수작이냐! 난 표풍선자 금류향이다. 요동에서 내 이름 석 자면 우는 아이도 뚝 그친다고!"

"알고 있소. 하지만 무전취식은 아주 큰 죄요. 본 객잔의 호위 무사들이 금 소저를 막을 수 없을지 몰라도 향후 금 소저는 중원에서 활보하고 다닐 수 없을 거요."

금류향은 붉은 입술을 질끈 깨물었다.

한바탕을 소란을 피운 후 요동으로 돌아가려 한다면 모를까, 중원에서 현상범을 추적하며 지내려면 무전취식을 하고 도주했다는 치욕을 당할 수는 없는 일이었다.

그녀는 검을 거두고는 주머니를 탈탈 털어 은자 팔십 냥을 계산했다. 그녀는 은자를 맛있게 핥는 주인의 멱살을 덥석 쥐었다.

"이제 됐지? 그 찢어 죽일 놈이 어디로 달아났는지 당장 말해!"

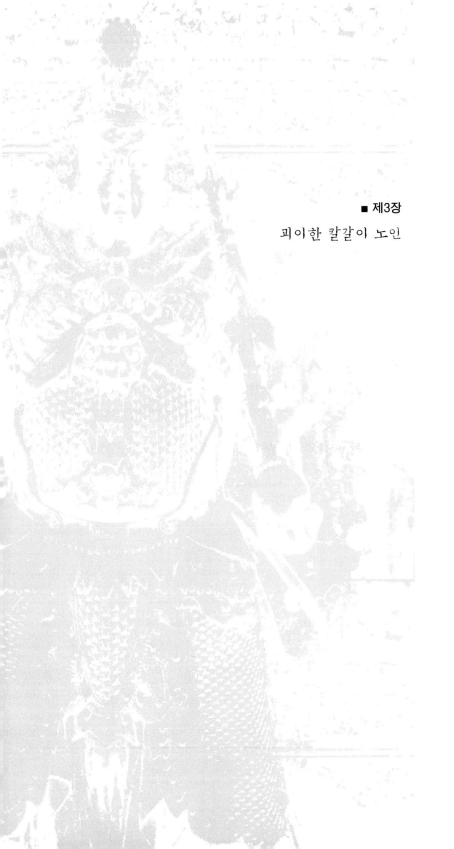

■ 제3장
피이한 칼갈이 노인

1

환유성을 태운 여윈 말은 느릿느릿 서쪽으로 향하고 있었다.

요녕성에서 중원으로 들어서려면 여러 갈래 길이 있는데 하북성 쪽이 가장 가깝다.

그럼에도 불구하고 환유성은 비교적 먼 산서성 쪽을 선택했다. 마음이 급한 금류향과 달리 서둘러 중원으로 가야 할 이유가 없었다. 또한 풍문으로 들어 산서성 쪽에 많은 현상 수배자들이 숨어 있다는 것도 산서성 쪽으로 방향을 정한 이유 중 하나였다.

요녕성에서 산서성으로 연결된 관도는 아주 협소했다.

워낙 길이 험하고 중도에 한해(旱海)라는 사막을 거쳐야 했기에 사람들의 왕래는 드물었다. 마을도 드문드문 형성돼 있었고, 하룻밤 묵을 수 있는 객잔도 백 리에 하나가 있을 뿐이었다.

해가 뉘엿뉘엿 서산 너머로 질 무렵이었다.

가파른 고갯길 초입에 이른 환유성은 고갯마루에서 들려오는 기합성과 금속성에 슬며시 고개를 들었다.

고갯마루에서는 치열한 싸움이 전개되고 있었다.

차─ 차창─!

극(戟)과 칼이 맞부딪칠 때마다 불꽃이 튕긴다.

두 중년인들 상대로 철극을 휘두르고 있는 인물은 고슴도치수염의 청년이었다. 아주 장대한 체구로 일견해도 상당한 완력을 지닌 호걸임을 연상케 했다.

"형편없는 놈들, 감히 그 따위 실력으로 통행세를 받아먹겠단 말이냐?"

솥이 깨지듯 우렁차게 외치는 청년은 한쪽 발을 축으로 빙글 회전하며 힘차게 철극을 휘둘렀다. 횡소천군이라는 단순한 수법이었지만 완력이 실린 철극의 위력은 대단했다.

차─ 창─!

중년인들은 손아귀가 찢어지는 통증을 느끼며 뒤로 물러서야 했다.

칼등에 고리를 단 대환도를 쥔 중년인이 칼자루를 거꾸로 잡으며 포권을 취했다.

"귀하는 그냥 지나갈 자격이 있소."

고슴도치수염의 청년은 자부심 어린 웃음을 터뜨리고는 철극을 어깨에 걸쳤다.

"이제야 장백투호(長伯鬪虎)의 실력을 알았소?"

중년인들은 고갯길을 막고 있는 십여 졸개들에게 턱짓을 보냈다.

"보내 드려라."

장백투호라는 별호의 청년은 한쪽에 세워둔 쌍두마차의 마부석에 올라 탔다. 그가 말에 채찍을 가할 때였다.

말 방울 소리와 함께 환유성을 태운 여윈 말이 고갯마루로 올라섰다.

대환도를 든 중년인은 가볍게 미간을 찌푸렸다.

"오늘따라 손님이 많군."

손에 철륜을 든 중년인이 졸개들에게 지시한다.

"길을 막고 통행세를 받아라."

졸개들은 환유성의 앞을 막아서며 창을 들이댔다.

"멈춰라."

환유성은 권태로운 눈빛으로 졸개들을 쓸어보고는 말 고삐를 당겨 멈춰 세웠다.

"뭐요?"

"한해관을 통과하려면 통행세를 내야 한다."

"난 상인도 아니오."

"누구든 통행세를 내야 한다."

장백투호는 얼른 마부석에서 뛰어내리며 달려왔다.

"이게 누군가? 자네, 유성 맞지?"

환유성은 장백투호 쪽으로 시선을 돌렸다.

"영호찬… 자네가 중원에는 어쩐 일인가?"

청년의 이름은 영호찬(令狐燦).

환유성, 금류향과 함께 요동의 3대 현상범 추적자 중의 한 사람이다. 육중한 무게의 철극을 잘 다룬다. 같은 현상범 추적자이기에 환유성과는 제법 면식이 있는 인물이었다.

"나 역시 요동을 떠나 중원으로 가서 한몫 잡을 생각이네."

두 중년인은 둘의 하는 양을 지켜보다 잔뜩 이맛살을 찌푸렸다.

"염병, 놈마저 통행세를 내지 못하겠다면 또 한바탕 싸움을 벌여야겠군."

"그러게 말일세. 이번마저 패한다면 수하들을 통솔할 면목이 없으니 목숨을 걸고 싸워서라도 반드시 통행세를 받아내세나."

두 중년인이 다가서자 졸개들이 좌우로 갈라졌다.

"우리는 한해쌍걸이라는 사람이오. 통행세 징수는 관부의 승인을 받아 하는 일이니 도적이라 생각지 마시오."

"우리 덕분에 한해관 주변에는 도적들이 없소. 안심하고 지날 수 있으니 통행세가 아깝지 않을 것이오."

영호찬이 대신 말을 받았다.

"당신들 지금 제정신이오? 이 친구는 요동 최고의 현상범 추적자요. 당신들 솜씨로는 이 친구의 가벼운 일검도 당해낼 수 없을 거요. 그냥 지나가게 해주시오."

대환도를 쥔 중년인이 강경하게 맞섰다.

"길고 짧은 것은 대봐야 아는 법. 통행세 없이 지나가려면 우리 한해쌍걸을 물리쳐야만 하오."

영호찬은 쓴 입맛을 다시며 환유성을 올려보았다.

"그냥 은자 닷 냥만 내고 지내가게. 나야, 호기로 한번 겨뤄봤지만 자네는 의미없는 싸움은 귀찮아하지 않는가?"

"나도 그러고 싶지만 은자를 주고 거슬러 받는 것도 귀찮아."

환유성은 권태로운 눈빛으로 한해쌍걸을 쓸어보았다.

"웬만하면 그냥 지나갑시다."

대환도를 쥔 중년인이 표정을 차갑게 굳혔다.

"은자 닷 냥을 내놓거나 우리를 물리치거나 둘 중 하나를 택하시오."

영호찬이 다시 끼어들었다.

"이보슈. 탈명귀검의 목을 벤 친구란 말이오. 감히 상대할 실력이라도 있소?"

한해쌍걸은 크게 놀라며 한 걸음 물러섰다.

과거 악인궁의 당주로 있던 탈명귀검은 꽤나 유명한 악적이었기에 한해쌍걸도 알고 있는 자였다. 그런 탈명귀검의 목을 벤 고수라면 그들로서는 도저히 막을 자신이 없었다.

대환도를 쥔 중년인은 졸개들을 뒤로 물리고는 나직이 협상을 제시했다.

"데리고 있는 수하들 눈치도 있고 하니 은자 세 냥으로 낮춰 드리리다."

영호찬이 중재를 섰다.

"유성, 세 냥이라야 자네한테 큰돈도 아니지 않은가? 어서 내고 가세나."

"작은 돈도 아니지. 귀찮지만 검 한 번 뽑겠네."

환유성은 어깨 위로 손을 올려 검의 손잡이를 쥐었다.

한해쌍걸은 각기 병기를 꼬나 쥐었다.

"우리도 더는 양보할 수 없소."

영호찬이 답답한 표정을 지으며 둘 사이로 끼어들었다.

"그만들두시오. 내가 대신 통행세를 내주겠소."

한해관을 지나온 쌍두마차와 여윈 말 한 필이 나란히 고개를 내려가고 있었다.

영호찬이 혀를 끌끌 찬다.

"이 친구야, 그걸 주고 말지 노랑이처럼 아끼나?"

"그런 자네는 왜 싸웠나?"

"순순히 내주면 요동의 호랑이라는 장백투호가 아니지. 하지만 자네는 나와 격이 다르잖아?"

"다를 게 뭐 있어? 같은 인간 사냥꾼일 뿐인데."

"그런 소리 말게. 나 장백투호가 한 수 접는 인물은 오직 자네뿐이야."

영호찬은 환유성을 향해 엄지손가락을 세워 보였다.

그가 환유성에게 호의를 보이는 이유는 금류향처럼 큰 도움을 받았기 때문이다.

인간 사냥은 상당히 험악한 직업이다. 목에 현상금이 걸린 자들이 악에 받쳐 역으로 현상범 추적자들을 공격하는 일도 잦기 때문이다.

영호찬 역시 그런 부류들의 기습으로 위기에 처한 적이 있었다.

때마침 현상범들을 추적해 온 환유성이 나타나 그들 모두를 베어버렸다. 환유성은 부상당한 영호찬은 내버려 둔 채 현상범들의 수급만 취해 가버렸다. 환유성은 당연히 해야 할 일을 한 것이지만 영호찬은 본의 아니게 큰 도움을 받은 것이다.

영호찬은 오히려 그의 무심함에 감격했다.

자신을 위기에서 구해주고도 전혀 내색하지 않는 그의 배려가 고마웠기 때문이다. 이후 영호찬은 현상범 추적에 나설 때에도 환유성과는 다투지 않고 양보해 왔었던 것이다.

영호찬은 먼지가 덕지덕지 앉은 환유성의 얼굴을 쓸어보며 피식 실소를 지었다.

"자네는 여전하군. 하지만 여기는 중원일세. 옷도 새로 사 입고 좀 씻고 다니게. 자칫 개방의 비렁뱅이로 오인받겠어."

"귀찮아."

"하하, 그렇겠지."

영호찬은 크게 고개를 끄덕이다 주변을 둘러본다.

"한데… 류향은 왜 보이지 않는가?"

"류향은 왜?"

"소문에 의하면 금류향과 자네가 함께 중원으로 떠났다 하더군. 게다가 최근에는 아주 깊은 관계가 되었다 들었네. 흐흣, 하긴 그 들고양이 같은 계집을 다룰 사람은 자네뿐이겠지만 말이야."

"헤어졌어."

"헤어져? 왜 다투기라도 했나?"

"길이 달라."

"하기는 자네 성격에 그 유별난 계집과 동행하지는 않으리라 생각했네."

영호찬은 호로병을 기울여 입을 축이고는 환유성에게 건넸다.

"한잔하겠나?"

"술값을 줘야 되나?"

"허어, 이 사람아! 그래, 친구 사이에 술 한잔도 못 권한단 말인가?"

그제야 환유성은 호로병을 기울여 몇 모금 마셨다. 영호찬은 다시 호로병을 받아 들었다.

"자네, 탈명귀검의 목을 베어 황금으로 이백 냥이나 받았다면서?"

"음, 그래."

"정말 부럽군. 난 언제나 그런 놈의 목을 베어보지?"

"금류향의 말에 의하면 중원에는 그런 자들이 제법 많다더군."

"그냥 해본 소리일세. 금살명부의 마두들은 하나같이 고강한 무예의 소유자일세. 내 실력으로는 어림도 없을 거야."

영호찬은 마차 쪽을 돌아보았다.

"내 목표는 중원에 널린 현상범들의 목을 베어 이 마차 안을 은자로 가득 채우는 것일세. 목표만 달성한다면 미련없이 요동으로 돌아가 장원이나 짓고 노후를 즐길 생각이네."

현상범 추적자들의 삶은 대다수 방탕과 타락으로 망가지지만 그는 나름대로 신조를 지닌 인물이었다. 인간 사냥꾼이라는 고단한 직업을 청산한 후에는 처자식을 거느리고 편안한 여생을 보내겠다는 굳은 신념이 있었다.

좁은 관도는 남쪽과 서쪽 두 갈래로 나뉘어졌다.

관도 옆 공터에는 다 쓰러져 가는 작은 주점이 덩그러니 자리를 잡고 있었다. 낡고 닳은 탁자를 서너 개 갖춘 노천 주점이었다. 주점의 주인은 허리도 제대로 펴지 못하는 노파였다.

영호찬은 노파에게 간단한 요리와 술을 주문했다.

"여기서 헤어져야 한다니 아쉽군. 이별주라도 한잔 나누세."

그는 환유성과 함께 하북으로 동행할 것을 권했지만 환유성은 굳이 서쪽 길을 통해 산서성으로 가겠다고 고집했다.

물론 그가 꼭 산서성으로 가야 할 이유는 없었다. 다만 누군가와 같이 다니는 것이 번거로워 일부로 헤어지려 하는 것이다. 만일 영호찬이 서쪽으로 가려 했다면 그는 남쪽을 선택했으리라.

영호찬은 잔을 마주치며 물었다.

"자네, 그 많은 은자를 모아 무엇에 쓰려는 건가? 도박을 하는 것도 아니고, 계집질을 즐기지도 않으니 상당히 모았을 것 아닌가?"

"여태 모은 은자는 검술을 배우는 데 모두 썼네. 앞으로도 그렇게 될 거고."

"자네의 쾌검은 이미 독보적인 경지에 오르지 않았나? 그런데도 검술을 계속 배우겠다고?"

"아직도 부족함이 많아."

"항시 권태에 젖어 있는 자네지만 그래도 한 가지 신념은 있군 그래?"

영호찬은 독한 술을 목에 털어 넣고는 잔을 내려놓았다.

"하지만 말이야, 그렇게 검술을 배워 무엇을 할 생각인가? 천하의 영웅이 되어 명성이라도 떨쳐 보려고?"

환유성은 노파가 내려놓은 돼지 비계 볶음을 한 점 집어 우물거렸다.

"명성 따위는 관심없어. 내 손에 반검이 쥐어져 있기에 검술을 배울 뿐이지. 내 손에 반검이 없었다면 그런 생각도 하지 않았을 거야."

영호찬도 안주 삼아 비계 볶음을 한 점 집어먹었다.

"웩!"

그는 채 씹기도 전에 구역질을 하며 음식을 내뱉었다.

"세상에 이것도 음식이라고 내놓는단 말인가?"

벌떡 일어선 영호찬은 그대로 음식 접시를 내동댕이쳤다.

"돼지 여물도 이것보다는 낫겠어!"

그는 권태로운 표정으로 우물우물 씹고 있는 환유성을 보며 질린 표정을 지었다.

"자네… 먹을 만한가?"

"음식이 다 그런 거 아닌가?"

영호찬은 고개를 절레절레 저었다.

"하여간 자네를 대하면 내가 돌아버리겠어. 사람이 무슨 감정이라도 있어야 할 것 아닌가?"

그는 노파의 손에 은자 부스러기를 내던지듯 건네주고는 마부석에 올랐다.

"유성, 우리 다시 만날 수 있을까?"

"중원은 넓다더군. 하지만 살아 있다면 만나겠지."

"하하, 오랜만에 사람다운 말을 듣는군. 그래, 자네도 몸조심하게."

영호찬은 환유성의 손을 굳게 잡고는 빙긋 미소를 지었다.

"류향을 만나게 되면 꼭 자네 안부를 전하지."

쌍두마차는 이내 누런 먼지를 일으키며 하북 방향으로 멀어져 갔다.

환유성은 어둑어둑해지는 주변을 살피다가 노파에게 물었다.

"방 있소?"

귀가 어두운 노파는 좀 더 크게 말하라는 손짓을 내 보였다.

환유성은 더는 묻지 않고 여윈 말 위로 올랐다. 같은 말을 반복하는 것은 그에게 정말 짜증스런 일이기 때문이다.

긴 여름 해도 술시를 넘어서자 완전히 저물고 말았다.

초행길에, 그것도 전혀 낯선 세상에서 밤을 맞이한다는 것은 어지간한 사람도 두려운 일이다. 게다가 인기척 하나 없는 산중의 밤은 더욱 그러하다. 하지만 가는 길을 말에게 맡긴 환유성에게는 전혀 그런 기색을 엿볼 수 없었다.

고개를 세 번 넘어서야 제법 규모를 갖춘 객잔의 불빛이 멀리 보였다.

주인이 서두르지 않으니 말도 서두르지 않았다. 환유성이 객잔에 들어선 건 해시가 거의 끝날 무렵이었다.

문을 닫아걸기 위해 마무리를 하던 주인은 환유성을 보고는 깜짝 놀라워했다.

"아니, 어쩌자고 이런 시각까지 나다닌단 말이오?"

"아직 자시도 안 되지 않았소?"

"그런 말씀 마슈. 한해(旱海)의 귀신들이 예까지 날아든다는 소문 때문에 해시만 되면 모두가 문을 닫아걸고 있소."

"귀신은 없소. 설사 있다 해도 자시 이전에는 나타나지 않소."

"허어, 보기보다 간담이 큰 무사시군. 하지만 한해에 들어서면 귀하도 어쩔 수 없을 것이오."

주인은 등잔을 켜 들고 이 층 객실로 환유성을 안내했다.

"한해를 지나려 대기해 있는 사람들 때문에 빈방이 없소. 노인과 한 방을 써야 하는데 괜찮겠소?"

"상관없소."

"이해하시오. 백 리 이내에 객잔은 우리 집뿐이라 독방은 구할 수 없소."

주인이 건네준 등잔불을 들고 좁은 객실로 들어선 환유성은 갑작스런 한기에 바싹 경각심을 높였다.

"……?"

아주 드물게 그의 눈빛이 날카롭게 빛났다. 야밤에 먹이를 찾는 올빼미의 눈처럼 객실의 구석구석을 훑어 내렸다.

싸늘한 한기가 피어나는 곳은 노인이 잠들어 있는 침대 옆에 붙은 협탁 위였다. 협탁 위에는 칼과 농기구들을 갈기 위한 여러 개의 숫돌이 놓여 있었다.

한기의 진원지는 바로 숫돌이었다.

'한갓 숫돌에서 왜 이렇게 강한 한기가 느껴지지? 마치 애절한 한(恨)이 서려 있는 것 같군.'

등잔불을 통해 숫돌을 확인한 환유성은 힐끔 침대 위로 시선을 돌렸다.

등을 돌려 누웠기에 노인의 용모는 확인할 수 없었다. 다만 검은 올이 드문드문 섞인 백발로 그가 예순을 훌쩍 넘긴 노인임을 짐작케 해준다.

환유성은 다시 숫돌을 응시했다.

약간은 크기가 다른 숫돌은 모두 회색이었다. 외양으로 본다면 여느 숫돌과 다를 바 없었다. 객잔의 주인은 노인이 세상을 떠돌며 병기나 농기구를 갈아주는 칼갈이라 했다.

환유성은 협탁에 등잔불을 내려놓고 침대에 걸터앉았다. 그의 시선이 자꾸 숫돌로 향해졌다. 어지간한 일에는 눈길조차 주지 않는 그로서는 아주 드문 일이었다.

잠시 후 손끝으로 등잔의 심지를 쥐어 불을 끈 환유성은 침상 위에 편안히 누웠다.

아침부터의 여정으로 몸은 몹시 피로했다. 고단함에 젖어 절로 눈까풀이 내리 감겼다.

하지만 비릿한 피 냄새에 쉽게 잠을 청할 수 없었다. 숨을 들이킬 때마다 짙은 피비린내가 그의 코를 자극했다.

물론 그것은 환유성의 착각이었다.

숫돌에서는 어떤 냄새도 풍겨지지 않는다. 환유성이 맡은 피의 향기는 그저 본능적인 느낌일 뿐이다.

2

새벽닭이 울기 무섭게 객잔은 부산해지기 시작했다. 일찌감치 길 떠날 대상들과 행인들은 저마다 행장을 꾸린 채 서둘러 이른 아침을 먹었다.

객잔 주인은 몇몇 점소이들과 식사 시중을 들며 길 떠날 사람들을 위해 조언을 했다.

"한해는 그야말로 죽음의 땅이오. 해가 지면 귀신이 출몰하고 호곡성이 천지를 진동하니 반드시 해가 지기 전에 한해를 통과해야만 하오."

질 좋은 비단으로 몸을 감싼 상인 하나가 물었다.

"듣자 하니 야적(野賊)들도 많다던데 사실이오?"

"얼마 전 화옥군주(花玉君主)께서 납치된 사건이 있었소. 수천의 관병들이 출동해 한해와 항산 일대를 이 잡듯 뒤졌지요. 그 바람에 야적들도 종적을 감추었다 하니 그리 염려할 일은 아니오."

상인들은 다행인 듯 고개를 끄덕였다.

"운이 좋군. 한해만 통과하면 산서성을 가로질러 곧바로 섬서성으로 들어갈 수 있겠어."

"물론일세. 서역까지 가려면 북경과 개봉, 낙양을 거쳐 가는 것보다 삼천 리는 단축할 수 있지."

대상들이 굳이 위험을 무릅쓰고 한해를 통과하려는 이유는 동방에서 서역까지 가는 최단의 길이기 때문이다.

교역을 통해 이문을 남기려는 상인들에게 있어 목숨은 두 번째다. 막대한 금은을 챙길 수만 있다면 처자식도 팔아넘기는 자들이 바로 상인이기 때문이다.

30대의 수레와 마차가 열을 지어 객잔을 출발했다.

대상들에게 고용된 호위 무사들의 수효도 스무 명에 달해 그들 일행은 행여 있을 야적들의 습격에도 안심할 수 있었다. 행렬은 자욱한 황토 먼지를 일으키며 서쪽을 향해 질주해 갔다.

객잔에 묵고 있던 대다수의 손님들을 떠나보낸 주인은 겨우 한시름을 놓으며 탁자를 치웠다.

"아무쪼록 사고가 없어야 귀환하는 길에 다시 우리 객잔에서 묵을 텐데……."

침상에서 몸을 일으킨 환유성은 뒷덜미를 툭툭 다독이며 건너편 침상 쪽으로 시선을 돌렸다. 칼갈이 노인은 벌써 짐을 챙겨 나서고 없었다.

환유성은 숫돌이 놓여 있었던 협탁 쪽을 살폈다.

"그런 숫돌이라면 내 검도 갈아볼 수 있을 것 같군."

그는 장삼을 걸치고는 객실을 나섰다.

점소이들은 부지런히 탁자 위를 치우고 있었다. 새벽부터 부산을 떨어서인지 점소이들은 연신 하품을 해댔다.

주인은 환유성을 보고는 이맛살을 찌푸렸다.

"아니, 여태 떠나지 않고 있었단 말이오?"

환유성은 의자에 앉으며 무덤덤하게 되물었다.

"다른 사람들은 모두 떠났소?"

"머뭇거릴 겨를이 없소. 내 먹을 것을 싸줄 테니 어서 뒤따라가시오. 해가 지기 전까지 한해를 통과하려면 서둘러야만 하오."

"해가 지면 어떻소? 잘 곳이 없으면 대충 아무 데서나 눈을 붙이면 되지."

"허어, 한해의 밤은 그야말로 귀신 세상이오. 이러다 오늘 떠나기는 틀렸소."

주인은 답답하다는 듯 연신 혀를 찼다.

환유성은 구석진 곳에 놓인 탁자에서 음식을 먹고 있는 노인을 가리켰다.

"나 혼자는 아니잖소?"

검고 흰 머리카락이 뒤섞인 반백의 노인 하나가 계란탕과 만두를 먹고 있었다. 환유성과 한 객실에서 잤던 노인이었다.

노인은 천천히 고개를 들어 환유성 쪽을 바라보았다.

왼쪽 눈에 검은 안대를 댄 애꾸였다. 세월의 풍상을 겪은 주름살투성이의 얼굴이었지만 눈빛은 아주 예리했다. 그의 강렬한 눈빛을 접한 환유성은 알 수 없는 위축감에 젖고 말았다. 그것이 그를 짜증나게 만들었다.

그는 본능적으로 자극을 싫어한다. 집착과 관심 또한 그와는 거리가 멀었다.

그를 물에 비하자면 평지를 흐르는 잔잔한 물이고, 바람에 비하자면 하늘하늘 부는 미풍이다. 그는 외부의 영향에 의해 흔들리는 것을 거부한다. 그것은 어찌 보면 지나친 자부심이고, 그런 자부심이 권태로

드러나는 것이다.

주인은 점소이가 가져온 음식을 탁자에 내려놓았다.

"마검(磨劍)노인은 언제 한해를 건널지 모르는 사람이오. 이왕 이리된 바에야 며칠 더 묵었다가 다른 대상 행렬이 오면 함께 떠나도록 하시구려."

환유성은 만두를 우물거리며 마검노인을 힐끔 보았다. 그는 숫돌이든 듯한 묵직한 바랑을 어깨에 메고 객잔 마당으로 나서고 있었다.

객잔 주인은 환유성이 며칠 더 유할 것을 확신한 듯 맞은편에 앉아너스레를 떨었다.

"그래, 검사는 어디에서 왔소? 이런 궁벽한 곳에 처박혀 있으니 세상이 어찌 돌아가는지도 잘 모르겠수다. 내 어쩌다 한해 주변에 와서객잔을 열게 되었지만 왕년에는 금릉에서 알아주는 거부였소. 서호에항주의 명기들을 끼고 몇 날 며칠 놀잇배를 타고 놀기도 했소. 하하,생각만 해도 그때가 그립군."

계란탕을 떠먹던 환유성은 고개를 들어 권태로운 눈빛을 던졌다.

"누가 물어봤소?"

주인은 식사를 마치고 객잔 밖으로 나서는 환유성의 등을 향해 나직이 욕설을 퍼부었다.

"뭐 저런 놈이 다 있어? 뒈지든 말든 그냥 한해로 떠나게 내버려 두어야겠군."

마검노인은 마당 한쪽의 우물가에서 숫돌을 벌여놓고 칼을 갈고 있었다. 병기라고도 할 수 없는 작은 단검들이었다.

슥삭슥삭!

숫돌에 물을 뿌려가며 칼을 가는 그의 손놀림은 사뭇 신중했다. 평범한 칼갈이들의 손놀림과는 확실히 차이가 있었다.

환유성은 마검노인 옆으로 섰다.

"검을 갈고 싶소."

마검노인은 쳐다보지도 않고 여전히 단검을 가는 데에만 열중했다.

"내가 검을 갈아주는 값은 아주 비싸네."

"가격은 상관없소."

"게다가 난 아무 검이나 갈지 않네."

"그렇군. 한 맺힌 도검만 갈았기에 숫돌에서 피 냄새가 풍겼나 보구려."

마검노인은 비로소 칼을 갈던 손을 멈추고 고개를 들었다. 외눈에서 반짝이는 안광이 마치 화살처럼 날카로웠다.

"내 숫돌에서 피 냄새를 느꼈다고?"

"난 어떤 상황에서도 잠을 푹 자는 사람인데 어젯밤에는 그 숫돌에서 풍기는 피 냄새 때문에 몇 번이나 깨어나야 했소."

"자네가 이미 검귀 단계에 이른 고수인 줄은 미처 몰랐네."

"검을 갈 거요, 말 거요?"

"검을 한번 볼까?"

환유성은 낡은 검집에서 반검을 뽑아 건넸다.

반검을 쥐고 살피던 마검노인의 눈빛이 경이로움에 젖는다. 검신을 매만지는 그의 손끝이 가늘게 떨린다.

그의 입에서 탄성이 터져 나왔다.

"으음, 이럴 수가!"

"……?"

"자네, 어떻게 이 검을 손에 넣게 되었는가?"

"그냥 얻게 되었소."

"내가 알기로 지상 최고의 검은 전설의 오대명검과 오대신검일세. 이를 천하십대검(天下十大劍)이라 하는데 자네의 반검은 십대검에 견주어도 손색이 없군."

마검노인은 묘한 감상에 젖어 검신을 어루만졌다.

"내 살아서 이런 검을 보게 되다니……."

환유성은 무미건조한 음성으로 한마디 던졌다.

"검을 갈 거요, 말 거요?"

마검노인은 고개를 저었다.

"이 검을 갈 수 있는 숫돌이 내게 없네."

"그럼 그만두시오."

환유성은 검을 돌려달라는 듯 손을 내밀었다.

반검을 쥔 마검노인이 천천히 몸을 일으켰다. 다소 왜소하게만 보인 노인이 갑자기 산악처럼 크게 보인다.

잔뜩 권태에 젖어 있던 환유성의 표정이 딱딱하게 굳어졌다.

그는 본능적으로 위기를 느꼈다. 마검노인의 외눈에서 번득이는 기운은 분명 살기였다. 그것을 알면서도 피할 방도가 없었다. 만일 마검노인이 반검을 휘두른다면 그는 눈을 빤히 뜬 채 목이 베어져야만 할 것이다.

환유성은 내심과는 달리 흔들림없는 눈빛으로 마검노인을 직시했다.

"날 죽여 얻고 싶을 만큼 검이 탐나시오?"

마검노인의 눈빛이 심하게 흔들렸다. 그는 자신의 무슨 짓을 했나 싶어 고개를 휘젓고는 반검을 내밀었다.

"자네의 성격을 보니 수천금을 준다 해도 그 검을 팔지 않을 것 같군."

환유성은 반검을 등의 검집에 꽂았다.

"물론이오."

그는 마구간 쪽으로 걸음을 옮겼다. 변함없이 느릿한 발걸음이었지만 왠지 불안정해 보인다. 그는 알고 있었다. 아주 찰나의 순간이었지만 저승의 문턱까지 갔다 왔다는 것을 분명히 느끼고 있었던 것이다.

객잔의 주인은 은자 한 덩이를 손에 쥐고는 입맛을 다셨다.

"거 고집 부리지 말고 웬만하면 기다렸다 대상 행렬에 합류하시구려."

말안장에 오른 환유성은 가볍게 목례해 보이고는 한해라고 명명된 사막으로 말을 몰아갔다. 주인을 닮아서인지 바싹 여윈 말 역시 발걸음이 권태로웠다.

주인은 질렸다는 듯 고개를 절레절레 저었다.

"젊은 친구가 어지간하군. 그렇게 목숨이 부담스러운가?"

마검노인이 주인에게 은자 한 덩이를 내밀었다.

"말 한 필 내주게."

주인은 눈을 커다랗게 떴다.

"마 노인도 떠나시려우?"

"더 이상 머물 이유가 없을 것 같군."

"너무 늦었수. 정 떠나겠다면 내일 새벽에 떠나시오."

"어서 말이나 내주게."

객잔 주인은 비교적 건강한 준마 한 필을 내주었다. 말에 올라탄 마검노인은 고삐를 당기며 한해 쪽으로 말을 몰아갔다.

객잔 주인은 떨떠름한 표정이 되어 중얼거렸다.

"거 이상한 사람들이군? 마치 죽지 못해 안달인 것 같아."

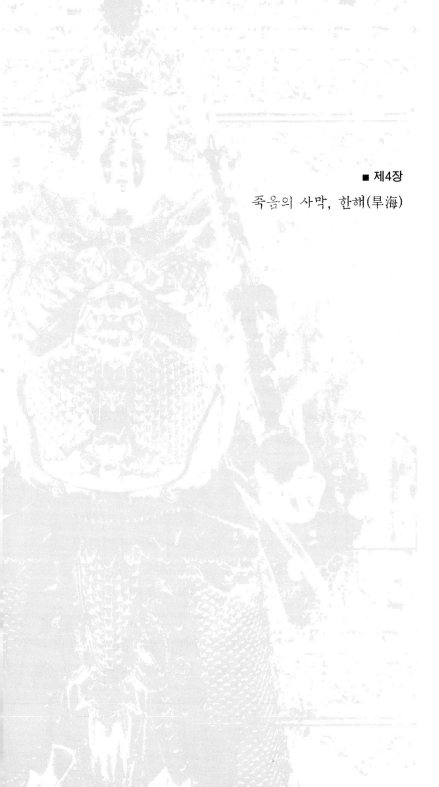

■ 제4장
죽음의 사막, 한해(旱海)

1

한해는 요녕성과 산서성 사이에 위치한 거대한 돌사막이다. 남북으로 이천 리요, 동서로 삼백 리다. 사막을 가로지르는 가장 빠른 거리도 이백 리에 달해 하루에 주파하려면 여간 강행군을 하지 않으면 어렵다.

환유성을 태운 말은 터벅터벅 메마른 사막 위를 걸어갔다. 곳곳에 솟은 칼날 같은 바위산은 한낮인데도 불구하고 음산한 분위기를 자아낸다.

환유성은 물 주머니를 꺼내 입을 적셨다.

말 가죽으로 만든 물 주머니에서는 고약한 냄새가 풍겼다. 하지만 환유성은 인상 한번 찌푸리지 않았다. 현상범을 추격하다 보면 썩은 물로 목을 축여야 할 일도 많았기 때문이다.

사막의 해는 유난히 짧았다.

환유성이 한해를 절반도 통과하기 전에 지평선 너머로 해가 저물었다.

"이 굼벵아, 차라리 걷느니만 못하구나."

환유성은 말 머리를 가볍게 쥐어박으며 툴툴거렸지만 박차를 가하지는 않았다.

휘이이잉―!

해가 지기 무섭게 광풍이 밀어닥쳤다. 구릉을 넘어 불어오는 자욱한 먼지바람에 눈을 뜨기도 어려울 정도였다.

환유성은 준비해 둔 두건으로 입과 코를 가렸지만 여윈 말은 앞으로 나아가지 못하고 연신 힘겨운 울음소리를 울어댔다. 바람 소리는 더욱 거세졌다. 칼바람은 마치 귀신의 호곡성처럼 귀청을 자극했다.

말에서 내려선 환유성은 겁에 질려 뒷걸음질을 치는 말을 고삐를 잡아당겨 바위산 기슭으로 이끌었다.

"이 겁쟁이야, 널 잡아먹을 귀신도 없어. 뭐 먹을 거나 있어야지?"

환유성은 말안장을 끌어내렸다.

말안장은 얇은 가죽을 덧대 만들었기에 매듭을 풀자 넓은 가죽 장막이 되었다.

사방으로 무거운 돌을 배치하고, 막대기 몇 개를 세워 간단한 막사를 만든 환유성은 말의 엉덩이를 때려 막사 안으로 끌어들였다. 말은 비로소 안정이 된 듯 구슬픈 울음소리를 멈추었다.

환유성은 모포 한 장을 바닥에 깔고는 벌렁 누웠다.

"이 녀석아, 내가 옛날얘기 하나 해줄까? 초나라 패왕이 아끼던 말이 있었는데 이름이 추(騅)야. 하룻밤에 천 리를 달리는 명마지. 게다가 충성심도 강해 초패왕이 죽자 자신도 해하에 몸을 던져 죽었어. 그런 추와 비길 만한 명마가 또 있지. 촉한의 명장 관우가 타고 다니던 적토마야. 그 말도 역시 주인이 죽자 굶어 죽었지. 같은 말이라도 너와 너무 비교돼서 하는 얘기야."

여윈 말은 앞발을 꺾고는 배를 바닥에 깔았다. 하루 종일 여물도 먹지 못해 옆구리 뼈마디로 손가락이 들어갈 만큼 홀쭉해져 있었다.

환유성은 흙먼지로 지저분한 말의 갈기를 쓰다듬었다.

"넌 날 만난 게 행운이야. 나 아니면 누가 수레조차 제대로 끌지 못하는 약골을 타고 다니겠냐?"

그것은 사실이었다.

여윈 말은 짐수레나 끌던 하급마였다. 가득 실은 짐의 무게를 이기지 못해 다리를 꺾자 말 주인은 매몰차게 채찍으로 때렸다. 말 주인은 말을 잘못 산 분풀이라도 하듯 때려죽일 기세였다.

그때 지나가던 환유성이 한마디 던졌다.

"거 때려죽일 생각이면 차라리 나한테 파슈."

말 주인은 그냥 죽이면 손해다 싶어 은자 열 냥에 말을 팔았다. 이후 삼 년 동안 여윈 말은 환유성을 태우고 요동을 떠돌게 되었던 것이다.

"네 녀석이 마음에 든 건 지저분해서야. 나 씻기도 귀찮은데 널 어떻게 씻겨주겠냐?"

환유성은 마른 입술을 혀로 핥았다.

"생각해 보니 여태 네게 이름도 지어주지 않았군. 뭐, 추나 적토마 같은 명마는 아니라도 이름은 있어야 할 텐데 말이야."

여윈 말은 검은 눈망울을 떼굴떼굴 굴리며 환유성의 내려다보았다. 생전 관심조차 보이지 않았던 주인이 왜 이러나 싶은 눈치였다.

"그래, 소추(小騶)가 좋겠군. 추 같은 명마가 못 돼도 좋으니 제발 겁쟁이처럼 굴지만 마라. 난 비굴한 놈이 제일 싫어. 알겠냐, 소추?"

여윈 말은 이렇게 해서 소추라는 이름을 갖게 되었다.

무료함 때문인지 소추를 상대로 평소와 달리 많은 얘기를 털어놓은 환유성은 이내 잠들었다.

막사 바깥에서 불어대는 광풍은 더욱 거세졌다. 돌로 눌러놓은 가죽 막사가 금세라도 찢길 듯 펄럭거린다. 수저로 쇠솥을 긁어대듯 날카로운 파공성은 듣는 이로 하여금 머리카락을 쭈뼛 서게 할 정도였다.

소추는 막사를 때리는 자갈 섞인 바람에 놀라 번번이 깨어났지만 환유성은 몸 한 번 뒤척이지 않고 잠을 잤다. 귀신의 구슬픈 비명 같은 바람 소리도 그에게는 자장가처럼 들릴 뿐이다.

2

환유성을 태운 소추는 전날답지 않게 씩씩한 발걸음으로 한해를 가로지르고 있었다.

자신에게도 이름이 생겼기 때문일까. 늘 고개를 수그린 채 주인보다 더 권태로운 모습을 한 소추로서는 실로 놀라운 변신이었다.

까악— 까악—

구릉 너머에서 까마귀가 맴돌고 머리가 훌렁 까진 독수리가 커다란 날개를 휘저으며 날아다니고 있었다.

"……?"

환유성은 본능적으로 죽음의 냄새를 직감할 수 있었다.

구릉을 넘어서자 과연 참담한 광경이 한눈에 들어왔다. 사람과 말의 시체가 즐비하게 널려 있었다. 행색으로 미루어 어제 아침 객잔을 떠나온 대상들이 분명했다. 호위 무사들 역시 참혹하게 죽어 나자빠져 있었다.

"귀신의 짓은 아니고… 야적(野賊)을 만났나 보군."

시체를 뜯어먹던 까마귀와 독수리 떼들은 소추가 다가서자 날개를 푸덕이며 뒤로 이동했다. 모처럼의 먹이를 앞에 놓아서인지 달아날 기미는 전혀 보이지 않았다.

들짐승이 뜯어먹고 새들이 파먹어서인지 시체들의 형상은 참으로 끔찍했다. 어지간한 사람도 구역질을 하며 고개를 돌려야 할 정도였다.

환유성으로서는 대상들과 함께 떠나지 않은 것이 오히려 다행일 수 있었다. 물론 그가 감당할 정도였다면 모를까 그렇지 못할 강적이었다면 그 역시 널브러진 시체 속에 쓰러져 있었을 것이다.

"묻어주자니 너무 많군."

환유성은 잠시 주변의 참상을 둘러보다 그냥 앞으로 나갔다.

돌무덤이라도 만들어주고 싶었지만 오십여 구의 시체를 수습한다는 것은 보통 어려운 일이 아니었다. 그렇다고 누구는 묻어주고 누구는 버려둘 수도 없는 일이 아닌가.

시체가 썩어 들어가는 악취 속을 겨우 벗어날 때였다.

두두두―!

구릉 위로 십여 필의 준마가 모습을 드러냈다. 제각기 병기로 무장한 흉악스런 야적 떼들이었다. 그들은 기고만장한 함성을 지르며 일제히 구릉을 타고 달려 내려왔다.

환유성은 권태로운 눈빛으로 그들을 쓸어보고는 소추를 멈춰 세웠다.

흙먼지를 일으키며 달려온 야적들은 능숙한 기마술을 발휘하며 환유성을 둥그렇게 에워쌌다. 그들은 초장부터 주눅을 들게 할 요량으로 자욱하게 먼지를 일으키며 포위망을 좁혀왔다.

얼굴 가득 칼자국이 그어진 중년인이 앞으로 나서며 환유성을 훑어보았다.

"염병, 대상들을 급히 따라온 상인인 줄 알았더니 벗길 껍데기조차 변변찮은 비렁뱅이잖아?"

"너희들은 누구냐?"

"크홋, 우리 한해야적을 보고도 뻣뻣하게 굴다니 제법 간담이 큰 놈이군."

"너희들이 저 무고한 상인들을 모두 죽인 것이냐?"

"우리야 그저 통행세나 조금 받으려 했지. 한데 굳이 목을 베어달라더군. 클클!"

주변의 졸개들은 중년인을 따라 키득거렸다. 환유성은 무덤덤하게 말을 받았다.

"저들을 묻어주고 조용히 떠나라."

"묻어주라고?"

"물건만 뺏으면 됐지 굳이 죄없는 상인들까지 왜 죽여?"

"……?"

중년인은 너무도 차분한 환유성의 태도에 다소 경각심을 느꼈다. 하지만 아무리 살펴봐도 절세적 고수 같아 보이지는 않았다. 게다가 수적으로 우위인 상황이라 이내 경계하던 마음을 지워 버렸다.

"네놈도 같은 신세가 될 테니 남을 동정할 필요 없다. 곱게 죽고 싶다면 있는 물건을 모두 내놓아라."

환유성은 중년인과 야적들을 죽 둘러보았다.

"니들 목에도 현상금이 걸려 있느냐?"

"현상금?"

중년인은 뭔 말인가 싶어 졸개들 쪽으로 시선을 돌렸다. 뱁새눈을 한 졸개 하나가 아뢴다.

"부두목, 아무래도 현상범 추격자쯤 되는 것 같습니다."

한해야적의 부두목은 환유성을 쏘아보았다. 잔뜩 적개심이 서린 눈빛이었다.

"강호에 은자를 쫓는 인간 사냥꾼이 있다 들었는데 바로 네놈도 그 더러운 족속들 중 하나냐?"

"현상금이 걸려 있는지 없는지만 말해."

"크흣, 아마도 숱한 약탈과 살인을 저질렀으니 은자 백 냥쯤은 걸리지 않았겠냐?"

뱁새눈의 수하가 나직이 속삭인다.

"부두목, 속하가 알기로는 황금 백 냥입니다."

"그래? 내 악명이 제법 높은가 보다."

"예전에는 고작 은자 백 냥이었는데, 지난번 화옥군주가 납치된 후로……"

부두목은 냅다 수하를 후려졌다.

"닥쳐라, 이놈!"

싸대기를 맞은 뱁새눈의 수하는 아픈 비명을 지르며 말안장 위에서 떨어졌다.

"함부로 입을 놀리지 말라 하지 않았더냐!"

부두목은 사납게 외치고는 수하들에게 눈짓을 보냈다.

"놈을 짓이겨 버려라!"

야적들은 일제히 병장기를 빼 들고는 달려들었다.

"이야아!"

"뒈져라!"

그들은 마상에서도 능숙하게 병기들 다룰 만큼 기마술이 뛰어났다. 환유성은 소추의 목덜미를 다독거렸다.

"소추, 넌 가만히만 있으면 돼."

평소 같으면 냅다 달아났을 소추였지만 이름을 갖고서부터 제법 강단이 생겼는지 고분고분 환유성의 지시에 따랐다.

위이잉─

쇠사슬에 철퇴를 단 유성추가 먼저 날아들었다. 환유성은 마상에서 튀어오르며 유성추를 피해냈다. 어깨 위로 올라간 그의 손에 반검의 손잡이가 쥐어진다.

번쩍!

번뜩이는 섬광과 함께 유성추를 날린 야적의 팔이 어깨서부터 베어졌다.

그의 구슬픈 단말마가 울려 퍼지기도 전에 낫을 휘두르던 야적의 손목이 댕강 날아간다. 다른 야적들 몇은 환유성의 발길질에 눈알이 터지고 코뼈가 분질러지며 나가동그라졌다.

삽시간에 야적 십여 명을 날려 버린 환유성은 빙글 회전하며 소추의 안장 위로 사뿐 내려앉았다.

"으으, 이… 이놈이?"

부두목은 가슴이 철렁 내려앉고 말았다.

설마 했던 우려가 현실로 나타난 것이다. 그가 본 것은 번뜩이는 섬광과 서너 차례의 각법뿐이었다. 칼등에 톱날이 새겨진 기형도를 쥔 그의 손에 땀이 축축이 배어 나왔다.

환유성은 부두목에게로 시선을 던졌다.

"난 현상금이 걸려 있는 놈만 목을 베지. 그만한 대가는 받아야 하니까."

"네, 네놈의 이름이 뭐냐?"

"환유성. 하지만 요동에서 왔으니 잘 모를 거야."

"큭, 이름도 들어본 적이 없는 무명소졸이군."

부두목은 다소 자신감을 되찾았다. 중원에서 혁혁한 명성을 날린 고수라면 그가 모를 리 없기 때문이다.

"난 한해귀도(旱海鬼刀)라 한다. 내 손에 죽는 걸 영광으로 생각해라."

환유성은 다소 짜증스러운 듯 미간을 살짝 찌푸렸다.

"말이 많은 놈이군. 어서 와라."

"이노옴!"

한해귀도는 말의 옆구리를 힘차게 찍으며 돌격해 왔다.

둘의 간격이 삼 장 이내로 좁혀들자 한해귀도는 말안장에서 힘차게 솟아올랐다. 그는 허공에 뜬 상태로 날아들며 기형도를 휘둘렀다.

쐐애액—!

흉악스런 야적의 도법이라 하기에는 상당한 경지에 오른 쾌잔한 칼솜씨였다. 이런 도법은 훌륭한 스승을 만나지 않고서는 습득할 수 없는 절기에 해당된다. 십수 개로 갈라진 도신은 동시에 환유성의 전신으로 내리 꽂혔다.

환유성은 내심 놀라움에 젖지 않을 수 없었다.

'수련이 부족해서 그렇지 무서운 도법이다.'

그는 비스듬히 반검을 휘둘렀다.

차차창―!

잇달은 금속성과 함께 한해귀도의 몸이 높이 퉁겨져 올랐다.

한해귀도는 허공에서 빙글 회전하며 두 발을 하늘로 한 채 낙하하며 재차 도법을 전개했다.

"낙천쾌섬!"

환유성의 눈에서 혜광이 반짝인다.

사위를 차단한 채 날아드는 도법은 쾌속함과 독랄함을 동시에 지니고 있었다. 어떻게 몸을 뺄 수는 있겠지만 그랬다가는 소추가 단칼에 요절날 것이다. 물론 그는 아직까지 어떤 상대를 만나서도 정면 승부를 회피한 적이 없었다.

환유성은 만년빙처럼 차가운 칼 그림자 속에서 한줄기 온기를 느낄 수 있었다. 그것은 한해귀도의 체온이었다. 상대의 체온을 감지할 수 있다면 그곳이 바로 허점이다.

말안장에서 솟구쳐 상대의 도법 속으로 뛰어든 환유성은 지체없이 쾌검을 전개했다.

번쩍!

한해귀도는 심장서부터 목까지 이어지는 섬뜩한 기운에 전신의 맥이 탁 풀렸다.

자신의 절기가 채 펼쳐지기 전에 그의 혼백은 육체를 떠나고 말았다. 그의 몸이 메마른 바닥으로 떨어졌을 때 이미 목과 몸은 분리돼 있었다.

부상을 입고 신음을 하던 야적들은 입을 쩍 벌렸다.

"마, 맙소사!"

"부두목께서… 죽다니!"

"이, 이럴 수가!"

환유성은 반검을 거둔 채 메마른 사막 위를 터벅터벅 걸었다. 베어진 수급에서 피가 빠져나오기를 기다리는 것이다.

"어서 두목께 알려야 한다!"

"검을 귀신같이 쓰는 놈이다!"

야적들은 말 머리를 돌리며 부리나케 언덕 너머로 달아나기 시작했다.

정의로운 협사였다면 그들마저 제거해 무고하게 죽은 대상들을 위해 복수해 주어야 옳지만 환유성은 의협심과는 거리가 멀었다. 현상금이 걸리지 않은 자들을 죽인다는 것은 그에게 있어 너무도 무의미한 싸움이었기 때문이다.

졸개들이 달아나든 말든 그에게는 하등 관심이 없었다. 그는 뒷짐을 진 채 목이 잘려진 한해귀도의 주변을 느릿느릿 걸을 뿐 달아나는 야적들한테는 일별도 주지 않았다.

다행히 사막의 공기는 건조해 한해귀도의 수급은 이내 말랐다.

가죽 주머니에 한해귀도의 수급을 담은 환유성은 소추의 등에 올랐다.

"중원에서의 첫 수입이군."

3

환유성이 한해를 거의 가로질렀을 때는 해가 저물어가는 어둑어둑한 석양 무렵이었다. 마을까지는 아직도 상당한 거리가 있는지 등불하나 보이지 않았다.

그가 가파른 구릉을 오르고 있을 때였다.

두두두—!

지축을 진동하는 요란한 말발굽 소리와 함께 오십여 필에 달하는 인마가 뿌연 먼지를 일으키며 지평선 저편에서 달려왔다.

환유성은 구릉 중턱에 서서 그들을 돌아보았다. 살기등등한 모습의장한들은 바로 한해의 야적들이었다. 부상을 입고 달아난 졸개들이 더많은 수요의 동료를 이끌고 나타난 것이다.

"......?"

환유성의 반쯤 늘어진 눈까풀이 다소 치켜 올려졌다.

야적들의 선두에서 미끄러져 오는 인물은 말도 타지 않고 경공으로미끄러져 오고 있었다.

뒷짐을 진 채 천천히 한 걸음씩 내딛고 있었는데 그 속도는 오히려준마를 능가할 정도였다. 선인들의 신법인 축지성촌(縮地成寸)의 경지는 아니었지만, 그 유연한 경공 하나만으로 능히 절세적 무공 수위를짐작케 할 정도였다.

구릉 아래에 이른 야적들은 두 패로 갈라져 차고 오르며 환유성을원형으로 포위했다.

환유성은 소추의 목덜미를 다독여 주고는 안장에서 내려섰다.

유연한 경공으로 다가선 인물은 아주 흉측한 모습의 노인이었다. 코가 베어져 콧구멍만 횅하니 뚫려 있고, 얼굴 가득 흉터로 가득해 마치 덜 부패된 시체가 무덤을 헤치고 나온 모습이었다.

"네놈이 내 제자의 목을 베었느냐?"

노인의 쉰 목소리는 듣기에도 역겨웠다.

환유성은 상대의 전신에 서린 기도만으로 여태껏 만나온 중 최강의 적임을 직감할 수 있었다. 그러나 그의 권태로운 표정은 전혀 변함이 없었다.

"맞아."

"네 이놈!"

중년인의 모습이 한줄기 연기처럼 사라졌다.

짜악!

환유성은 한쪽 볼에 강한 충격을 느끼며 비틀 한 걸음 물러섰다. 그의 한쪽 볼이 벌겋게 부어올랐다. 어찌 막아볼 새도 없이 따귀를 한 방 맞은 것이다.

노인은 언제 움직였느냐 싶게 유령처럼 제자리에 내려섰다.

"애들 말에 의하면 요동인가 하는 곳에서 온 촌놈이라고? 아무리 그렇다 해도 본좌를 몰라본단 말이냐?"

환유성은 피 섞은 침을 퉤 뱉었다.

"네 목에는 현상금이 꽤 많이 걸린 것 같군."

"크크, 물론이다. 태양천에서조차 눈에 불을 켜고 본좌를 찾으려 하지."

"얼마짜리지?"

"황금으로 천 냥은 걸렸을 것이다."

중년인은 오만한 미소를 지으며 수하들을 둘러보았다.

"얘들아, 그동안 본좌의 목을 노렸던 놈들이 어찌 됐나 말해 주어라!"

수하들은 과장된 웃음을 터뜨리며 지껄였다.

"헤헤, 중추삼협이란 놈들이 찾아왔다 전신이 토막나 죽었습니다요."

"현상범 추적자 놈들은 모두 난도를 쳐 젓갈을 만들었습죠."

"크홋, 곤륜의 도사 놈들 둘은 모래 속에 처박혀 타 죽었습니다요."

환유성은 다소 짜증스런 표정을 지었다.

"그래 봤자 야적들의 두목 아니냐?"

"이놈아, 귓구멍을 씻고 똑똑히 들어라. 본좌는 천잔칠괴(天殘七怪) 중 단비사도(斷鼻死刀) 막충(冥衝)이다. 이제야 알아보겠느냐?"

코가 베어진 죽음의 칼!

그는 능히 오만할 자격이 있는 사도의 수괴였다.

20년 이래 태양천에 의해 괴멸된 네 개의 방파를 사중악(四重惡)이라 하는데 악인궁(惡人宮), 천잔방(天殘幇), 혈야회(血夜會), 백마성(百魔城)이 그들이다.

천잔칠괴는 천잔방의 일곱 수괴였는데 태양천주에 의해 세 명이나 죽고 말았다. 이후 천잔방이 해체된 후 중원 각처로 흩어져야 했다.

환유성은 가볍게 고개를 끄덕였다.

"이제 기억이 나는군. 금살명부에 오른 대악적을 만나게 되다니 정말 행운이야."

"뭐, 뭐야?"

가뜩이나 흉측스런 막충의 얼굴이 생강을 씹은 듯 더욱 심하게 구겨졌다. 태양천주에 의해 패하기 전까지는 단비사도라는 별호만으로 천하를 진동시켰던 그가 아닌가.

막충은 이를 빠드득 갈았다.

"으으, 내 비록 태양천에 패해 야적들의 괴수가 되었지만 너처럼 오만방자한 놈은 처음 보았다."

그는 왼손을 꼿꼿하게 세워 들었다.

"내 네놈의 배를 갈라 간덩이가 얼마나 큰지 꼭 봐야겠다."

"난 네 목 하나면 충분해."

환유성의 무덤덤한 말투에 막충은 분노가 머리꼭대기까지 치솟았다. 썩은 돼지 간처럼 달아오른 그의 얼굴은 금세라도 폭발할 기세였다.

"노옴!"

막충은 빠르게 미끄러지며 꼿꼿이 세운 손날을 칼 삼아 내려쳤다. 무명소졸을 상대로 병기를 뽑는 것조차 수치스럽게 여긴 것이다.

쐐애액―!

대기를 가르는 파공성만으로 상대를 압도할 만큼 강력한 공격이었다.

환유성은 한해귀도와의 일전을 통해 막충의 실력을 짐작하고 있었다. 정면 승부로는 절대 이길 수 없는 강적이다. 하지만 기습이라든가 상대의 방심을 유도한다면 그래도 승산은 있다고 생각했다. 지금처럼 칼도 뽑지 않고 덤벼든다는 건 천재일우의 기회였다.

환유성은 자신만의 독보적인 쾌검에 승부를 걸었다.

번쩍!

그의 손이 등 뒤의 반검을 쥐었다 싶자 섬광이 허공을 갈랐다.

그가 현상범을 추적 하면서 이토록 빠른 쾌검을 전개하기도 처음이었다. 그의 쾌검은 싸움을 통해 계속 빨라지고 있었지만 지금의 쾌검은 전광석화 그 자체였다.

그러나 상대는 녹록치 않은 사도의 최절정급 고수 중 하나였다.

"허억!"

막충은 비스듬히 목을 베어오는 쾌검에 정신이 아득해졌다. 그는 본능적으로 몸을 옆으로 틀며 수도로 검신을 후려쳤다.

퍼억—!

둔탁한 폭음과 함께 둘은 동시에 앞뒤로 갈라졌다.

검신을 후려친 막충의 한쪽 소매가 붉게 물들었다. 팔뚝이 한 자나 길게 베어지는 부상을 당한 것이다. 또한 목 언저리에도 검흔이 새겨졌다.

막충은 길게 진기를 들이키며 놀란 가슴을 진정시켰다. 만일 그의 반응이 조금만 늦었더라면 그의 목은 이미 땅에 떨어졌을 것이다.

야적들은 입을 쩍 벌린 채 자신들의 눈을 씻었다.

그들은 십 년 넘게 막충을 수괴로 받들어오면서 막충의 절세적 무공을 철석같이 믿고 있었다. 한데 변방인 요동에서 온 무명소졸에게 이런 수모를 당할 줄은 꿈에도 생각지 못했던 것이다.

막충은 스르릉 철도를 빼 들었다. 상대에 대한 경시를 싹 지운 그의 얼굴에는 비장한 결의마저 엿보였다.

"네놈의 쾌검을 미처 파악치 못했구나!"

"……."

환유성은 가볍게 미간을 찌푸렸다.

'과연 중원의 고수들은 격이 다르군.'

회심의 일격이 실패로 돌아간 환유성으로서는 난감한 상태에 빠지게 되었다. 내공으로 보나 무공초식으로 보나 그는 도저히 막충의 적수가 될 수 없었다.

막충은 초반부터 그의 성명절학인 단천십팔식(斷天十八式)을 전개했다. 한순간의 방심으로 죽음의 위기에까지 처한 그였기에 두 번의 방심은 있을 수 없었다.

그의 도법은 지극히 빠르면서 독랄했다. 한해귀도가 펼친 도법과는 비교도 되지 않을 만큼 쾌잔했다.

환유성은 연속 뒷걸음질을 치며 반검을 휘둘렀다.

차차창―!

검이 부딪칠 때마다 환유성은 손아귀가 찢어지는 듯한 고통을 느껴야 했다. 내공의 절대적 열세로 몇 초를 겨루면서 그는 계속 뒤로 밀렸다.

막충은 역전의 고수답게 환유성의 약점을 이내 파악했다.

'큭, 쾌검은 무섭지만 내공은 형편없는 놈이군.'

그는 내심 회심의 미소를 지으며 매 초식마다 웅후한 공력을 실어 도식을 전개했다.

십 초를 지나지 않아 환유성의 패색이 역력해졌다. 감히 공세를 펼칠 엄두는커녕 일 초 일 초를 막는 데 급급해야 했다.

막충은 서두르지 않았다. 상대의 검에 목이 달아날 위기는 그 평생 두 번째로 겪었기 때문이다.

"단혼참!"

막충은 환유성을 완전히 궁지에 몰아넣었다 확신하고는 비로소 혼신의 공력이 실린 도초를 전개했다. 웬만한 언덕 하나는 그대로 쪼갤 막강한 도식이 환유성의 머리 위로 쏟아져 내렸다.

환유성은 눈앞이 아득해졌다.

일곱 갈래로 갈라져 쏟아지는 도초는 지극히 쾌잔하면서도 강력했다. 그로서는 도저히 모두 막아낼 자신이 없었다.

'끝장인가?'

환유성은 이를 질끈 물며 힘차게 반검을 휘둘렀다. 나름대로 최대한 수비를 하였지만, 일곱 개의 변화 중 하나라도 그의 머리 위로 떨어진 다면 그는 장작처럼 쪼개지고 말 것이다.

죽음.

인간에서 있어 가장 두려운 것이 바로 죽음이다. 죽음을 두려워하는 이유는 본능적 공포 때문이다. 하지만 환유성은 그런 것과는 거리가 멀었다. 그가 숱한 현상범들의 목을 베어왔듯 언젠가 자신도 죽을 것임을 자인하고 있었기 때문이다.

막충의 도식이 그의 백회혈로 내리 꽂히는 순간이었다.

번쩍!

언덕 뒤편에서 한줄기 광선이 날아들었다. 그것은 한 자루 단검이었다. 맑은 금속성과 함께 막충은 손아귀가 터지는 고통에 어쩔 수 없이 물러서야 했다.

"크윽, 웬 놈이?"

환유성은 반검을 늘어뜨린 채 언덕 쪽으로 시선을 돌렸다. 절대적인 위기 속에서 살아났지만 그의 권태로운 표정은 별반 변화가 없었다.

다각다각.

능선 위로 모습을 보인 한 마리 준마가 빠르게 달려오고 있었다. 준마의 등에 타고 있는 인물은 놀랍게도 한해객잔에서 만난 적이 있던 마검노인이었다.

마검노인은 안장에서 내려 막충과 마주 섰다.

막충은 마검노인의 외눈에서 뿜어지는 신광에 가슴이 철렁 내려앉았다. 적어도 그보다 한두 단계 위의 절세고수임을 직감한 것이다.

마검노인은 소매를 뻗어 땅에 떨어진 단검을 능공섭물로 거둬들였다.

막충은 바싹 긴장하지 않을 수 없었다.

"넌… 누구냐?"

마검노인은 숫돌이 들어 있는 바랑에 단검을 챙겨 넣었다.

"노부가 누구인지는 중요치 않다."

"너도 저놈과 한패거리냐?"

"아니다."

"하면 왜 놈을 죽이려는 순간 훼방을 놓은 것이냐?"

"노부가 일초의 검식을 터득한 것이 있는데 저 젊은 친구에게 가르쳐 주고 싶다. 연후 다시 겨뤄보는 게 어떻겠느냐?"

막충의 뻥 뚫린 코가 벌름거린다.

"싫다면?"

"그냥 돌아가던가 아니면 노부의 손에 죽는 일만 남았다."

"큭, 네가 그럴 능력이라도 있단 말이냐?"

마검노인은 단검을 손에 쥐고는 가볍게 퉁겼다.

쐐애액―!

한줄기 섬광이 번득이는가 싶자 막충을 따라왔던 야적들의 입에서 연신 단말마가 터져 나왔다.

"악!"

"헉!"

"캑!"

단검은 삽시간에 야적들 열 명의 가슴을 꿰뚫고는 다시 마검노인의 손으로 되돌아왔다. 가히 신기에 달한 탈명비검술이었다. 가슴이 구멍 난 야적 열 명은 썩은 통나무처럼 마상에서 풀썩풀썩 떨어져 내렸다.

막충은 입을 쩍 벌렸다. 그의 얼굴은 완전 사색이 되었다.

"서, 설마 절대패검(絶對覇劍) 사공인(司空刃)?"

마검노인의 모습에 짙은 그늘이 드리어졌다.

"사공인은 이미 죽었다. 노부는 마검노인일 뿐이다."

말은 그리했지만 자신의 신분을 시인한 것이나 다름없었다.

절대패검 사공인!

검에 관한 한 천하에서 세 손가락 안에 꼽히는 절세적 고수다. 50년 이래 무림을 종횡하며 한 번도 패한 적이 없는 불패고수이기도 하다. 그러한 그가 십수 년 전 갑자기 종적을 감춘 것은 무림의 큰 이변 중 하나였다.

막충은 침을 꿀꺽 삼키고는 급히 포권의 예를 취했다.

"사공 선배를 몰라뵈어 송구하오. 후배는 막충이라 하오."

"알고 있다. 누구라도 네 모습을 보면 단비사도임을 알 수 있지. 사공인은 죽은 사람이니 그냥 마검노인으로 칭해라."

"그, 그래도 되겠소?"

천잔방의 일곱 수괴 중 하나인 막충이었지만 마검노인 앞에서는 쩔 쩔맬 수밖에 없었다. 그도 그럴 것이 마검노인의 전신(前身)인 절대패 검과 겨뤄 살아난 자가 없었기 때문이다.

"막충, 네가 꼭 저 젊은 친구를 죽이고자 한다면 일각의 여유를 다오."

"……?"

"내 일초 검식을 전수한 후 너와 다시 겨뤄보도록 하겠다."

"정말 일각이면… 충분하단 말씀이오?"

"그렇다."

막충은 나름대로 눈알을 굴리다 흔쾌히 고개를 끄덕였다.

"알겠소, 마검 선배. 대신 놈을 죽여도 나서지 않겠다고 약속해 주시오."

"약속하겠다."

막충은 환유성 쪽으로 걸어가는 마검노인의 등을 바라보며 조소를 지었다.

'사공인, 네 아무리 절세적 검왕이라지만 무슨 재주로 일각 안에 저 놈에게 검식을 전수할 수 있단 말이냐?'

그것은 사실이다. 아무리 뛰어난 기재라도 새로운 무공을 연마하는 데에는 수개월에서 수년이 걸린다. 막충은 어서 일각이 흘러 제자의 복수를 하겠다는 생각으로만 가득했다.

환유성은 마검노인을 물끄러미 응시했다.

"노인이 절대패검인 줄은 몰랐소."

"절대패검은 이미 죽은 별호이니 더 이상 거론하지 말게."

"이 싸움은 노인과 전혀 관계가 없는데 왜 끼어드는 거요?"

환유성은 마검노인의 도움으로 위기를 벗어났지만 전혀 고마워하지 않았다. 마검노인 또한 그에 대해 사례를 받고자 하는 마음도 없어 보였다.

"자네의 쾌검은 제법 뛰어나지만 부족함이 많군. 더군다나 동강 난 반검을 병기로 사용하기에 공격을 펼치는 데에도 어려움이 많지."

"노인의 검식을 배우는 데에는 얼마가 필요하오?"

마검노인의 입가에 쓴웃음이 맺혔다.

"자네는 여태 은자를 주고 무공을 익혔나 보군."

"그럼 공짜로 가르쳐 주는 사람도 있단 말이오?"

"사제지간에는 절대 은자가 오가지 않네."

"날보고 노인의 제자가 되란 말이오?"

"왜, 싫은가?"

환유성은 짤막하게 응수했다.

"그렇소."

마검노인은 자신의 제의가 묵살되다시피 거부되자 다소 미간을 찌푸렸다.

"노부의 일초 검식을 전수받고자 수백의 검사들이 무릎을 꿇고 제자가 되기를 청했지. 자네의 오만은 지나치군."

"귀찮아서 그렇지 오만은 아니오."

"검식을 배우지 않으면 자네는 저자의 손에 죽게 되네."

"누구나 한 번은 죽소."

"……."

죽음에 대해 너무도 무관심한 답변에 마검노인은 잠시 말문이 막혔다. 그는 외눈을 가늘게 뜨며 잠시 생각에 잠겼다.

"그럼, 이렇게 하세나."

그는 새로운 제안을 제시했다.

"내 자네에게 일초 검식을 전수해 주는 대신 한 가지 부탁을 하겠네. 그럼 되겠는가?"

"어떤 부탁이오?"

"자네가 막충을 쓰러뜨릴 수 있다면 말해 주지."

환유성은 힐끔 막충에게로 시선을 돌렸다. 막충은 느긋하게 소매로 철도를 닦고 있었다.

"노인의 검식을 배우면 정말 저자를 쓰러뜨릴 수 있소?"

"그것은 자네의 역량에 달려 있네."

"좋소. 노인의 부탁이니 받아들이겠소."

환유성은 마치 선심을 쓰듯 마검노인의 제안을 수락했다.

마검노인은 크게 무시당한 쓰린 마음을 애써 눌러 참고는 차분하게 말했다.

"쾌검은 짧을수록 유리하지만 공격 범위가 제한돼 일검에 적을 쓰러뜨리지 못하면 기회가 없네. 자네의 검은 동강 난 반검이라 쾌속함에서 앞서지만 위력은 다소 떨어지지. 게다가 자네의 쾌검식은 아직 결점이 많네."

"어떤 부분이 결점이오?"

"쾌검은 여느 검식과 달리 발검에 전력을 다해야 하네. 또한 회수도 아주 중요하지. 시각이 별로 없으니 내가 시전하는 것을 보고 배우게나."

마검노인이 손을 내밀자 환유성은 반검을 건네주었다.

반검을 손에 쥔 마검노인은 아주 천천히 검을 뽑는 동작과 펼쳐 내는 수법을 시전해 보였다.

약간 떨어져서 이를 지켜보던 막충은 적이 안심이 되었다.

'흐흣, 놈은 이제 내 손에 죽었다!'

반검을 거둬들인 마검노인은 다시 검을 뽑을 자세를 취했다.

"이번에는 조금 빨리 펼쳐 보겠네."

환유성은 손을 내저었다.

"그만 됐소."

"됐다고?"

"내 결점을 안 것으로 충분하오."

환유성은 뺏다시피 반검을 손에 쥐고는 막충을 향해 걸어갔다.

마검노인은 우려가 되는지 한마디 던졌다.

"노부가 이 쾌검을 창안하는 데 무려 십 년이 걸렸네. 어떻게 한 번 보고서 터득할 수 있겠는가? 아직 시각이 있으니 몇 번 더 보게나. 자네의 목숨이 걸린 일이야."

"보기보다 잔소리가 많은 분이시군."

"허어, 이 친구!"

마검노인은 다소 질린 듯 고개를 내저었다. 칠십 평생을 살아오는 동안 이렇듯 오만스러우면서도 고집스런 자는 처음이었다.

막충은 철도를 어깨에 걸치며 한 걸음 내디뎠다.

"요동의 촌놈, 이제 죽을 준비가 되었느냐?"

"황금 천 냥짜리 목답게 베기가 조금은 번거롭군."

"목이 베어질 놈은 너다!"

막충은 곧바로 보법을 펼치며 미끄러져 왔다.

그의 신형이 흔들리며 여러 개의 분신을 만들어냈다. 확실히 천잔방의 수괴답게 그의 수법은 다양하면서도 독랄했다. 철도에 공력을 운집한 막충은 폭풍 같은 기세로 후려쳤다.

환유성은 감히 맞받지 못하고 발을 놀려 급히 피해냈다.

퍼엉—!

요란한 폭음과 함께 한 자 깊이의 구덩이가 길게 패었다.

막충은 환유성이 별반 달라지지 않았다는 사실에 안도하며 기세등등하게 몰아붙였다.

"쥐새끼처럼 피하기만 할 거냐?"

그는 단천십팔식 중 가장 강력한 위력이 담긴 단월혈식(斷月血式)을 전개했다. 흐르는 달빛을 자른다는 그의 독보적 절예 중 하나다. 예리한 파공성과 함께 철도는 핏빛을 발하며 환유성을 대각선으로 베어왔다.

환유성은 반검을 불끈 쥐었다.

번쩍!

한줄기 섬광이 대기를 갈랐다.

얼마나 빠른 쾌검이었는지 섬광이 걷히기도 전에 뽑힌 반검은 이미 검집에 꽂혀 있었다. 쾌검을 전개한 환유성도 스스로 놀랄 만큼 초절한 쾌검이었다.

막충이 본 것은 자신의 단월섬식 도법 사이로 파고드는 차가운 섬광 뿐이었다. 동시에 그는 목과 몸통이 분리된 시체가 되어버렸다.

무림 사상 가장 빠르다는 절대쾌검식 무흔쾌섬(無痕快閃)의 탄생이었다.

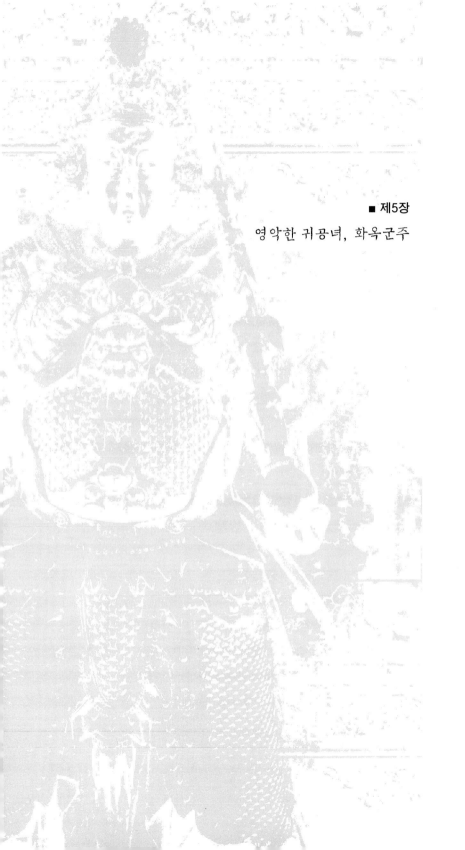

■ 제5장
영악한 귀공녀, 화옥군주

1

두 필의 말이 작은 둔덕을 너머 한해 건너편의 마을로 향하고 있었다.

마상에 타고 있는 두 사람은 환유성과 마검노인이었다. 환유성의 허리띠에 꿰인 가죽 주머니에는 한해귀도의 목과 무려 황금 천 냥의 값이 매겨진 막충의 수급이 들어 있었다.

마검노인은 지평선 저편으로 보이는 마을의 등불을 바라보며 입을 열었다.

"검은 만병의 왕이기에 그것을 쓰는 방법도 다양하네. 내공이 약한 자네로서는 쾌검을 연마하는 것이 최선의 방법이겠지. 물론 공력이 높아진다면 자네의 쾌검은 더 빨라질 수 있을 것이야."

환유성은 나른한 눈빛을 하며 물었다.

"이 쾌검으로 노인의 목을 벨 수 있겠소?"

"내 목을 베고 싶은가?"

마검노인은 메마른 미소를 지으며 환유성에게로 시선을 돌렸다.

환유성은 마을 주변으로 환히 밝혀진 등불을 둘러보며 말을 받았다.

"노인의 눈에는 짙은 한이 서려 있소. 죽게 되면 조금은 편안해질 것 같아서 말이오."

"한이라… 제대로 보았군."

마검노인은 고개를 끄덕이며 말을 이었다.

"막충을 죽였으니 이제 자네에게 부탁을 해야겠군. 자네가 간파한 대로 노부의 가슴속에 맺힌 한을 풀어줘야겠네."

"말해 보시오."

"아직 자네의 쾌검은 완성된 것이 아니네. 훗날 자네가 무흔쾌섬을 완벽히 터득하게 되면 한 사람을 찾아가 겨뤄보게."

"누구요?"

마검노인의 모습에 짙은 어둠이 스며들었다. 선뜻 대답하기 어려운 듯 그의 메마른 입술이 연신 씰룩거렸다.

"그 사람은 바로… 태양천주일세."

"……?"

환유성은 마검노인에게로 시선을 돌렸다. 그는 노인의 깊이 패인 주름 속에 얼룩진 회한을 읽을 수 있었다.

"태양천주에게 패했소?"

"……."

"태양천주는 천하제일인이라 들었는데 과연 그렇소?"

마검노인은 사막의 밤하늘을 빼곡히 채워가는 별빛을 올려다보며 대답했다.

"태양천주는 모든 무공에 능하지만 특히 검법은 최고의 경지에 올라 있네. 인간 한계라는 검성(劍聖)의 경지를 넘어서 검선(劍仙)에 이르렀다 할 수 있지."

"검의 최고 경지는 검신(劍神)이 아니오?"

"검신이라… 그것은 말 그대로 신의 경지일세. 검신은 되고자 한다면 검을 버려야 하지. 하지만 검을 버린다면 무슨 방법으로 검법을 펼칠 수 있단 말인가? 내 평생토록 검신이 되고자 혼신의 힘을 다했지만 이제야 겨우 검성의 단계에 이르렀을 뿐이네."

환유성은 반검을 지닌 관계로 검법을 배우게 되었지만 마검노인처럼 심오한 분야까지는 생각해 본 적이 없었다. 아주 우연한 계기로 그는 검법의 새로운 세계를 접하게 되었다.

이것은 그의 인생의 커다란 전환이기도 했다.

"이십 년 전까지 노부는 스스로 강호제일검을 자처하며 천하를 주유했지. 그러다 당시는 청년이었던 태양천주 단목휘를 만나 호승심에 비무를 하게 되었네. 당시 나의 검은 강함에 주력했던 패검이었고, 단목휘는 지극히 차분한 정검(靜劍)이었지. 첫 번째 비무에서 노부는 삼십 초 만에 검을 꺾어야 했네."

마검노인이 밝힌 내력은 강호에 전혀 알려지지 않은 비사였다.

"두 번째 비무도 있었소?"

"생애 첫 번째로 패한 나는 분함을 참을 수 없어 삼 년간의 각고 끝에 극강한 패검을 연성한 후 재도전을 했네. 하지만 불과 십 초 만에 난 또다시 패하고 말았네."

"삼십 초에서 십 초라… 태양천주가 더 강해지지 않았다면 노인의 검법이 약해진 것이군."

마검노인은 나직이 한숨을 내쉬었다.

"이미 그는 검선의 경지에 올라 내 검법으로는 옷자락 하나 벨 수 없었네."

괴로운 과거사를 털어놓은 마검노인은 마치 커다란 짐을 내려놓은 듯 다소 후련한 모습이 되었다.

"태양천주는 진정한 의인이며 군자일세. 두 번의 비무에서 모두 이겼지만 그는 이런 사실을 전혀 공표하지 않았네. 오히려 나와 같은 상대자가 있기에 자신도 부단히 검술을 연마하게 되어 고맙다고 했지. 그는 언제든 내가 원한다면 비무를 받아주겠다고 했네."

마검노인의 얘기를 들으면서 환유성은 난생처음 가슴 밑바닥에서부터 치밀어 오르는 호승심을 느끼게 되었다.

"그런 사람이라면 꼭 한 번 겨뤄보고 싶소."

"평생토록 검을 품고 살아온 나로서는 더욱 그러하네. 하지만 난 포기했네. 지금 겨룬다면 난 삼 초도 버티지 못할 것이야."

"그가 검신이 아닌 이상 그의 검법에도 어떤 약점은 있을 것 아니오?"

"약점이라… 그는 너무도 완벽하지. 공력에 있어서도 이미 반박귀진에 이르렀으니 말일세. 그런 상대에게 패검으로 덤벼들었으니 나로서는 절대 이길 수 없었네. 한 가지 유일한 대안이 있다면 쾌검뿐일 것이네. 빛살처럼 빠른 쾌검이라면 상대가 천하제일의 공력을 지녔다 해도 그것을 능가할 수 있으니까."

마을 언저리에 이르자 낯선 방문자를 경계하는 개 짖는 소리가 요란하게 들려왔다.

환유성이 남과 이토록 오래도록 대화를 나누기도 처음이었다. 하지만 검을 논하는 대화이기에 모처럼 그는 권태로움에서 벗어날 수 있었다.

"그래서 패검을 버리고 쾌검을 새로 연마한 것이오?"

"그런 셈이지. 하지만 강력한 패검을 구사해 왔던 나로서는 쾌검을 펼치는 데 한계가 있네. 십여 년의 각고 끝에 무흔쾌섬을 창안했지만 나의 손이 따라주지 않더군."

마검노인은 말 고삐를 당겨 세웠다.

"쾌검은 누구나 익힐 수 있지만 최고의 경지에 이르기란 무척 어렵네. 검을 빨리 휘두를 수 있다 하여 쾌검은 아닐세. 진정한 쾌검은 어떤 위기 속에서도 흔들리지 않은 마음에서부터 비롯되는 것이지. 상대 초식의 가장 취약한 부분을 찾아내 격파하는 것이 진정한 쾌검이니까."

환유성은 차분한 눈빛으로 그를 응시했다.

"오늘 많은 것을 배웠소. 한데 왜 나를 선택한 것이오?"

"자네에게는 무도(武道)의 기운이 느껴지네. 무도란 무술과 구분되는 상승의 분야인데 자네는 아마도 선천적으로 타고난 듯하네. 그것은 혈통일 수도 있겠지."

"혈통… 내 아버지와 연관이 있단 말이오?"

"자네 아버지가 누군가?"

환유성은 자신의 내력이 거론되자 짜증이 난 듯 짤막하게 응수했다.

"모르오."

"어쨌든 난 모든 것을 말해 주었네. 태양천주와 겨루고 말고는 자네의 자유일세. 아마도 절대 이길 수 없으리라 확신하네. 하지만 패하게 된다면 나를 찾아오게. 왜 패했는지 그 이유를 알게 된다면 더욱 완벽한 쾌검으로 발전시킬 수 있으니까."

"요행히 이기게 된다면?"

마검노인은 마른 웃음을 흘렸다.

"허헛, 태양천주를 격파한다고? 만일 그렇게 해준다면 기꺼이 내 목을 주지. 내가 창안한 쾌검 아래 기쁘게 죽겠네."

"싫소."

"싫다고? 절대패검의 목을 벴다는 것만으로 자네는 천하의 검성으로 추앙받을 텐데?"

환유성은 소추의 목덜미를 다독여 마을로 방향을 틀었다.

"난 은자가 걸려 있는 자의 목만 베오."

2

환유성이 당도한 마을은 산서성의 북서쪽에 위치한 항단현이었다.

산서성에는 중원오악 중 하나인 북악(北岳) 항산이 사방 이천 리로 산자락을 펼쳐 내고 있는데 항단현은 산자락의 끄트머리에 자리 잡고 있었다.

모험을 감행하고 한해를 건너온 상단을 맞이하기 위한 마을이어서 그런지 제법 규모를 갖춘 시전과 상점이 다닥다닥 붙어 있었다.

본래는 한해를 건너온 상인들이 기분을 전환하기 위해 여흥을 즐기며 야단법석을 떨었지만 최근 한 달 이내에 그런 술자리는 찾아볼 수 없었다.

굳은 표정으로 마을을 순시하는 군병들 때문이다.

마을 입구의 넓은 공터를 가득 메운 백 채의 군막에는 일천의 군병들이 거처하며 출입하는 상단들과 외부인들을 조사하고 있었다. 수시로 병영을 나가는 군마들의 말발굽 소리가 마치 전쟁터를 방불케 한다.

환유성은 항단현으로 들어서기 무섭게 포승에 묶여 병영으로 압송되었다. 군병들과 충돌할 이유가 없는 그로서는 순순히 군병들의 지시에 따랐다.

곳곳에 화톳불이 밝혀진 병영은 보기에도 삼엄했다.

군관 막사로 압송된 환유성은 곰보 자국이 역력한 군관의 취조를 받게 되었다.

"어디서 온 놈이냐?"

"요동이오."

"요동? 그 먼 변방에서 중원에는 무슨 일로 왔느냐?"

"목 벨 놈들을 찾아왔소."

"그래? 그럼… 인간 사냥꾼으로 불리는 현상범 추적자란 말이냐?"

"그렇소."

군관은 뻣뻣하게 선 채 당당히 대꾸하는 환유성을 훑어보며 콧수염을 문질렀다.

"보기에는 닭 모가지 하나 비틀 힘도 없는 것 같은데 정말 현상범 추적자냐?"

"두 번 말하게 하지 마시오."

"네 이놈! 한해의 야적 놈들이 화옥군주를 납치한 이후 이곳은 전시 상황이나 다름없다. 신원이 불확실한 놈들은 무조건 야적으로 간주해 문초하라는 장군님의 지시다!"

"야적들 수괴 둘의 목을 내가 베었소."

"뭐, 뭣이라고?"

군관은 군병들을 시켜 가죽 주머니를 열고 내용물을 가져오게 했다. 주머니에는 피가 말끔히 빠진 두 개의 수급이 들어 있었다.

군관은 수급을 살피며 물었다.

"분명 야적들의 수급이란 말이냐?"

"하나는 한해귀도란 자의 것이고, 다른 하나는 단비사도 막충이란 놈의 것이오."

"다, 단비사도 막충!"

군관은 입을 쩍 벌리며 눈을 커다랗게 떴다.

병영 전체가 술렁이며 요란한 징 소리가 울려 퍼졌다. 횃불이 더해져 병영 주변은 대낮처럼 환해졌다. 일천 군병 모두가 출동할 준비를 갖추는 중이었다.

환유성은 곧바로 장군 막사로 호송되었다.

한해중랑장 관홍(關弘)은 막충의 수급을 손에 쥐고는 부들부들 떨었다.

"이… 이놈, 내 손으로 죽였어야 했거늘!"

관홍의 책사인 순우문이 차분한 어조로 관홍을 진정시켰다.

"장군, 중요한 것은 화옥군주의 생사외다. 일단 무사를 만나 자초지종을 알아봅시다."

관홍은 수급을 내리고는 호위군관에게 지시했다.

"그자를 들여라."

포승에 묶인 채 들어서는 환유성을 본 관홍은 군관을 향해 눈을 부라렸다.

"야적들 수괴의 목을 벤 영웅이거늘 어찌 이렇게 대접하느냐! 당장 포승을 풀고 의자를 내드려라!"

군관은 서둘러 환유성을 옭아맨 포승을 풀어주었다. 의자에 앉은 환유성은 군관이 내주는 찻잔을 받아 들었다.

"현상금이나 주시오."

관홍은 힘있게 고개를 끄덕였다.

"암, 드려야지. 요동에서 왔다고?"

"환유성이라 하오."

"환 대협, 한해야적의 수괴인 막충의 목을 베었다니 정말 놀랍군. 정녕 환 대협이 놈의 목을 벤 것인가?"

"그렇소."

"다른 한 놈의 목은 누구의 것인가?"

"한해귀도라 합디다."

순우문이 환유성의 옆으로 선다.

"한해귀도라면 야적들의 부두목이 아니오? 한해야적의 수괴 둘의 목을 베었으니 대협은 천하에 명성을 떨치게 되었소. 야적들의 본거지까지 직접 찾아갔소?"

"놈들이 찾아왔소."

"혹시 화옥군주님의 행방에 대해서는 아는 바 없소?"

"모르오."

순우문은 속이 바싹바싹 타는 듯 채근하여 물었다.

"대협, 화옥군주님은 황제 폐하의 아우님 되시는 중산왕 전하의 장중보옥이오. 한 달 전 사냥을 나가신 화옥군주께서 납치되신 이후 중산왕부가 발칵 뒤집혔소. 조사 결과 한해야적들의 소행으로 밝혀져 왕부의 군병들이 파견돼 한해를 샅샅이 뒤졌지만 야적들의 본거지는 찾아낼 수 없었소. 하기에 중산왕 전하께서 막대한 황금을 걸고 놈들을 현상 수배한 것이오."

"난 현상금만 받으면 되오."

지켜보던 관홍이 버럭 고함을 질렀다.

"이 사람아, 화옥군주님을 찾지 못하면 현상금도 없어! 군주만 구출하게 되면 부귀영화와 높은 관작까지 받을 텐데 그깟 현상금이 문제인가?"

환유성은 잔뜩 권태로운 표정을 지으며 자리에서 일어섰다.

"그럼, 그만둡시다."

그는 터벅터벅 걸음을 옮겨 막사 밖으로 향했다.

"네 이놈, 거기 섰지 못하겠느냐!"

관홍의 호통에 호위병들은 환유성을 에워싸며 창을 들이댔다.

순우문은 눈알을 굴리며 생각하다 관홍에게 넌지시 아뢰었다.

"장군, 일단 단비사도의 수급을 얻었으니 전하로부터 다소 문책은 면할 수 있게 되었소. 일단 저 사람을 놓아주시지요. 따로 말씀드릴 게 있소이다."

관홍은 호랑이 가죽이 깔린 의자에 앉으며 위엄있게 지시를 내렸다.

"환 대협은 잠시 객잔에 머물러 있게. 막충의 수급을 왕부에 보내 전하의 하교를 받을 때까지 항단현을 떠나서는 아니 되네."

환유성은 천천히 관홍을 돌아보았다.

"어디를 가든 내가 결정하오."

그는 좌우로 비켜서는 관병들 사이를 지나 장군 막사를 나갔다.

관홍은 탁자를 탁 내려쳤다.

"고얀 놈! 당장 하옥을 시켜야겠어!"

"고정하시지요, 장군. 단비사도라면 천잔방의 일곱 수괴 중 하나로 무림계에서도 절세적 고수외다. 그런 놈의 목을 베었다면 저자의 무공 또한 절세적일 것이오."

"내 저런 놈 하나 못 벨 것 같은가?"

순우문은 관홍의 심사를 헤아리고는 유들유들하게 웃었다.

"아니외다, 장군. 무림계의 고수라 한들 어찌 숱한 전장에서 오랑캐를 토벌한 장군의 무술에 비하리까. 어쨌거나 한해야적의 수괴 둘이 죽었다면 이제 야적들의 본거지를 찾아 곧바로 쳐들어가 군주님을 구출할 수 있을 것이외다."

관홍은 초조한 듯 손을 매만졌다.

"제발 무사하셔야 하는데… 혹시 그 천한 놈들한테 무슨 욕이라도 당하는 날에는 우리 모두 중벌을 면치 못할 것이네."

"군주님은 연약한 분이 아니시니 문제될 건 없소이다."

"환가 놈에게 어떤 단서라도 찾았으면 좋으련만……."

"놈이 직접 군주님을 구출해 개인적인 영달을 얻으려 한다면 모를까 아마도 아는 것이 없는 게 분명하외다."

관홍은 술잔 가득 술을 부었다. 넘실거리는 술을 바라보는 그의 눈빛에는 야망의 빛이 가득했다.

"이번 임무는 위기이자 기회일세. 군주님만 무사히 구출한다면 자네나 나나 중산왕 전하의 총애를 받게 될 것이야."

발 없는 말이 천리를 간다는 속담대로 과연 소문은 바람처럼 빨랐다.

병영을 나선 환유성이 항단객잔에 이르렀을 때 이미 단비사도의 수급을 벤 영웅이 탄생했다는 소문이 파다하게 퍼져 있었다. 객잔의 주인은 물론이고 상인들과 항단현 유지들은 다투듯 객잔 입구로 달려와 환유성을 맞이했다.

"환 대협을 환영하오이다."

"허허, 환 대협 같은 분께서 이렇듯 궁벽한 항단현을 찾아주시다니 평생의 영광이외다."

"부디 화옥군주님마저 구출해 주시오."

번잡스러움을 싫어하는 환유성으로서는 정말이지 짜증스런 환대였다. 그는 주인에게 한마디 던졌다.

"조용히 쉴 방이 필요하오."

숱한 외지인들을 상대해 온 주인은 제법 눈치가 빨랐다. 드물지만 공명심에 사로잡히지 않는 독특한 사람들을 더러 보아왔기에 그는 서둘러 주변 사람들을 물리쳤다.

"환 대협께서 몹시 피곤하시니 물러들 가시지요. 환 대협은 이 사람이 성심을 다해 모시겠소이다."

얼굴 가득 흙먼지와 권태에 젖은 환유성의 모습을 살핀 사람들은 고개를 끄덕이고는 대부분 돌아갔다.

비단옷을 걸친 호호백발의 부호가 객잔 주인에게 넌지시 지시했다.

"우리 항단현이 죽고 살고는 이제 환 대협의 손에 달려 있네. 내 모든 비용을 치를 테니 조금치도 불편함이 없게 해드려야 하네. 알겠나?"

"여부가 있겠습니까, 유 대인. 화옥군주님이 무사히 돌아오시지 못하면 우리 항단현은 자칫 반역의 마을로 낙인 찍혀 토벌될 수도 있습죠."

그러했다. 항단현 사람들이 환유성을 환대할 수밖에 없는 이유는 자신들의 생존이 걸린 문제였기 때문이다.

중산왕이 누군인가.

황제의 친아우로 가히 나는 새도 떨어뜨린다는 권력의 실세이다. 비록 황도(皇都)와 멀리 떨어진 중산 땅에 머물고 있지만 중앙 관료들의 막후 조종자임은 천하가 아는 사실이다.

그러한 권력자의 딸인 화옥군주가 항단현에서 납치되었으니, 항단현의 유지들은 언제 반역죄에 연루될지 몰라 전전긍긍할 수밖에 없었던 것이다.

넓은 정원을 갖춘 후원의 별실로 안내된 환유성은 씻지도 않고 침상에 벌렁 누웠다. 두 번의 싸움과 이틀에 걸쳐 험악한 한해를 건너온 피로감에 온몸이 나른했다.

"대협, 목욕물을 대령했습니다."

점소이들 여럿이 뜨거운 김이 오르는 커다란 나무 욕조를 낑낑거리며 가져왔다.

몸 시중을 들기 위해 따라온 두 명의 유녀는 영웅을 모시게 되었다는 마음에 한껏 들뜬 모습이었다. 빼어난 미색은 아니었지만 섬세한 이목구비를 갖춘 유녀들은 서둘러 옷을 벗고는 육감적인 몸매를 뽐냈다.

둘은 애교를 떨며 환유성을 자리에서 일으켰다.

"요리를 준비 중에 있으니 먼저 수욕부터 하시지요."

"소녀들이 깨끗이 씻겨 드리겠어요."

환유성은 나신에 가까운 유녀들의 알몸을 쓸어보고는 귀찮다는 듯 손을 내저었다.

"나가 있어."

유녀들은 인상이 구겨지며 서로를 보았다. 자신들이 못나 무시되었다 싶어 울상을 지었다.

"대협, 이대로 나가면 소녀들은 유곽에서 쫓겨나게 되옵니다."

"정성껏 모실 테니 제발 있게 해주세요."

환유성은 침상에 벌렁 누우며 권태롭게 중얼거렸다.

"그럼, 그냥 있든가."

유녀들은 겨우 안도의 한숨을 쉬었지만 탁자에 걸터앉아 하릴없이 식어가는 욕조의 물만 바라보아야 했다. 이내 코를 고는 환유성을 바라보는 둘의 눈에는 원망의 빛이 역력했다.

그날 밤 병영 남쪽에서 한바탕 소란이 벌어졌다.

누군가를 상대로 싸우는 군병들의 고함과 아우성이 항단현의 야심한 하늘을 진동시켰다. 군병들의 통제로 대체 무슨 일이 벌어졌는지 항단현 사람들은 알 수가 없었다. 그저 불안감에 뜬눈으로 밤을 지새야 했다.

단 한 사람 환유성만은 세상이야 어떻게 돌아가든 깊은 잠에 빠져 있었다.

4

　대충 물만 묻혀 얼굴을 씻고 객잔으로 나선 환유성은 두 개의 탁자에 가득 채워진 요리상을 둘러보며 미간을 찌푸렸다. 요리상은 삼십 명이 먹고도 남을 만큼의 진귀한 요리로 가득했다.

　"내 한 달분 식사로군."

　전망 좋은 창가에 앉아 손에 집히는 대로 식사를 하던 환유성은 대로변에 죽 늘어선 사람들을 보며 고개를 갸웃거렸다. 그는 한쪽에 서 있는 점소이를 불러 물었다.

　"왜 이렇게 시끄럽지?"

　점소이는 천하의 악당 단비사도의 목을 벤 영웅과 대화를 하게 되었다는 사실에 한껏 고무된 표정으로 대답했다.

　"지난밤 신원을 알 수 없는 자가 군병들과 싸움을 벌였다 합니다요. 곧 죽을 듯 보이던 늙은이였지만 얼마나 무공이 높은지 수백의 군병들이 다쳤다고 했습죠. 장군님과 군관들이 모두 나서 겨우 제압해 문초를 했지만 자신의 내력에 대해서는 전혀 털어놓지 않았다더군요."

　환유성은 만두를 씹으며 묵묵히 듣기만 했고, 점소이는 입에 침을 튀기며 떠벌렸다.

　"장군님께서는 야적이 분명하다 싶어 오늘 공개적으로 참수를 한다 합니다. 이 참에 한해야적들을 모조리 쓸어버리겠다 포고령까지 내렸습죠."

　둥! 둥!

북소리와 함께 군악대를 앞세운 군병들은 소가 끄는 함거 주변을 경계하며 대로 위를 걸어갔다.

함거 안의 인물은 얼마나 심한 문초를 당했는지 옷이 온통 핏빛이었고, 손가락 하나 까딱하지 못하도록 포승과 쇠사슬로 결박지어져 있었다. 흑백이 뒤섞인 봉두난발 역시 피로 얼룩져 있었다.

"……?"

환유성은 찻잔을 입으로 가져가다 눈을 커다랗게 떴다. 먼 거리였지만 한눈에도 함거 안의 죄수가 누구인지 알 수 있었다.

그는 계단을 내려가 대로변으로 나섰다.

함거 안의 죄수는 바로 마검노인이었다. 어젯밤 항단현 마을 앞에서 헤어진 그가 이런 모습이 되었을 줄은 정말 생각할 수도 없는 일이었다.

환유성이 대로를 막아서자 말을 탄 군관 하나가 뒤쪽에서 달려오며 소리쳤다.

"웬 놈이냐!"

그러다 환유성을 알아본 군관은 얼른 말에서 내리며 공손한 태도를 취했다.

"비키시지요, 환 대협. 죄인의 함거를 막는 건 군법에 위배되오."

"내가 아는 사람이오. 대체 무슨 죄를 지었소?"

"지난밤 순찰 군병의 지시를 어기고 도주하려 하였소. 얼마나 무공이 뛰어난지 수백의 군병들이 부상을 당했소. 야적이 분명한데 도통 입을 열지 않아 오늘 공개적으로 참형에 처하기로 했소."

환유성은 함거 앞으로 다가섰다.

"야적이 아님을 내가 보증하겠소. 칼을 가는 일을 업으로 하는 마검노인이오. 이 노인의 도움이 없었다면 막충과 한해귀도의 목을 벨 수 없었을 것이오."

군관은 눈을 커다랗게 떴다.

"대협, 저… 정말 아는 사람이란 말이오?"

"그렇소."

"하면 소장이 장군님께 아뢰어보겠소."

군관은 급히 말에 올라 병영으로 말을 몰아갔다.

함거 안의 마검노인은 거의 죽어가고 있었다. 그래도 흩어진 머리카락 사이로 보이는 외눈만큼은 여전히 예리했다.

환유성은 점소이에게 물을 가져오라 지시하고는 마검노인을 향해 물었다.

"왜 신분을 밝히지 않았소?"

"마검이… 내 신분일세."

"내가 노인의 신분을 밝히면 풀어줄 것이오."

"이미 죽은 목숨… 내 명예를 더럽히지 말게나."

환유성은 점소이가 가져온 물바가지를 함거 안으로 들이밀었다. 마검노인은 힘겹게 목을 빼 꿀꺽꿀꺽 물을 마셨다.

"노인의 무공이라면 일천 군병이라도 못 당할 텐데 어찌 잡혔소?"

"난 무림인일세. 군병들을 죽이면 무림계와 황군이 충돌하게 되지."

"그깟 무림이 무엇이기에 스스로 죽으려 하는 거요?"

"사람은 누구나 각자 사는 방법이 있는 걸세. 자네 역시 모든 사람이 손가락질하는 인간 사냥꾼들 중 하나가 아닌가?"

대로 저편에서 흙먼지가 자욱하게 일어나며 위병들을 앞세운 관홍과 순우문이 달려오고 있었다.

함거 앞에 이르자 말안장에서 훌쩍 뛰어내린 관흥은 애써 위엄에 찬 모습을 지어 보였다.

"정녕 환 대협의 지인이란 말인가?"

"함께 한해를 건너온 사람이오."

"그럼 신분을 말해 보게."

"밝힐 수 없소."

관흥은 냅다 눈을 부라렸다.

"허어, 신분을 밝힐 수 없다니! 설마 반역을 꾀하다 달아난 역도란 말인가?"

"그건 아니오."

"환 대협, 놈에 의해 왕부의 군병이 수백이나 부상을 당했네. 이건 절대 용서할 수 없는 대역죄일세."

환유성으로서는 어떻게든 마검노인을 살리고 싶었다.

"장군, 마검노인이 독한 마음을 먹었다면 일천 군병들은 모두 죽었을 것이오. 차마 죽일 수 없어 잡히게 된 것이니 풀어주시오."

"그럴 수는 없네. 놈이 야적이든 아니든 본관의 부하들을 상하게 만들었으니 반드시 참수해야겠네."

관흥은 서슬 퍼런 모습으로 군관을 향해 외쳤다.

"당장 놈을 끌어다 허리를 끊어라!"

환유성은 함거를 막아서며 반검의 손잡이를 쥐었다.

"누구든 마검노인을 해치려 한다면 내가 가만두지 않겠소."

관흥의 얼굴 근육이 파르르 떨린다. 그가 감히 관병과 맞설 줄은 생각지 못했던 것이다.

"네, 네가 감히 황군과 맞서겠단 말이냐?"

함거 안의 마검노인이 차분하게 한마디 던졌다.

"유성, 그만두게. 난 삶에 대해 미련이 없네. 언제고 자네에게 전수해 준 쾌검으로 그를 꺾을 수 있다면 구천에서 만족할 것이야. 비켜서게나."

환유성이 표정이 권태로 잔뜩 일그러졌다.

"난 내가 마음먹은 일은 꼭 해야 하오."

관홍은 허리춤의 보검을 불끈 쥐었다.

"괘씸한 놈, 막충의 목을 베었다고 너무 후한 대접을 해주었군. 네놈역시 늙은 놈과 함께 죽여주겠다!"

일촉즉발의 상황!

군병들은 창을 꼬나 쥐며 겹겹이 함거 주변을 포위했다. 놀란 마을사람들은 모두 골목으로 달아나 목만 내민 채 사태의 추이를 지켜보았다.

책사인 순우문은 눈알을 굴리다 관홍의 소매를 잡아끌었다.

"장군, 제게 묘책이 있소이다."

관홍은 귀에 대해 뭔가 귀엣말을 나누었다.

관홍의 표정이 시시각각으로 변했다. 그는 잠시 생각에 잠기다 군병들을 물리치는 손짓을 보냈다. 그는 헛기침을 하며 점잖은 어조로 말했다.

"환 대협, 정 늙은이를 살리고 싶다면 한 가지 제안을 하겠네."

"말해 보시오."

"한해야적 괴수 둘을 죽인 공로를 인정받고 싶다면 화옥군주를 구출해 오게."

"……"

"화옥군주만 구출해 온다면 막충의 목에 걸린 황금 천 냥의 현상금은 물론이며 중산왕께 아뢰어 큰 상을 내리도록 하겠네. 저자를 석방해 주는 건 물론이고."

환유성은 함거 안의 마검노인 쪽으로 눈길을 돌렸다. 마검노인은 지그시 눈을 감은 채 고개를 저었다.

"그냥 떠나게나. 난 누구한테도 신세를 지고 싶지 않아."

"생각해 보니 나도 노인한테 신세를 진 일이 있는 것 같소. 이번 기회에 청산토록 합시다."

환유성은 관홍을 지나치며 한마디 던졌다.

"보름 안에 돌아오겠소."

그는 약간의 식량과 물을 챙긴 후 소추의 등에 올라탔다.

"역시 중원은 번잡스러워."

약간의 먼지를 날리며 환유성을 태운 소추는 어렵사리 건너온 한해를 향해 다시 달려갔다.

관홍은 수염을 내리쓸었다.

"과연 놈이 해낼 수 있을까?"

"현상범 추적자가 아닙니까? 인간 사냥을 하는 자들은 후각이 뛰어나지요. 놈이라면 반드시 한해야적의 본거지를 찾아낼 수 있을 것이외다."

관홍은 아랫입술을 빨았다.

"제발 놈이 군주님을 구할 수 있게 천지신명께 기원이라도 하고 싶군. 더 지체했다가는 왕야의 진노에 내 목이 성치 못할 것이야."

휘이이잉―!

한해의 밤은 여지없이 귀신의 울음소리와 같은 모래폭풍으로 가득했다.

이름을 가진 이후부터 몰라보게 달라진 소추는 모래바람을 뚫고 묵묵히 전진했다. 바람에 섞인 돌 조각이 세차게 몸을 때렸지만 신음 소리 한 번 내지 않았다.

환유성은 북쪽으로 방향을 잡은 채 비교적 높은 돌산으로 소추를 몰았다.

'한해귀도란 놈이 죽자 졸개들은 대거 북쪽으로 달아났다. 막충이 졸개들과 함께 날 추적해 왔을 때도 북쪽에서 왔다.'

오랜 현상범 추적 생활을 통해 그의 추적술은 나름대로 경지에 이른 상태였다.

사막에 널브러진 마른 나뭇조각 하나가 분질러진 것만으로 방향을 알아낼 수 있을 만큼 그의 본능적 감각은 타의 추종을 불허한다. 그러나 한해는 남북의 폭이 이천 리나 되는 거대한 사막이다. 단순히 방향을 아는 정도로는 장님이 코끼리 만지기였다.

환유성은 비교적 높은 돌산 위에 서서 어둠의 장막으로 가려져 있는 사위를 둘러보았다. 세찬 바람에 눈조차 뜨기 어려웠다. 하늘의 별빛조차 보이지 않을 만큼 세상은 모래바람으로 자욱했다.

'수괴 둘이 모두 죽었다면 야적들의 생활에 큰 변화가 생길 것이다. 군병들의 추적이 두려워 이탈하는 자들이 반드시 생긴다.'

그가 찾고자 하는 것은 그런 이탈자들이었다.

한해의 지리에 능한 야적들이기에 군병들의 눈을 피하기 위해서라도 밤에 이동할 것을 예상한 것이다. 물론 드넓은 한해에서 그런 자들을 찾는 건 짚단에서 바늘을 찾기지만 지금으로서는 그것만이 유일한 방법이었다.

다행히도 소추가 묵묵히 따라주었다. 그는 말은 하지 않았지만 소추의 목덜미를 다독이는 것으로 고마움을 대신했다.

추적 칠 일째.

마침내 환유성은 야적들이 지나간 희미한 흔적을 발견할 수 있었다. 건량의 찌꺼기에 달라붙어 있는 개미 떼를 찾아낸 것이다.

'방향으로 미루어 북동쪽이군.'

거의 칠 일째 잠도 제대로 자지 못한 환유성의 눈알은 벌겋게 충혈돼 있었다.

하지만 극도의 피곤함 속에서도 그의 정신은 얼음처럼 맑았다. 지금처럼 확실한 표적이 있을 때만 그는 권태로움 속에서 벗어난다. 그리고 그 표적에 점점 다가섰을 때 그의 피는 서서히 요동친다.

다시 이틀이 지나서 그는 한 무리의 야적 떼를 찾아낼 수 있었다.

야적들은 한낮의 더위와 군병들의 이목을 피해 돌산 아래 틈바구니에서 잠들어 있었다. 주로 야간에 이동을 해 몹시 피곤에 절었는지 보초를 서는 자 하나 없었다.

사냥감을 찾아낸 환유성의 표정은 긴장이 풀려서인지 본래의 권태로움으로 돌아갔다.

"한 놈만 확실히 조지면 되겠군."

6

한해야적의 본거지는 돌산 지대로 둘러싸인 분지에 위치해 있었다. 사방이 가파른 벼랑으로 둘러져 있어 하늘에서 내려다보기 전에는 도저히 찾아낼 수 없는 천연의 험지라 용케도 군병들의 수색에서 벗어날 수 있었던 것이다.

돌을 쌓아 올려 만든 수십 채의 돌집이 여기저기 지어져 있었다.

돌 틈새로 흐르는 물이 모여 작은 개울을 이루기 있기에 수풀과 잔목들도 군데군데 군락을 이루고 있었다. 도적들의 소굴치고는 제법 살 만했다.

두목과 부두목을 한꺼번에 잃은 한해야적들은 새로운 두목을 선출해 나름대로 결집력을 과시했다.

신임 두목은 털원숭이로 불려도 좋을 만큼 전신 가득 털로 뒤덮인 자였다. 그의 무공은 야적들 중 세 번째였기에 순서상 두목으로 추대되는 것이 당연했다.

신임 두목 모용견은 수북한 과일 바구니를 옆에 낀 채 견고한 돌집으로 향하고 있었다.

'흐흣, 그 야들야들한 계집을 이 참에 마누라로 삼아야겠어.'

두목을 잃은 야적들은 납치해 온 화옥군주를 놓고 잠시 말다툼을 벌였다.

일부는 아예 죽여 버리자 했고, 몇몇은 그냥 놓아줘 군병들의 추적을 피하자는 의견을 내놓기도 했다. 그러나 모용견은 다른 방안을 제시했다.

"계속 인질로 삼는다. 유사시에 그 계집의 목숨을 담보로 도망칠 수도 있으니까. 공연히 풀어주었다가 우리는 본거지를 잃고 평생 쫓기는 신세가 될 것이다."

신임 두목의 이런 제안에 반박했던 소두목 하나가 모용견의 철퇴에 맞아 그 자리에서 죽었다. 모용견으로서는 두목의 권위를 지키기 위해서라도 나름대로 희생양이 필요했다.

감옥으로 쓰는 돌집으로 들어선 모용견은 구석에 웅크려 앉아 있는 여인을 보면 입맛을 쩍 다셨다.

"크훗, 과연 요물이구나."

긴 머리채를 늘어뜨린 여인은 천천히 고개를 쳐들었다.

한 달이 넘게 감옥에 처박혀서인지 무척이나 수척해 보였지만 그 절세적 용모는 여전히 보석처럼 아름다웠다.

흑백이 또렷한 눈망울이며 다소는 오만해 보이는 콧날, 장밋빛으로 붉은 입술은 그야말로 세상에 드문 요염함을 갖춘 절색이었다. 게다가 왕부의 군주답게 전신에 서린 도도함은 여느 여인과도 비교가 되었다.

화옥군주 주화령(朱華玲).

그녀가 바로 중산왕부의 금지옥엽이었다.

모용견은 거의 알몸에 가까운 주화령의 육감적인 몸을 훑어 내렸다.

주화령의 몸을 가린 옷은 갈가리 찢겨져 옷이라고도 할 수 없는 천 조각에 불과했다. 그녀는 삼단채 긴 머리카락으로 젖가슴과 사타구니 사이를 가렸다.

"무엄한 놈! 감히 날 넘보다니! 네 두목의 지시를 어기고도 살기를 바라느냐?"

"이년아, 코 잘린 괴물은 죽었다."

주화령은 별빛 같은 눈을 커다랗게 떴다.

"뭣이, 단비사도가 죽었다고?"

"부두목인 한해귀도 역시 죽었다. 이제 내가 이 한해야적의 두목이다."

모용견은 두 걸음 다가서며 양손에 각기 육중한 철퇴와 향기로운 과일 바구니를 받쳐 들었다.

"네년이 날 거부한다면 당장 이 철퇴로 때려죽일 것이고, 이 어르신을 받아들이겠다면 풍족한 음식을 주겠다."

과일 바구니를 대하자 주화령의 입 안에 절로 침이 가득 고였다. 하루 한 끼를 풀죽과 한 모금의 물로 연명해야 했던 그녀에게는 참을 수 없는 유혹이었다.

"날… 해치지 않겠다고 약속할 수 있느냐?"

"물론이다. 세상에 어떤 놈이 너처럼 아름다운 계집을 죽일 수 있겠느냐?"

모용견은 주화령 앞에 과일 바구니를 내려놓으며 쭈그려 앉았다.

"그동안 코 베어진 괴물만 널 독차지한 게 무척이나 아쉬웠는데 마침내 네년을 품게 되었구나."

주화령은 급히 과일을 집어 들고는 게걸스럽게 씹어댔다. 채 씹지도 않은 과일의 육질이 식도를 자극했지만 너무도 향기로웠다. 그녀로서는 실로 오랜만에 맛보는 사람다운 음식이었다.

주화령은 온실의 화초처럼 자라온 귀공녀와는 달리 강한 기질의 소유자였다.

그녀는 상당한 무공을 지녔으며 사냥을 즐겼다. 그러다 재수없게도 단비사도와 같은 악당을 만나 야적들의 포로가 되고 말았다. 그녀로서는 단비사도와 같은 대악적을 만난 것이 너무도 커다란 불운이었다.

단비사도는 그녀의 혈도를 점한 후 마음껏 노리개로 삼았다.

그녀는 삶에 대해 강한 애착을 지녔기에 막충의 위협에 굴복해 다리를 벌리지 않을 수 없었다.

그녀는 이런 참담한 상황 속에서도 탈출에 대한 희망만은 버리지 않고 있었다. 비록 야적의 괴수에게 몸을 더럽혔지만 그 따위는 문제가 되지 않았다.

그녀에게 중요한 것은 순결이 아니라 목숨이었기 때문이다.

모용견은 솟구치는 욕정을 이기지 못하고 주화령을 엎어뜨렸다. 천 조각 몇 개만 걸쳐서인지 그녀의 보름달 같은 둔부가 여실히 드러났다.

"으흐, 네년은 인간이 아니라 여우로구나."

그는 주화령을 무릎 꿇리고는 자신의 아랫도리를 그녀의 둔부에 대고 비벼댔다. 주화령은 치욕스런 자세를 취한 상태에서도 과일을 씹어 먹고 있었다.

'어떻게든 살아야 해. 탈출하기만 하면 네놈들 모두를 토막 내 죽여 버리겠다!'

모용견은 허리띠를 풀어 바지를 끌어내렸다.

"이년아, 이 어르신과 한번 교접을 하게 되면 극락을 맛보게 될 것이다."

풀어헤친 가슴 자락서부터 허벅지까지 털로 가득한 모용견은 거대한 성물의 소유자였다.

그가 한해야적에 가담한 이유는 주체할 수 없는 정력으로 숱한 여인을 겁탈해 강호상에는 발을 들여놓을 수 없는 음적으로 낙인 찍혔기 때문이기도 하다.

"하악!"

주화령은 과일을 씹던 입을 벌리며 고통스런 신음을 토해냈다. 그동안 그녀를 괴롭혀 왔던 막충의 교접과는 비교조차 할 수 없었다. 그녀의 둔부를 감싼 쥔 채 거칠게 허리를 놀리는 모용견의 방사술은 지독히도 격렬했다.

주화령은 아랫입술을 질끈 문 채 터져 나오는 신음을 애써 참았다. 비록 목숨을 부지하기 위한 교접이었지만 최소한의 품위는 지켜야 했기 때문이다.

모용견은 짐승 같은 신음을 발하며 아랫도리를 더욱 바싹 밀착시켰다.

주화령은 자신의 내부 깊숙이 퍼지는 쾌감에 스스로 놀라고 말았다. 막충의 노리개로 지내는 동안 어느새 그녀도 색을 느끼는 여인이 되어 버린 것이다.

그녀는 자신도 모르게 허리를 움직이며 모용견과 보조를 맞추게 되었다. 꽃잎 같은 입술은 살짝 벌어져 쾌감 어린 신음을 샘물처럼 흘려냈다.

"아아!"

그녀가 점점 쾌락의 극치로 치달릴 때였다.

모용견의 동작이 갑자기 정지되었다. 그녀의 둔부를 감싸 쥔 털북숭이 손마저 스르르 풀렸다.

털썩.

모용견의 몸뚱이는 뒤로 나자빠졌다. 그의 몸과 목이 분리되었지만 주화령은 미처 알아채지 못했다. 그녀는 온몸을 가득 채운 희열이 소멸되는 것이 아쉬운 듯 연신 엉덩이를 흔들었다.

"아… 어서, 어서!"

그러다 그녀는 코를 자극하는 역겨운 피비린내에 퍼뜩 정신을 차렸다. 고개를 돌린 그녀는 비로소 목이 베어진 모용견의 시체를 보게 되었다.

"아앗!"

화들짝 놀란 그녀는 가슴을 두 팔로 안으며 구석으로 몸을 웅크렸다.

돌집 입구에 서 있는 누군가가 그녀의 시야에 들어왔다. 역광 때문에 분명치는 않았지만 다소 마른 체구의 청년으로 보였다.

"누, 누구?"

청년은 느릿느릿 돌집 안으로 들어섰다.

"화옥군주요?"

"그, 그래. 넌 누구냐?"

"당신을 구하러 왔소."

"오오!"

주화령의 눈에 왈칵 눈물이 고였다. 마침내 지옥 같은 도적 소굴에서 벗어나게 되었다는 희망에 가슴이 저려왔다.

그녀의 눈망울을 가득 채운 청년은 다름 아닌 환유성이었다. 소기의 목적을 달성해서인지 그의 권태로움이 더욱 짙게 느껴졌다.

"침입자다!"

"놈이 뇌옥으로 들어갔다!"

돌집 밖에서 침입자를 간파한 야적들의 고함 소리가 들려왔다.

주화령은 환유성의 가슴에 와락 안겼다.

"제발 구해줘요."

"잠시만 여기 있으시오."

"오, 가지 말아요."

"가도 당신을 데려갈 것이오."

환유성은 옷자락을 부여잡은 주화령을 떼어놓고는 돌집 밖으로 나섰다. 오륙십 명에 달하는 야적 떼는 환유성을 보는 순간 경악에 젖고 말았다.

"저… 저 귀신같은 놈이 어떻게 여기까지?"

"허억! 두목과 부두목의 목을 벤 놈이다!"

"군병들까지 왔을지 모른다. 어서 튀어!"

야적들은 감시 상대할 엄두도 못 내고 병기를 내던지며 사방으로 흩어져 달아났다.

환유성은 굳이 그들을 쫓아가 죽일 생각이 없었다. 은자가 걸리지 않은 그들의 목은 필요치 않았으며, 이번 추적은 주화령만 구출하면 되는 일이기 때문이다.

야적들이 모두 사라진 것을 확인한 주화령은 돌집을 나서며 환호성을 질렀다.

"아, 이제 자유야! 왕부로 돌아갈 수 있게 되었어!"

하지만 감격적인 환희도 잠깐이었다. 갑자기 그녀의 눈망울이 심하게 흔들렸다. 그녀는 주변을 살피고는 조심스럽게 물었다.

"당신… 혼자 왔어요?"

"그렇소."

"잘됐군요."

주화령의 입가에 의미를 알 수 없는 싸늘한 미소가 서린다.

"걸칠 옷이 마땅치 않으니 장삼이라도 벗어줘요. 이 은혜는 평생 잊지 않겠어요."

환유성은 물끄러미 그녀를 바라보다 귀찮은 듯 장삼을 벗어 건네주었다. 그녀는 고약한 냄새가 나는 장삼에 속이 뒤집혔지만 그런 것을 가릴 계제가 아니었다.

"잠시 돌아서 있어요."

"이미 다 봤소."

"뭘 봤다는 거예요? 어서 돌아서요!"

주화령이 앙칼지게 소리치자 환유성은 팔짱을 낀 채 몸을 돌렸다.

너덜한 천 조각을 벗어 던지고 헐렁한 장삼을 걸친 주화령은 야적들이 버리고 간 칼을 슬그머니 집어 들었다. 그녀의 눈빛에 진한 살기가 감돌았다.

입술을 꼭 깨문 주화령은 환유성의 등을 향해 힘껏 칼을 휘둘렀다.

차앙─!

주화령은 손아귀가 찢어지는 아픔과 함께 칼을 놓치고 말았다. 어른거리는 섬광에 눈앞이 아찔해졌다.

"아아!"

그녀는 두려움에 젖어 뒷걸음질을 쳤다.

그녀가 본 것은 한줄기 섬광뿐이었다. 대체 언제 검을 빼 들고 자신의 칼을 쳐냈단 말인가. 아니, 그의 검은 여전히 검집에 꽂혀 있어 그가 검으로 뽑았는지조차 분간할 수가 없었다.

'세, 세상에! 이런 쾌검이 존재한단 말인가?'

환유성은 주화령이 자신을 죽이려 했던 일조차 잊었는지 태연하게 말을 건넸다.

"갑시다."

주화령은 놀란 가슴을 억누르며 더듬거렸다.

"다, 당신… 날 용서하는 거예요?"

"뭘 말이오?"

"내가 당신을 죽이려… 했던 일 말이에요."

환유성은 마치 남의 일처럼 물었다.

"왜 날 죽이려 했소?"

"그건……."

주화령은 차마 자신의 고충을 털어놓을 수 없었다. 환유성은 돌아서며 느릿느릿 걸음을 옮겼다.

"갈 길이 머니 서둘러야 할 거요."

주화령의 눈망울이 심하게 흔들린다.

'저자를 죽여야 돼. 더러운 도적과 살을 섞는 광경을 저자는 분명히 보았어. 만일 이 사실이 발설되면… 아버님께서 날 용서치 않을 거야. 왕부의 명예를 더럽힌 죄로 자결을 명하실 분이야.'

그녀는 맨발로 환유성의 뒤를 따르며 숱한 생각을 머리에 떠올렸다.

'아니야. 차라리 저자를 회유하자. 내가 군주로서의 당당함을 지켰다고 말하게 하는 거야. 저자가 내 입장만 변론해 준다면 난 군주로서의 자격을 유지할 수 있어. 야적들이 무슨 소리를 지껄이든 믿어 줄 사람은 없으니까. 아니, 아니야. 저자를 죽여 입을 봉하는 게 가장 확실한 방법이야. 하지만 저자의 절세적인 쾌검을 어떻게 감당하지?'

주화령은 서둘러 환유성을 뒤를 따르면서 점차 마음이 무거워졌다.

그토록 원하던 소원이 이루어졌지만 전혀 기쁘지가 않았다. 그녀의 몸은 자유를 찾았지만 그녀의 마음은 더욱 철저하게 옥죄어지고 만 것이다.

■ 제6장
천하제일공자

1

산동성의 다양한 풍물은 확실히 요동과 비교돼 중원대륙임을 짐작
케 한다.

중원오악 중 동악인 태산(泰山)이 천 리 산세를 펼쳐 내고 있지만,
비교적 평지가 많고 바다를 낀 포구마다 동방으로 통하는 뱃길이 열려
있어 물자는 풍부했다.

주나라의 창업 공신 태공망이 이곳에 제나라를 세운 이후 염전을 일
궈 소금을 생산하면서부터 산동성에는 중원 전역을 아우르는 교역 성
시가 만들어졌다.

오늘도 환유성을 찾는 데 허탕을 친 금류향은 축 늘어진 어깨를 하
고 객잔으로 들어섰다.

'나쁜 새끼, 대체 어디로 사라진 거야?'

금류향은 입술을 잘근잘근 씹으며 객잔 이 층의 창가 탁자 앞에 앉

왔다. 쪼르르 달려온 점소이가 수건으로 열심히 탁자를 문지르며 주문을 기다렸다.

금류향으로서는 즐겨 마시는 울금향으로 울적한 기분을 달래고 싶었지만 수중의 은자가 변변치 못했다.

"오리 튀김과 여아홍으로 가져와."

그녀는 대로의 정경을 잠시 내려다보다 자신의 옷을 살폈다. 여기저기 찢기고 먼지에 찌든 그녀의 옷은 보기에도 누추했다. 환유성을 찾는 데 정신이 팔려 자신을 돌볼 겨를이 없었던 것이다.

"내가 미쳤지. 그런 매정한 놈이 뭐가 좋다고."

요녕성에서 환유성과 헤어진 지 벌써 한 달이 다 되어갔다. 그녀는 요녕성을 샅샅이 뒤졌지만 환유성과 유사한 사람의 행적조차 찾아낼 수 없었다.

서둘러 하남을 거쳐 산동성에 이르렀지만 산서로 향한 환유성이 보일 리 만무했다.

독한 여아홍 한 잔을 단숨에 들이키는 금류향은 식도를 타고 넘어가는 뜨거운 기운에 몸이 후끈 달아올랐다.

'좋아. 네놈이 아니면 사내가 없냐? 세상에 널린 게 사내야.'

지친 그녀는 환유성에 대한 미련을 포기하기로 마음먹었다.

일단 시급한 것은 현상범의 목을 베어 텅 빈 주머니를 채우는 일이다. 그렇지 않으면 도적질을 하거나 몸이라도 팔아야 할 상황이었다. 물론 그녀의 성격상 작부 짓을 할 리는 없었지만.

그녀는 품속에서 작은 두루마리를 꺼내 들었다.

환유성을 찾는 와중에도 현상범들에 관한 정보를 기록해 둔 것이다. 그녀는 자신의 무공 수위를 감안해 금살명부에 오른 자는 제외했다.

공연히 객기를 부리다 개죽음을 당할 이유가 없었다.

그녀가 쫓을 만한 현상범에 대한 기록을 살필 때였다. 두 명의 중년인이 객잔으로 들어서며 서둘러 주문했다.

"간단한 요기할 것으로 어서 내오게."

중년인들은 소매를 옷을 털고는 차를 마시며 갈증을 해소했다.

청년 무사들 몇이 중년인들에게 다가서며 정중히 포권을 취했다.

"혹시 팽가장(彭家莊)의 단호쌍협이 아니십니까?"

중년인들은 자신들의 명성에 제법 자부심을 갖고 있었기에 오만스레 고개를 끄덕였다.

"바로 보았네. 내가 바로 단호쌍협 중 팽무종이고, 이 친구는 팽무건이라 하네."

청년 무사들은 무림의 고수들을 대하게 되었다는 사실에 크게 기뻐하며 연신 허리를 굽실거렸다.

"역시 단호쌍협이셨군요. 저희들은 기주현의 삼걸이라 합니다."

"평소 흠모하던 하북팽가의 쌍협을 뵙게 되어 정말 영광입니다."

기주삼걸은 말이 좋아 삼걸이지 기주현을 무대로 싸움질이나 벌이는 건달들이었다.

그들은 산동성과 인접한 하북성의 명문세가인 팽가장과 어떻게든 연줄을 만들어 기주현을 자신들의 텃밭으로 만들 속셈으로 한껏 호의를 보이는 중이었다.

삼걸 중 첫째가 단호쌍협의 잔에 술을 올리며 물었다.

"이렇게 쌍협께서 나선 것으로 봐서 무림계에 큰일이라도 생겼나 보군요?"

팽무종은 자신들을 하늘처럼 떠받드는 그들의 태도에 헛기침을 하며 거드름을 피웠다.

"허엄, 자네들은 아직 기몽산 부근에 탕음색마(蕩淫色魔)가 모습을 드러냈다는 소문을 듣지 못했나 보군."

기주삼걸은 바짝 긴장했다.

"예에? 탕음색귀가 출현했다굽쇼?"

"탕음색귀라면 과거 태양천에 의해 괴멸된 백마성의 잔당이 아닙니까?"

"그런 포악한 마두를 잡으러 나서신 겁니까?"

팽무건은 탁자에 올려놓은 칼집을 소매로 문질렀다.

"놈은 과거 팽가의 여협을 간살하는 대죄를 저질렀네. 가주께서는 놈의 목을 베어 무림정기를 높이라 지시하셨네."

기주삼걸 중 첫째가 잔뜩 두려운 표정을 지었다.

"백마성의 마두들은 하나같이 무서운 마공의 소유자들이 아닙니까?"

"홍, 어떤 놈이든 감히 우리 단호쌍협의 적수가 되겠는가?"

팽무종이 호기를 부리자 기주삼걸은 연신 허리를 굽실거렸다.

"그렇습니다. 팽가장의 오호단문도법은 천하일절이 아니겠습니까?"

"다행히 기몽산 부근의 지형은 확실히 꿰고 있으니 저희들이 안내해 드리겠습니다."

"부디 저희들도 데려가 주십시오."

기주현의 세 건달은 이 참에 명성이라도 조금 얻어보려 안간힘을 썼다.

팽무종은 간단히 식사를 마치고는 자리에서 일어섰다.

"호의는 고맙네만 탕음색마의 일초지적도 못 되는 자네들을 데리고 다닌다는 건 번거로운 일일세."

단호쌍협이 계산대로 향하자 기주삼걸의 첫째가 급히 가로막았다.

"왜 이러십니까? 쌍협과 같은 영웅께서 기주현을 방문해 주신 것만도 영광입니다."

"그렇습니다. 계산은 저희들이 하겠습니다."

팽무종은 워낙 호의를 보이는 그들이라 흔쾌히 받아들였다.

"고맙네. 언제고 팽가장에 한번 들르게나."

기주삼걸은 객잔 밖까지 쫓아 나서서 연신 허리를 꺾었다.

"부디 탕음색마의 목을 베어 명성을 높이십시오."

이 층 탁자에서 이들의 하는 양을 지켜보던 금류향은 두루마리를 펼쳐 세세하게 기록해 두었던 현상범들의 명단을 훑어 내렸다.

"여기 있군. 탕음색마, 백마성 서열 87위. 계집이라면 비구니든 노파든 가리지 않는 강호의 음적. 현상금 황금 백 냥."

금류향은 상대가 금살명부의 현상범이라는 데 다소 주저했지만 그녀의 호방한 성격은 모험을 두려워하지 않았다.

"까짓 것, 중원의 마두라도 인간 아니겠어? 명색이 요동 최고의 현상범 추적자인 내가 겁낼 필요 없지."

그녀는 남은 여아홍을 단숨에 비웠다.

"아유, 써. 황금을 손에 쥐면 우선 울금향이나 실컷 마셔야겠어."

2

기몽산은 태산 준령의 한 토막을 베어 세운 듯한 산세를 지닌 높은 산이다.

금류향은 표풍선자라는 별호답게 날랜 신법으로 하룻밤 사이에 오백 리를 달려와 기몽산 기슭에 이를 수 있었다. 모처럼의 추적이라 짜릿한 흥분에 성적인 쾌감마저 느꼈다.

그녀는 주변의 지형부터 탐색했다.

탕음색마의 악명은 자자했기에 주변 부락의 여인네들은 모두 피신한 상태였다.

산모며 애, 어른을 가리지 않는 무자비한 겁탈을 일삼는 탕음색마는 오래전부터 무림의 공적으로 낙인 찍혔다. 본래 소속이 없었던 그는 백도협사들의 추적을 피하기 위해 백마성에 가입했다. 하지만 하루라도 계집을 취하지 않고는 살 수 없는 황음증에 걸린 그로서는 어디를 가든 흔적을 남길 수밖에 없었다.

태양천에 의해 백마성이 괴멸된 이후 그는 한동안 자취를 감추었지만 또다시 엽색적인 행각에 의해 정체를 노출하게 된 것이다.

금류향은 지닌 병기를 점검했다.

두 자루 비수와 채찍, 검신의 폭이 넓은 광신검, 위급 시에 암기로 사용할 열 개의 표창으로 단단히 무장한 상태였다.

'이제 놈이 어디에 숨었는지만 찾아내면 되겠군.'

그녀는 울창한 수림의 나뭇가지들을 밟고 능선을 향해 올랐다.

추적의 기본은 높은 지형을 이용해 주변 전체를 관찰하는 데 있다. 기몽산이 비록 지세가 험해도 요동의 산처럼 깊고 험악하지는 않았기에 그녀의 행동은 사뭇 자유로웠다.

능선에 올라선 금류향은 안력을 높여 주변을 세밀히 살펴갔다.

'계집질이 주특기라면 놈은 깊은 계곡에는 없다. 지세가 험한 고개 주변에서 지나가는 여인네들을 노릴 것이야.'

나름대로 판단한 그녀는 낮은 구릉을 타고 이어진 관도를 따라 시선을 돌렸다. 그녀의 눈빛은 먹이를 찾는 독수리처럼 예리했다. 하지만 오랜 관찰에도 불구하고 딱하니 의심 가는 곳을 찾아낼 수가 없었다.

"쳇, 낯선 곳이라 영 모르겠어."

낙심한 금류향은 사위가 어둑어둑해지자 천천히 산을 내려왔다.

'일단 적당한 곳을 찾아 노숙이라도 하면서 단서를 찾아야겠군.'

현상범 추적자들에게 있어 노숙은 늘 있는 일이었다. 달아나는 현상범들을 찾아 때로는 한두 달씩 노숙을 하는 일도 비일비재했다. 하기에 한 건 올리게 되면 호화판 향락에 젖어 수일 내로 탕진하게 되는 것이다.

그녀가 능선을 절반쯤 내려왔을 때였다.

차차창—!

다소 먼 곳에서 기합성과 병장기가 맞부딪치는 금속성이 메아리쳐 들려왔다.

"……?"

금류향의 눈꼬리가 살짝 치켜 올라갔다.

'상당한 고수들의 대결인 것 같군.'

그녀는 막역한 기대감에 젖어 격전이 벌어지고 있는 곳으로 신속하게 몸을 날렸다.

퍼퍼펑—!

내공의 격돌에 의한 폭음이 더욱 요란하게 들려왔다. 격전장 부근으로 내려선 금류향은 나무 사이에 몸을 숨겼다.

'응, 저자들은?'

계곡의 완만한 비탈길에서 전개되는 싸움은 거의 막바지로 치닫고 있었다.

"크윽!"

"악! 이, 이렇게 강할 수가!"

이 대 일의 싸움이건만 오히려 두 사람은 심한 부상을 당한 채 금세라도 쓰러질 듯 비틀거렸다.

두 사람은 바로 팽가장의 고수 단호쌍협이었다. 기주삼걸 앞에서는 천하제일인인 양 호기를 부린 그들이었지만 사실 그들의 무공은 강호에서 이류급 정도에 불과했다.

"키히힛, 네놈의 보잘것없는 실력으로 감히 날 징계하겠다고?"

득의의 웃음을 터뜨리고 있는 중년 문사는 제법 수려한 용모의 소유자였다.

피부는 관옥처럼 희고 이목구비도 선명했다. 지나치게 얄팍한 입술과 붉은 기운이 서린 눈동자만 아니었으면 백도의 의협으로 여겨질 만큼 출중한 풍모를 지니고 있었다.

팽무종은 동강 난 패도를 억지로 치켜들었다.

"탕음색마, 우리의 복수는 가주께서 반드시 해주실 것이다!"

수려한 용모의 중년 문사가 바로 악명 높은 탕음색마였던 것이다.

금류향은 호흡을 멈추었다.

'믿을 수 없군. 겉보기에는 잘생긴 글 선생처럼 보이는데……'

탕음색마는 열 손가락에 뾰족한 쇠 손톱인 철조를 끼었다.

"키히히, 팽가장의 장주라도 두렵지 않다. 오호단문도법 정도는 절기도 아니지."

그는 꼿꼿이 선 채 단호쌍협을 향해 미끄러져 왔다.

"어디 네놈들 간이 얼마나 부었는지 볼까?"

단호쌍협은 이를 악물며 최후의 발악을 했다.

"뒈져라!"

"같이 죽자, 색마!"

죽음을 각오한 동귀어진 수법이었다. 쌍협은 탕음색마의 목과 허리를 동시에 노렸다. 그러나 내상을 입은 그들의 도법은 허약하기 짝이 없었다.

"키히히!"

탕음색마는 빙글 한 바퀴 회전하며 팽무종의 면상에 철조를 박았다.

"아악!"

두 눈알이 관통된 팽무종은 처절한 비명을 지르며 뒤로 튕겨졌다. 팽무건 역시 철조에 의해 가슴이 난자되고 말았다. 아주 끔찍한 살초였다.

탕음색마는 철조를 타고 흐르는 피를 후룩 들이켰다.

"키히히, 어디 놈들의 간이나 먹어볼까?"

무림계에서 가장 금기시하는 악업이 식인(食人)이다. 하지만 이미 무림공적으로 몰린 탕음색마는 거칠 것이 없었다. 그는 목숨이 끊어진 팽무종의 배를 철조로 갈랐다.

'우욱!'

이를 지켜보던 금류향은 역겨움을 참지 못하고 손으로 입을 막았다.

그녀는 상상 이상으로 강한 탕음색마의 무공을 대하자 감히 나설 엄두도 못냈다. 두 다리가 와들와들 떨려왔다.

'놈은 인간이 아닌 악마다. 놈에게 걸렸다가는 시체도 보존하지 못

할 거야.'

그녀는 나무 기둥에 바싹 등을 기댄 채 눈을 질끈 감았다. 탕음색마가 어서 떠나주기만을 기대해야 했다.

하지만 팽무종의 배를 갈라 장기를 꺼내려던 탕음색마는 뭔가 낌새를 간파한 듯 코를 벌름거리며 냄새를 맡았다.

"킁킁, 이것 봐라? 암컷의 냄새로군?"

몸을 일으킨 탕음색마는 주변을 살피며 냄새를 맡았다. 그의 후각이 남들보다 뛰어난 것은 아니다. 단 하나 여인의 향기만큼은 귀신처럼 잘 찾아낸다.

"키히힛, 젊은 계집이군. 이거야말로 굴러들어 온 호박이구나."

나무 뒤에 숨어 있던 금류향은 탕음색마가 정확히 자신 쪽으로 다가서자 입술을 질끈 깨물었다.

'젠장, 어쩔 수 없군. 기습으로 한 방 갈긴 후 여의치 않으면 달아날 수밖에!'

그녀는 양손 가득 표창을 움켜쥐었다.

탕음색마는 입가로 침을 질질 흘리며 욕정 어린 눈빛을 발했다.

"키히히. 어서 나오너라, 아가야. 아침나절 재수없게도 늙은 비구니가 걸려 제대로 욕정을 풀지도 못했는데 오늘 밤은 모처럼 젊은 계집을 품게 되었구나."

금류향은 숨을 몰아쉬며 탕음색마와의 거리를 헤아렸다.

'오냐, 조금만 더 와라. 칠 보 안에만 들어와!'

탕음색마는 전혀 경계도 하지 않고 나무 기둥 쪽으로 바싹 다가섰다.

'됐어!'

금류향은 기회다 싶자 튀어 나가며 냅다 표창을 날렸다.

"뒈져라, 색마!"

열 자루의 표창이 그대로 허공을 갈랐다. 그러나 탕음색마의 모습은 유령처럼 사라지고 없었다.

"허억! 이, 이럴 수가?"

금류향은 양손에 비수를 빼 든 채 주춤주춤 뒤로 물러섰다. 분명 탕음색마의 기척을 감지하고 공격을 가했는데 완전히 무위로 돌아간 것이다.

'이 악적이 대체 어디로?'

허공에서 한 방울의 물이 뚝 떨어져 내렸다.

금류향은 얼굴을 타고 흐르는 끈적한 이물질에 화들짝 놀라 고개를 쳐들었다.

"키히히, 이렇게 매력적인 계집을 만나다니, 오늘은 정말 횡재를 했구나!"

탕음색마는 나뭇가지에 두 발을 걸친 채 거꾸로 매달려 있었다. 금류향의 볼을 적신 끈적한 물은 그의 입에서 흐르던 침이었다.

"이 추잡한 놈!"

금류향은 구역질을 참으며 소매로 볼을 싹싹 문질렀다.

"이리 오너라!"

탕음색마는 거꾸로 매달린 자세 그대로 떨어져 내리며 손을 활짝 펼쳤다. 아주 교묘한 금나수법이었다.

금류향은 철판교 수법으로 몸을 뒤로 눕히며 가까스로 탕음색마의 금나술을 피해냈다.

그녀는 몸을 감아 뒤로 공중제비를 전개했다. 기습이 실패한 상태에서 정면 대결은 무모한 짓임을 안 것이다. 그녀는 절정의 표풍신법을 펼쳐 수림 속으로 뛰어들었다.

탕음색마는 징그럽게 웃으며 그녀의 뒤를 쫓았다.

"키히힛, 네년의 펑퍼짐한 엉덩이를 보니 사내를 여럿 거쳤구나?"

그의 신법은 놀랍도록 빨라 이내 그녀를 따라잡았다. 그녀는 빙글 몸을 돌리며 두 자루 비수를 동시에 날렸다.

"죽어라, 색귀신!"

금류향을 잡을 생각으로만 가득했던 탕음색마는 기겁하며 몸을 틀었다. 하지마 워낙 가까운 거리라 곱게 피할 수는 없었다.

찌이익—

한 자루 비수가 그의 옆구리를 스치고 지나갔다.

"이년이 제법 하는군."

탕음색마는 상대를 경시하는 마음을 싹 지운 채 그녀의 퇴로를 봉쇄했다.

금류향은 어쩔 수 없다 싶자 광신검을 빼 들었다.

"오냐, 오늘 네놈의 목을 베어 황금 백 냥을 챙기겠다!"

"황금을 챙겨? 큭, 네년이 현상범 추적자라도 된단 말이냐?"

"맞아. 너 같은 놈들을 찾아 요동에서 온 금류향이다."

탕음색마는 그녀의 풍만한 몸매를 훑으며 연신 입맛을 다셨다.

"키히히, 네가 이 어르신을 사흘 동안만 즐겁게 해준다면 원하는 만큼 황금을 가져다 주겠다."

"흥, 필요한 건 네놈 목에 걸린 황금뿐이다."

금류향은 유연한 보법을 펼치며 냅다 광신검을 휘둘렀다. 여인으로서는 다소 다루기 힘든 육중한 병기였지만 그만큼 위력적이었다.

탕음색마는 서둘러 그녀를 벗기고 싶은 마음에 초반부터 강력한 장력을 뿜어냈다.

"혼음장!"

퍼엉―!

요란한 폭음과 함께 금류향은 기혈이 들끓는 충격을 느끼며 뒤로 미끄러졌다.

'으윽, 정말 센 놈이군.'

탕음색마는 목을 꿈적여 우득우득 소리를 냈다.

"키히히, 요동의 촌년치고는 대단해. 내 새로이 혼음마공을 터득하지 못했다면 개쪽을 당할 뻔했구나."

금류향은 양손으로 광신검을 불끈 쥐고는 그대로 달려들었다.

"벽산파월!"

그녀는 최강의 검법에 승부를 걸었다.

웅후한 파공성과 함께 시퍼런 검화가 허공 가득 피어오른다. 아홉 개의 검화 속에 탕음색마를 가둔 금류향은 일말의 희망을 가졌다. 탕음색마의 목을 벨 수도 있을 것 같았다.

차앙!

하나 그녀의 기대와는 달리 광신검은 그의 목 앞에서 우뚝 멈춰 버렸다. 그가 철조를 낀 왼손으로 갈퀴처럼 광신검을 잡아챈 것이다.

"이익!"

금류향은 전신의 공력을 운집해 광신검을 찍어눌렀지만 탕음색마의 철조에 잡힌 검은 꼼짝도 하지 않았다.

"키히히. 아가야, 이제 옷 벗을 시간이다."

탕음색마는 징그럽게 웃으며 손가락을 퉁겼다.

펑!

작은 환약이 터지며 가루약이 금류향의 얼굴을 덮었다.

"허억!"

금류향은 광신검의 손잡이를 놓고는 급히 뒤로 미끄러졌다. 탕음색마는 광신검을 내던지고는 득의의 웃음을 터뜨렸다.

"키히히. 계집아, 넌 이미 쾌락산에 중독됐다. 나와 교접을 하지 않고는 해소할 수 없지."

"이… 악독한 놈!"

"남은 힘은 이 어르신을 위해 써야 하니 순순히 옷을 벗어라."

금류향은 코를 통해 스며드는 달콤한 향기에 맥이 탁 풀리고 말았다. 주체할 수 없는 욕정에 심장이 세차게 요동 쳤다. 그녀는 고개를 저으며 애써 정신을 차리려 했지만 그녀의 육체는 뜻대로 움직이지 않았다.

"아, 안 돼!"

금류향은 마지막 남은 병기인 채찍을 꺼내 쥐었다. 하지만 심한 현기증에 휘두를 힘조차 남아 있지 않았다.

탕음색마는 그녀가 쾌락산에 완전히 중독됐다 싶자 팔을 뻗어 그녀의 허리를 와락 끌어안았다. 그는 혓바닥으로 그녀의 목덜미를 맛있게 핥았다.

"키히히, 이렇게 빨리 반응을 보인다는 건 타고난 색녀라는 뜻이지."

그는 단숨에 금류향의 옷을 찢어냈다.

계집질의 선수답게 여인의 옷을 벗기는 솜씨도 일품이었다. 순식간에 금류향을 알몸으로 만든 탕음색마는 그녀를 풀밭 위에 쓰러뜨렸다.

"안 돼… 안 돼!"

금류향은 애타게 부르짖었지만 목소리는 입 안에서만 맴돌 뿐이었다.

쾌락산의 약효로 색의 노예가 된 그녀는 자신도 모르게 무릎을 벌렸다. 그녀는 연신 가쁜 숨을 내쉬며 어서 자신의 갈증을 해소해 주기만을 기다렸다.

탕음색마는 침을 질질 흘리며 금류향의 풍만한 가슴에 얼굴을 묻었다.

"크흐, 좋구나. 내 평생 너 같은 계집은 처음이다."

그는 그녀의 젖무덤 계곡을 따라 혀로 핥아 내렸다. 침으로 번들거리는 그의 혀가 그녀의 아랫배를 지나 다리 사이로 향할 때였다.

"색마, 어서 일어서라!"

준엄한 음성에 탕음색마는 등골이 오싹해졌다.

아무리 그가 색에 탐닉해 있었다지만 상대가 자신의 이목을 속이고 등 뒤로 접근해 올 때까지 몰랐다는 것은 상대의 높은 무공을 십분 짐작게 했다.

'절세고수다!'

탕음색마는 두 다리로 자신의 허리를 휘감는 금류향을 떼어내고는 혈도를 점했다. 그는 본능적인 위기감에 젖어 숨을 멈춘 채 몸을 돌렸다.

오 장쯤 뒤로 서 있는 인물은 산뜻한 백삼 차림의 청년이었다.

허리춤에 보검을 차고 뒷짐을 진 채 비스듬히 서 있는 인물은 마치 전설의 송옥처럼 수려한 미청년이었다. 귀밑까지 힘차게 뻗은 검미와 보석처럼 빛을 발하는 성목(星目), 주사를 바른 듯 붉은 입술.

탕음색마는 평소 자신의 외모에 자부심을 느꼈지만 백삼청년을 대하는 순간 보름달에 빛을 잃고 마는 반딧불처럼 초라함에 젖고 말았다.

"네놈은 누구냐?"

백삼청년은 여전히 비스듬히 선 자세에서 고개조차 돌리지 않았다.

"여인의 음약부터 해소시켜 주어라."

"키히히, 쾌락산의 해약은 없다. 정 구하고 싶으면 저 계집과의 교접이 끝날 때까지 기다려야 할 것이다. 아니면 네놈이 직접 계집과 교접을 하거나."

백삼청년이 고개를 돌리지 않는 이유는 차마 금류향의 나신을 볼 수 없기 때문이었다. 그는 여전히 빈 허공을 주시한 채 준엄한 어조로 탕음색마를 채근했다.

"탕음색마, 너는 오랜 악행으로 숱한 여인들에게 피눈물을 뿌리게 만들었다. 이제 태양천의 이름으로 널 단죄하겠다."

탕음색마는 태양천이라는 명호에 가슴이 덜컥 내려앉고 말았다.

"태, 태양천?"

그는 한 걸음 물러선 채 백삼청년을 뚫어져라 직시했다.

"서, 설마 네놈이 태양신룡(太陽神龍) 강무영(姜武英)이란 말이냐?"

백삼청년은 천천히 오른손을 쳐들었다. 장심에서 눈부신 발광체가 형성된다.

"그렇다. 내가 바로 강무영이다."

탕음색마는 완전히 사색이 되고 말았다.

태양신룡 강무영!

무림계에서 그의 존재를 모르는 사람은 없다.

태양천주의 직계 제자로 약관의 나이에 이미 출신입화의 경지에 오른 절세고수이다. 백도무림계에 있어 강무영은 정의의 화신이다. 태양천을 나선 이후 그의 손에 스러진 사마악도는 헤아릴 수 없을 정도였다.

그의 또 다른 별호는 천하제일공자!

금류향은 혈도가 찍혀 몸은 움직일 수 없었지만 혈관의 피를 타고 들끓는 색욕의 갈증은 주체할 수 없었다.

"흐으윽… 어서… 어서!"

벌겋게 달아오른 그녀의 얼굴은 폭발할 듯이 부풀었다.

탕음색마는 냅다 달아났다. 악을 원수처럼 증오하는 강무영에게 걸렸으니 오늘 그의 일진은 너무 사나운 것이었다.

강무영의 장심에서 부풀어 오르는 발광체는 호박만큼 커졌다. 그는 달아나는 탕음색마를 향해 발광체를 내던졌다.

"파뢰전(破雷電)!"

발광체는 밤하늘을 가로지르는 유성처럼 불꽃을 발하며 빛살처럼 뻗어 나갔다.

태양천주가 창안한 절세적 절기 중 하나였다. 강력한 내가강기를 응집해 뻗어내는 수법으로 웬만한 공력을 지니지 않고서는 시전도 할 수 없는 절기였다.

고개를 돌린 탕음색마는 거대한 수레바퀴처럼 확산돼 날아드는 강기에 입을 쩍 벌렸다.

"안 돼!"

퍼엉―!

강기에 적중된 탕음색마는 산산이 조각난 채 횡사하고 말았다. 숱한 악행을 저질러 온 그의 최후치고는 너무도 비참했다.

단 일 초로 탕음색마를 격살한 강무영은 흰 천으로 눈을 가렸다. 그는 금류향 앞에 서서 지풍을 날렸다. 앞을 보지 않은 상태에서도 그의 지풍은 정확히 금류향을 막힌 혈도를 해소시켰다.

"흐윽… 제발!"

금류향은 벌떡 일어서며 강무영을 와락 끌어안았다.

색녀로 화한 금류향은 강무영의 몸에 자신을 비벼대며 애타게 부르짖었다. 그녀의 손은 대담하게 그의 사타구니까지 더듬어갔다.

"어서… 어서 날 안아줘! 몸이 터질 것만 같아!"

강무영은 행여 그녀의 나신을 만질세라 허공을 격한 격공진기로 그녀를 천천히 내리눌렀다.

"소저, 소생이 쾌락산을 해소시켜 주겠소. 힘겹겠지만 심기를 가라앉히시오."

강력한 내가진기에 눌린 금류향은 미친 듯이 외쳤다.

"그, 그냥 안아줘! 당신한테… 어떤 책임도 묻지 않겠어!"

"그럴 수는 없소. 아무리 무림의 여인일지라도 정조는 소중한 것이오."

금류향의 뒤로 자리한 강무영은 한 뼘 거리를 두고 금류향의 명문혈을 통해 태양진기를 불어넣어 주었다.

"삼매진화로 소저의 체내에 스며든 음약을 태워 버리겠소. 소저도 함께 노력한다면 해소될 수 있을 것이오."

삼매진화로 음약을 태운다는 건 엄청난 공력을 소모하는 일이었다. 물론 가장 손쉬운 방법은 그녀와 교접을 가져 해소하는 것이겠지만 강무영의 성품상 절대 그럴 수는 없는 일이었다.

금류향은 자신의 체내로 스며드는 강력한 태양진기에 다소 정신을 차릴 수 있었다. 혼몽 중이었지만 상대에게 매달려 구걸한 자신이 부끄럽기까지 했다.

강무영은 그녀의 심기를 헤아린 듯 부드럽게 위로했다.

"이것도 인연이니 음약을 태우면서 소저의 기경팔맥을 타통시켜 주겠소. 다시는 그런 음적에게 당하지 마시오."

금류향의 혈맥을 타고 흐르던 태양진기는 더욱 강렬해졌다. 금류향은 이게 웬 행운인가 싶어 공력을 운집해 그의 태양진기와 합류했다.

무공을 수련하는 데 있어 기경팔맥이 타통된다는 건 절정고수로 오르기 위한 필수 과정이다. 그러나 일 갑자 이상의 공력이 없는 한 기경팔맥을 타통시킨다는 건 생각할 수도 없는 일이었다.

금류향은 강무영이 주입시켜 주는 태양진기의 흐름을 따라 진기를 일주천시켰다. 뜨거운 기운이 그녀의 전신 경맥을 타고 빠르게 흘러갔다.

예전에는 미처 돌파하지 못한 기경팔맥이 연이어 타통되며 그녀는 환희에 가까운 상승감에 젖어들었다.

'아, 상쾌해!'

금류향으로서는 그동안 공력을 운기하면서 한계에 부딪쳤던 부분이 모두 해소된 것이다.

내공으로 상대의 경맥을 타통시켜 주는 일은 실로 힘겨운 작업이었다. 공력 수위 백 년을 넘어선 강무영이었지만 한꺼번에 진기를 쏟아내 거의 탈진 상태가 되었다.

그는 그녀의 진기가 원활하게 순환되는 것을 확인하고서야 주입시켜 주던 태양진기를 거두었다.

"이제 스스로 운기조식을 하시오."

그는 자신의 장삼을 벗어 그녀의 어깨에 걸쳐 주고는 자신의 눈을 가린 천을 풀었다. 그는 한참 운기조식에 빠져 있는 그녀를 바라보며 담담히 미소를 지었다.

'다소 드센 기질이 중원의 여인 같지는 않군.'

운기조식을 끝낸 금류향은 전신 가득한 충만감에 날아갈 것만 같았다. 그녀는 강무영이 벗어준 백삼으로 몸을 감싸고는 몸을 일으켰다. 비교적 건장한 체격이라 그의 장삼이 얼추 맞았다.

"당신… 정말 좋은 사람이군요."

"과찬이시오. 그저 해야 할 일을 했을 뿐이오."

"난 금류향이에요. 요동에서 왔죠."

"소생은 강무영이라 하오."

"아, 그럼 당신이 바로 천하제일공자 태양신룡이란 말인가요?"

금류향은 그의 수려한 용모와 엄청난 신분에 새색시처럼 얼굴이 붉어졌다.

"강 공자의 명성은 요동에서도 유명하죠. 천하의 여인들이 공자를 한 번이라도 만나고 싶어 애끓어한다 들었는데… 과연 인중룡이에요."

한눈에 반해 버린 그녀는 강무영의 얼굴에서 눈을 뗄 줄 몰랐다.

그는 멋쩍은 미소를 지으며 고개를 저었다.

"모두 헛된 풍문일 뿐이오. 오히려 소저의 야생화 같은 미색에 향후 중원의 청년 협사들이 애간장을 태울 것 같소. 하하."

금류향은 강무영의 찬사에 눈물이 나올 만큼 감격했다. 그녀가 아는 한 사람과 너무도 비교가 되었다. 그에 비하면 강무영은 완벽 그 자체였다.

둘은 천천히 계곡을 따라 내려왔다.

금류향은 힐끔 뒤를 돌아보며 아쉬운 표정을 지었다.

"탕음색마의 목이라도 남아 있었으면 황금 백 냥을 챙길 수 있었는데……."

강무영은 한 겹 백삼만 걸친 그녀를 쓸어보다 다소 의외롭다는 표정을 지었다.

"소저께서 현상범 추적자인 줄은 몰랐소."

"은자나 챙기는 인간 사냥꾼이라 싫으세요?"

"아니오. 악도들을 찾아 죽이는 건 협사로서 당연히 해야 할 일이오. 하지만 여인의 몸으로는 험한 일인 듯싶소."

"난 이 일이 좋아요. 사실 환유성이란 사람과 함께 중원으로 건너왔는데……."

"아, 동행이 있었소?"

금류향은 일순 당황하면 말을 바꾸었다.

"동행은요. 그저 같은 직업을 가진 현상범 추적자일 뿐이죠. 강 공자와는 비교도 안 될 천박한 놈이에요."

그녀는 머리 속에서 환유성이란 존재를 싹 지우고 싶었다.

강무영은 잠시 생각하다 품속에서 황금빛으로 빛나는 금전을 하나 꺼내 들었다.

"음적을 만나 옷까지 찢겨 지닌 것이 아무것도 없을 것 같구려."

"아니에요. 현상범이나 하나 잡아 은자를 마련하죠 뭐."

"받아두시오. 태양천의 은사전(恩謝錢)이란 신물이오. 중원의 어떤 전장에서도 필요한 만큼의 은자를 빌릴 수 있소."

비교적 자존심이 센 금류향이었지만 강무영의 호의는 받아들이고 싶었다.

"그러니까 잠시 빌려주는 건가요?"

"우선 옷이라도 사 입으시오."

금류향은 한 겹 백삼만 걸친 자신의 내려다보고는 살짝 볼을 붉혔다.

"그리고 보니 귀한 옷까지 내주셨군요."

금류향은 기꺼이 은사전을 받아 쥐었다.

기몽산 자락의 마을이 지척에서 등불을 밝히고 있었다. 제법 규모를 갖춘 성시여서 그런지 술시에 가까운 시각에도 오가는 행인들이 제법 되었다.

금류향은 본래의 쾌활함을 드러냈다.

"가요. 비록 빌린 은자이지만 내가 한턱 내죠."

"호의는 고맙지만 급히 갈 곳이 있소."

"이봐요, 비록 요동의 촌년이지만 염치는 있다구요. 꼭 술 한잔을 대접해야겠어요."

"천하를 주유하다 보면 또 만날 일이 있을 거요. 아니면 태양천을 한번 방문해 주시던가."

금류향의 눈꼬리가 홱 치켜 올려졌다.

"정말 꼭 가야겠어요?"

"하하, 미안하오, 금 소저."

강무영은 진심으로 미안한 듯 포권을 취해 보였다. 금류향은 한마디 더 쏘아붙이려다 얼른 입술을 닫았다.

'아니야. 중원의 사내들은 나처럼 드센 성격의 계집을 싫어할지 몰라.'

그녀는 애써 성깔을 눌러 참으며 아쉬운 표정을 지었다.

"그래요. 은사전과 이 옷을 돌려드려야 하니 꼭 다시 만나게 될 거예요."

"은사전은 돌려받아야 하지만 옷은 헐벗은 걸인에게나 주시오."

"공자, 이 은혜는 잊지 않고 꼭 갚을 거예요."

금류향은 강무영의 손을 꼭 쥐었다.

강무영은 그녀의 스스럼없는 성격에 호감을 느끼며 밝은 미소를 지었다.

"하하, 은혜라 생각 마시오. 이왕 중원까지 왔으니 최고의 현상범 추적자로 명성을 날려보시오."

강무영은 몇 걸음을 옮기는가 싶자 이내 연기처럼 사라져 버렸다. 초절정신법인 축지성촌이었다.

금류향은 그가 사라진 빈 허공으로 시선을 고정하며 깊은 감동에 젖어 있었다.

"아, 정말이지 세상에 다시없을 군자야. 여인을 배려하는 마음도 각별하고."

그녀는 백삼을 꼭 감싸 안았다. 그녀의 입가에 진한 미소가 배어 나왔다.

"미쳤다고 비렁뱅이한테 주겠어? 평생토록 간직하며 당신의 체취를 느끼며 살 거야."

■ 제7장

중산왕부(中山王府)의 살수들

1

"아유, 더워. 대체 언제나 항단현에 도착하는 거예요?"

"곧 당도할 거요."

"그 얘기는 아침부터 했잖아요? 가까운 마을 아무 데고 좋으니 어서 쉴 곳을 찾아봐요. 내가 구출된 것을 알면 관홍 중랑장이 득달같이 달려올 테니까."

"군주는 꼭 항단현으로 가야 하오."

"이봐요, 항단현을 고집하는 이유가 대체 뭐예요?"

"가보면 알 거요."

둘을 태운 소추는 느릿느릿 사막을 가로지르고 있었다. 두 사람을 태운 데다 5일째 강행군을 해서인지 몹시 지친 모습이었다.

환유성의 등 뒤에 붙어 그의 허리를 끌어안고 있는 주화령은 사막의 강렬한 햇살에 갈증과 더위로 미칠 지경이었다. 그가 벗어준 누더기 장삼에서 풍기는 역겨운 땀 냄새가 그녀를 더욱 고역스럽게 만들었다.

그녀는 메마른 입술을 혀로 핥으며 다소 신경질적인 반응을 보였다.

"당신 말이에요, 아무리 날 구해줬어도 예의가 너무 없어요. 난 황실의 군주예요. 날 무시하는 건 황실에 대한 모독이라구요."

"요동의 촌놈이 예의 따위를 알겠소?"

환유성의 권태에 찬 대꾸에 그녀는 그만 할 말을 잃었다.

'뭐 이런 자가 다 있지?'

해가 뉘엿뉘엿 질 무렵이 되어서야 멀리 항단현의 불빛이 보이기 시작했다.

주화령은 소추의 엉덩이를 찰싹찰싹 때리며 서둘렀다.

"어서 가자, 어서 가, 나귀만도 못한 짐승아!"

소추는 심기가 틀어졌는지 앞발을 번쩍 치켜들며 몸을 세웠다.

이히힝!

"아앗!"

주화령은 중심을 잃고 말안장에서 떨어졌다. 자갈 바닥에 엉덩이를 찧은 그녀는 눈물이 왈칵 쏟아질 만큼 아픔을 느꼈다.

"이… 고약한 짐승! 항단현에 도착하기만 하면 당장 목을 베어버리고야 말겠어!"

그녀는 아픈 엉덩이를 문지르며 환유성을 쏘아보았다.

"어서 말에서 내려 날 태우지 않고 뭐 해요?"

"군주는 소추를 탈 자격이 없으니 그냥 걸어가시오."

"뭐, 뭐라구요?"

"소추가 없었다면 군주는 맨발로 사막을 걸어왔어야 했을 것이오."

"이까짓 말 한 필이 뭐 소중하다고 두둔하는 거예요?"

"내게는 삼 년을 함께 지내온 친구요."

환유성은 그녀는 내버려 둔 채 항단현 쪽으로 말 머리를 돌렸다.

"가자, 소추."

소추는 힘차게 발걸음을 옮겼다.

"기다려요! 날 데려가야죠!"

주화령은 다급히 외치며 맨발로 뛰어왔다. 하지만 그녀가 따라잡을 만 하면 소추는 흙먼지를 일으키며 속도를 높였다.

'못된 짐승! 그 주인에 그 말이군!'

그녀는 속이 부글부글 끓었지만 급속히 드리워지는 어둠에 겁이 덜컥 났다.

"환 공자, 제발 데려가 줘요!"

그녀는 털썩 주저앉으며 안타깝게 외쳤다. 그녀는 눈물마저 글썽거렸다.

"사과하겠어요. 당신과 그 말에게 진심으로 사과할 테니 제발 데려가 줘요."

환유성은 소추의 목덜미를 다독였다.

"소추야, 연약한 여자니 네가 한번 참고 태워주려무나."

소추는 그의 말귀를 알아들은 듯 발걸음을 돌려 주화령 쪽으로 다가갔다.

그녀는 속으로 이를 바득바득 갈았지만 애써 부드러운 표정을 지었다. 그녀는 고약한 냄새가 풀풀 풍기는 소추의 목덜미를 쓰다듬으며 사과했다.

"미안해, 소추. 그동안 날 태우고 온 고마움을 잊었어. 항단현에 도착하는 대로 맛있는 여물을 먹여줄게."

소추는 그제야 화가 풀린 듯 그녀의 얼굴을 후룩 핥았다.

'우욱!'

주화령은 속이 뒤틀렸지만 지금은 참을 수밖에 없었다. 환유성이 손을 뻗어 끌어 올려주자 그녀는 다시는 떨어지지 않으려는 듯 그의 허리를 꼭 끌어안았다.

낮은 능선을 넘어서자 일천 군병들이 머무는 병영과 항단현이 불빛이 손에 잡힐 듯 가깝게 다가왔다.

주화령은 잠시 눈알을 굴리다 환유성의 탄탄한 등판에 볼을 기댔다.

"환 공자, 한 가지 부탁이 있어요. 꼭 들어주셔야 해요."

"말해 보시오."

"야적들 소굴에서 내가 어떻게 지내왔는지는 환 공자만이 증언해 줄 수 있어요."

"난 본 게 거의 없소."

"그러니까 하는 말이에요. 야적들에 잡힌 상황에서도 내가 얼마나 군주로서의 품위와 황족의 권위를 지켰는지 왕부의 대신들 앞에서 말해 주세요. 이건 중산왕부와 황실의 명예와도 직결되는 중대한 일이에요."

"……."

환유성이 별다른 반응을 보이지 않자 주화령은 속이 바싹바싹 탔다.

"환 공자, 제발."

주화령은 그의 등에 볼을 비비며 애원했다.

그녀는 그의 부친인 중산왕의 강직한 성품을 잘 알고 있었다.

장자로 태어났으면 황제의 용상에 앉아 천하를 호령할 기질을 지닌 중산왕이 아닌가. 자신의 비굴했던 상황이 보고된다면 그의 부친은 가

차없이 그녀의 목을 칠 것이다.

환유성의 얼굴에 잔뜩 권태가 서린다.

"알겠소."

2

화옥군주의 구출 소식이 전해지자 항단현 사람들은 모두 나와 대로 좌우로 부복하며 천세를 불렀다. 관홍과 순우문은 군병들을 이끌고 달려나와 배례를 올렸다.

"오오, 군주께서 무사하셔서 얼마나 다행인 줄 모릅니다. 신속히 구출하지 못한 소장을 엄벌하소서."

왕부 소속의 군병들을 둘러본 주화령은 기세가 살아 군주로서의 위엄을 한껏 뽐냈다.

"중랑장, 훌륭한 무사를 보내 본 군주를 구한 공로는 잊지 않겠어요. 어서 아버님께 이 기쁜 소식을 전하세요."

"그렇지 않아도 왕부에 파발을 보냈으니 내일이면 왕야께서 당도하실 것입니다."

"야적들은 본거지에서 모두 달아났으니 주변의 성에 파발을 보내 그 사악한 놈들을 모두 소탕하도록 명하세요."

"알겠소이다, 군주."

항단현 최고의 유지인 유 대인은 연신 허리를 굽실거렸다.

"군주님, 어서 교자로 오르시지요. 누추하지만 소신의 장원으로 모시겠소이다."

군병 하나가 소추 옆에서 엎드리자 주화령은 군병의 등을 발판 삼아 내려섰다.

교자에 오른 그녀는 환유성을 향해 한마디 던졌다.

"환 공자, 내일 아버님께서 당도하시면 알현을 허락하겠어요."

"내일 아침 난 떠날 생각이오."

관홍은 눈을 커다랗게 떴다.

"무슨 소린가, 환 대협. 자네는 군주의 구출에 제일공신일세. 또한 왕야의 친견은 무한한 영광이거늘 어찌 마다하려 한단 말인가?"

주화령은 어떻게든 그를 붙들어놓아야 했다.

"중랑장, 환 공자를 병영에 머물러 있게 하세요. 부귀와 공명에 초탈한 분이지만 아버님께 아뢰어 큰 상을 받도록 해야겠어요."

그녀는 유 대인에게로 시선을 돌렸다.

"가요. 먼저 목욕이라도 하고 싶군요."

"예, 군주님. 만반의 준비를 갖춰놓았소이다."

유 대인은 노구에도 불구하고 종종걸음으로 교자를 따랐다.

군병들이 소추의 말 고삐를 쥐자 환유성은 어쩔 수 없이 말에서 내려야 했다.

순우문은 군병들에게 지시했다.

"군주님을 모시고 온 명마니 잘 씻기고 풍성한 여물을 주어라."

"예, 책사님."

관홍은 환유성의 손을 덥석 쥐며 감격적인 표정을 지었다.

"내 자네의 공을 잊지 않겠네. 화옥군주는 황제 폐하께서도 애지중 지하는 조카따님이시라 잘하면 황명을 받을지도 모르겠어."

환유성에게는 황명이든 관작이든 관심 밖이었다.

"이제 약속대로 마검노인을 풀어주시오."

"암, 암, 여부가 있겠나."

옆에 있던 순우문이 빙그레 미소를 지으며 말을 받았다.

"이 사람은 환 대협이 반드시 군주님을 구출해 오시리라 믿고 있었소. 마검노인은 치료를 잘 받아 거의 회복되었소."

3

마검노인은 뇌옥에 갇혀 있었지만 긴 쇠슬이 달린 족쇄를 찬 것 외에는 불편함이 없어 보였다. 혹독한 고문에 의한 상처도 거의 나은 듯 혈색도 좋아 보였다.

순우문의 지시에 옥리들은 서둘러 마검노인의 족쇄를 풀어주었다.

작은 군막 안에 차려진 술상을 앞에 놓고 환유성과 마검노인이 대좌해 있었다.

두 사람은 아무런 말도 없이 술잔을 몇 순배 비웠다. 목숨을 구함받은 마검노인은 전혀 고마워하지 않았고, 환유성 역시 자신의 공임을 내세우지 않았다. 그런 면에서 둘은 비슷한 부류였다.

"이제 어디로 갈 생각인가?"

"정해진 목표는 없소. 현상범들이 있는 곳이라면 어디든 갈 생각이오."

"태양천주와는 당분간 비무할 생각 말게."

"누군가 그의 목에 황금을 건다면 찾아갈 수도 있소."

"허, 누가 감히 태양천주의 목에 현상금을 걸 수 있단 말인가?"

마검노인은 술잔을 내려놓고 몸을 일으켰다.

"만일 자네가 사중악(四重惡)의 수괴들을 죽일 쾌검을 터득하게 된다면 한 번쯤 겨뤄볼 수도 있을 것이네."

그는 숫돌이 든 자신의 바랑을 어깨에 메고는 군막을 나섰다.

떠나는 사람이나 보내는 사람이나 헤어짐을 아쉬워하는 한마디 인사도 없었다. 환유성은 마치 처음부터 혼자 술을 마신 듯 묵묵히 술잔을 비우기만 했다.

4

중산왕의 당도가 임박하자 항단현 전체가 북새통을 이루었다. 아녀자들은 서둘러 관도에 꽃을 깔았고, 관도 주변의 주택과 상점들은 주홍색 휘장을 드리워 중산왕의 방문을 환영했다.

왕의 행렬은 아주 거창했다.

빛나는 갑주를 걸친 친위병들이 앞서 들이닥치며 관도 좌우의 양민들을 통제했다. 왕의 수레가 통과할 때까지 고개를 쳐들지 말도록 단단히 주지시켰다.

삘리리—

삼십 명으로 구성된 악사들이 먼저 현을 타고 피리를 치며 분위기를 돋우었다. 이어 백 명의 군병들이 깃발을 높이 쳐들어 위엄을 보이고,

마침내 네 필의 희디흰 준마가 이끄는 호화로운 수레가 당도했다.

오십 줄에 접어든 중산왕은 가히 군왕의 풍모를 갖추고 있었다. 곱게 틀어 올린 상투에는 금룡이 조각된 관을 썼고, 붉은 용이 수놓아진 용포로 몸을 감쌌다.

수레에 동승한 시녀들은 바구니에 가득 은자를 담아 관도변의 양민들을 향해 뿌렸다.

"중산왕야 천천세!"

양민들은 고개를 조아리며 중산왕의 성은에 감격해했다.

중산왕이 임시로 머물 유가장에는 주변의 현령들은 물론이고, 산서성의 성주와 지방 태수들이 도열해 있었다. 가히 황제의 어가(御駕)를 맞이하는 자세였다.

중산왕이 붉은 융단 위로 내려서자 휘하의 군병들과 장군, 관리들은 일제히 부복하며 천천세를 외쳤다.

"아버님!"

새 옷으로 곱게 갈아입은 주화령은 중산왕 앞에 한쪽 무릎을 꿇으며 눈물을 글썽였다.

"중산왕부의 명예를 더럽힌 불민한 여식을 죽여주십시오."

중산왕은 납치됐던 딸을 대했건만 기쁨의 기색을 크게 드러내지는 않았다. 그저 가볍게 고개를 끄덕일 뿐이었다.

"고생 많았구나."

"송구하옵니다, 아버님."

그가 융단을 따라 걷자 주화령이 급히 뒤를 따랐다.

유가장의 대청과 마당에는 수백 명이 동시에 식사를 할 수 있는 주연이 베풀어져 있었다.

대청의 상석에 앉은 중산왕은 주위를 쓸어보며 위엄있게 외쳤다.

"본좌의 딸이 납치돼 황제 폐하께 근심을 끼쳐 드렸으니 이는 황실에 대한 불충이다! 비록 무사히 구출되었다 하나 야적들에게 치욕을 당했다면 군주로서의 자격을 잃은 것이나 다름없다! 본좌는 이를 명백히 가린 후 화옥군주에 대한 판결을 내릴 것이다!"

주변의 관리들은 중산왕의 추상같은 처사에 절로 고개가 숙여졌다. 딸을 되찾은 기쁨보다 황실의 명예를 더 존중하는 그는 진정한 군왕이었던 것이다.

먼저 중랑장 관홍과 책사인 순우문이 호명됐다. 관홍은 중산왕에게 절을 올리고는 보고를 올렸다.

"그간 야적들 몇을 잡아 문초한 결과 화옥군주님은 도적의 소굴에서도 군주로서의 품위와 의연함을 잃지 않은 것이 확인되었소이다. 도적의 음식은 먹을 수 없다 하여 그간 하늘에서 내리는 비로 갈증을 해소하셨다 하오이다."

주변의 관리들은 고개를 끄덕이며 탄성을 발했다.

"오, 과연 화옥군주시군."

"역시 군주의 기품을 잃지 않으셨어."

"달포가 넘게 갇혀 지내시면서 빗물로만 연명하셨다니……."

중산왕의 준엄한 표정이 다소 풀렸다.

부친의 안색을 살피던 주화령은 내심 안도하였다. 하지만 아직 완전히 부친의 용서를 받은 것은 아니었다.

"도적들의 말은 믿을 수 없다. 군주를 구출해 온 무사를 들여라."

환유성은 잔뜩 권태에 찌든 표정을 지으며 대청 아래 섰다. 그는 한 번 읍을 할 뿐 절을 올리지도 않았다.

옆에 부복해 있던 관홍과 순우문은 기겁을 하며 재촉했다.

"이 사람아, 왕야 앞일세. 어서 절을 올리게나."

"환 대협, 어서 무릎을 꿇으시오."

하지만 환유성은 못 들은 척 그대로 서 있기만 했다.

표범눈의 친위대장이 창대를 바닥에 찍으며 호통을 쳤다.

"무엄한 놈, 어서 절을 올리지 못할까!"

중산왕은 의자의 팔걸이를 탁 치며 짤막하게 외쳤다.

"놔둬라!"

장내는 싸늘한 긴장감으로 가득했다. 잔뜩 당겨진 활시위처럼 일촉
즉발의 위기감이 팽배했다.

주화령은 뛰는 가슴을 눌렀다.

'저, 저자가 죽으려고 환장을 했군.'

자신 앞에 부복배례도 하지 않고 서 있는 환유성을 굽어보는 중산왕
의 입가에 묘한 미소가 서렸다.

"하하, 대담하군. 본좌를 대하고도 배알하지 않겠다는 건 황실을 인
정하지 않겠다는 의도인가?"

"요동의 촌놈이라 예의를 모를 뿐이오."

"젊은 친구가 왜 그렇게 권태로워 보이는가? 마치 삶은 다 산 사람
처럼 말이야."

환유성의 대꾸는 여전히 무덤덤했다.

"천성이외다."

"먼저 아비로서 화옥군주를 구출해 준 데 대해 사의를 표하겠다. 천
잔방의 괴수 중 하나였던 단비사도 막충의 목을 베었다니 자네의 무공
수위는 가히 절세적이겠군. 본좌가 자네를 용서하는 건 강자이기 때문

이다. 본좌는 강한 자를 우대하지."

중산왕은 술잔을 들어 한 모금 마셨다.

"한마디 묻겠다. 단신으로 화옥군주를 구출했으니 유일한 증인이라 할 수 있지. 당시 군주가 어떻게 지냈는지 소상히 말해 보아라."

주화령은 마른침을 꿀꺽 삼켰다. 이제 그녀의 생사 여부는 환유성의 말 한마디에 달려 있는 것이다. 그녀는 그가 자신의 일러준 대로 말해 주기를 간절히 기원했다.

환유성은 무미건조하게 응대했다.

"본 것이 별로 없소이다."

"그렇겠지. 도적들 소굴에 단신으로 뛰어들어 은밀히 구출하려 했으니 많은 것을 보지는 못했을 것이야. 하지만 구출 당시 군주로서의 품위를 지켰는지는 보았을 것 아니냐?"

환유성은 중산왕 옆에 서 있는 주화령을 올려다보았다. 그녀는 애써 도도한 모습을 보이고 있지만 눈빛만큼은 바람 앞의 촛불처럼 흔들리고 있었다.

환유성은 쏘는 듯한 눈빛을 발하는 중산왕에게로 시선을 돌렸다.

"소생이 본 것은 화옥군주의 희멀건 엉덩이뿐이었소."

5

차앙—!

검집에서 뽑혀 나온 보검은 지극히 예리해 근처에 닿기만 해도 검날의 예기에 베어질 것만 같았다.

주화령을 침소로 불러들인 중산왕은 보검을 손에 쥔 채 냉막하게 물었다.

"한 치의 거짓도 없이 털어놓거라. 대체 그자가 한 말의 의미가 무엇이더냐?"

주화령은 중산왕 앞에 털썩 무릎을 꿇으며 이슬 같은 눈물을 줄줄 흘렸다.

"흑. 아버님, 어찌 소녀를 의심하는 것이옵니까?"

수많은 사람들 앞에서 밝힌 환유성의 한마디로 술자리는 순식간에 냉각되었다. 주화령의 입장에서 보면 최악의 상황이었다. 그나마 환유성이 더 이상 말을 하지 않은 것은 다행이었다.

중산왕은 그녀를 향해 보검을 겨누었다.

"놈이 너의 알몸을 보았다는 의미가 아니더냐? 아비가 판단컨대 그자는 절대 거짓을 고할 자가 아니다."

"흑흑, 소상히 말씀드리겠습니다. 연후 소녀는 아버님께 목숨을 맡기겠사옵니다."

"오냐, 어서 말하거라."

"막충이란 악적은 과거 천잔방의 일곱 수괴 중 하나였습니다. 천잔방은 태양천에 의해 괴멸된 후 지리멸렬되었지요. 하지만 아직도 악적들은 어둠 속에서 힘을 길러 과거와 같은 악의 집단을 형성하려고 합니다. 단비사도 막충이 소녀를 납치한 이유는 소녀의 몸값을 받아 천잔방 재건에 쓰려는 것이었습니다."

그녀의 얘기는 거의 사실이었다.

"하기에 막충은 소녀를 납치하였으나 터럭 하나 건드리지 않고 대우

했습니다. 하지만 소녀는 도적들의 음식을 먹을 수 없어 빗물로만 연명해 왔습니다. 한데 막충과 그의 제자인 한해귀도가 환유성에 의해 죽자 상황이 바뀌었습니다. 새로 한해야적의 두목이 된 모용견이라는 자는 지극히 흉악해 소녀를 겁탈하려 했던 것입니다."

그녀는 짠 눈물을 씹어 삼키며 최대한 애처로운 모습을 보였다.

"소녀는 점혈이 된 상태라 어쩔 수 없이 놈이 손에 옷이 벗겨지고 말았습니다. 하오나 차마 치욕을 당할 수 없어 혀를 깨물어 자결을 하려 했사옵니다. 그순간 환유성이 나타나 모용견의 목을 베고 소녀를 구해 준 것이옵니다."

중산왕은 나름대로 당시의 상황을 머리에 그리며 물었다.

"상황이 너무 극적이구나."

"믿어주십시오, 아버님. 분명한 사실이옵니다."

"닥쳐라!"

중산왕은 빠르게 보검을 휘둘렀다.

싸늘한 예기에 주화령은 정신이 아득해졌다. 이대로 죽나 싶을 정도였다. 그러나 베어진 것은 그녀의 목이 아니라 곱게 틀어 올린 머리카락이었다.

"네가 알량한 무공을 믿고 너무 설치는 바람에 중산왕부에 먹칠을 한 것이다."

중산왕은 보검을 검집에 거두며 준엄한 표정을 지었다.

"당분간 왕부에 머물며 자숙토록 해라."

주화령은 겨우 살았다는 생각에 펑펑 눈물을 쏟았다.

"흑흑. 황공하옵니다, 아버님."

그녀는 삼 배를 올리고는 중산왕의 침소에서 나왔다.

소매로 눈물 자국을 지운 그녀는 입술을 질끈 깨물었다. 얼마나 세게 주먹을 움켜쥐었는지 손톱이 손바닥으로 파고들 정도였다.

'환유성, 네놈을 반드시 갈아 마시고야 말겠다!'

6

유가장의 별채는 중산왕이 숙소로 사용하면서 금역이 되어버렸다. 담장 밖은 친위대들이 겹겹이 에워싸 나는 새도 들어갈 수 없었다. 또한 별채 곳곳의 어둠에는 중산왕의 비밀 호위들이 아무도 모르게 숨어 있었다.

중산왕은 뒷짐을 진 채 홀로 뜨락을 거닐고 있었다.

밤하늘의 달빛에 그의 그림자가 길게 끌린다. 연못가의 정자에 오른 그는 난간을 짚고 선 채 뭔가 깊은 생각에 잠겨 있었다. 그는 가볍게 손을 쳐들었다.

"암인(暗刃)!"

순간 연못의 수면으로 하나의 검은 복면인이 유령처럼 내려섰다. 얼마나 신속하고 조용한 출현이었는지 마치 수면 아래서 솟아오른 듯싶었다.

중산왕은 허공에 뜬 달을 올려다보며 물었다.

"단비사도의 목을 벨 정도면 어느 정도의 실력자인가?"

"능히 천하삼십대고수 안에 해당됩니다."

"환유성이란 자의 목을 벨 수 있겠느냐?"

"……."

중산왕의 미간에 한 줄의 주름이 패었다.

"자신이 없단 말이냐?"

"한해귀도의 수급에 나타난 검흔 정도라면 능히 죽일 자신이 있습니다. 하지만 단비사도의 수급에 나타난 쾌검의 흔적이라면 장담할 수 없습니다."

중산왕은 탁자 앞에 앉아 식은 차를 잔에 따랐다.

"무슨 차이가 있더냐?"

"한해귀도의 목을 벤 쾌검의 흔적은 상당한 경지에 올랐지만 절대적인 솜씨는 아니었습니다. 하지만 단비사도의 목을 벤 쾌검의 흔적은 가히 절세적이었습니다. 하기에 속하가 감히 장담을 드릴 수 없는 것입니다."

"그럴 수도 있단 말이냐? 듣자니 한해귀도와 단비사도는 불과 한나절 차이로 죽었다 하던데."

복면인은 수면에 떠 있는 상황에서도 전혀 불편한 기색이 없어 보였다.

"무공의 상식을 벗어나는 일입니다만 그자가 한나절 사이 무도(武道)를 터득했다면 가능한 일입니다."

"무도라고?"

중산왕은 콧등을 문지르며 눈을 가늘게 떴다.

가늘어진 봉목 사이에서 뻗어 나오는 신광은 철판이라도 꿰뚫을 만큼 강렬했다. 그가 상당한 무공을 수련했다는 소문은 널리 알려졌지만 그의 무공 수위는 아무도 모른다.

"당금 무림천하에서 무도를 터득한 자는 태양천주뿐이라 들었는데……."

암인이라 불리운 자는 고개를 조아렸다.

"왕야께서 정식으로 영을 내리신다면 사력을 다해 놈의 목을 베어오겠습니다."

"아니다. 본좌가 원하는 건 그자의 목이 아니라 그자가 지닌 무공 조예다."

중산왕의 입가에 차가운 미소가 감돈다.

"혈야삼살(血夜三殺)을 대동해 그자의 쾌검을 확인해 보거라."

"존명!"

암인이라 불린 복면인은 나타날 때와 마찬가지로 유령처럼 사라졌다.

중산왕은 식은 찻잔을 내려놓고 몸을 일으켰다. 난간에 선 그는 사금파리를 깨뜨려 놓은 듯 총총한 별밤을 올려다보며 나직이 중얼거렸다.

"이독제독(以毒制毒)… 어쩌면 그자로 인해 나의 야망이 달성될 수도 있겠군."

7

항단현을 떠나온 환유성은 곧장 남하히다가 남동쪽으로 방향을 틀었다. 딱히 정한 곳이 있어서가 아니었다. 섬서성의 장안으로 향하는 다수의 대상 행렬이 귀찮아서였다.

하북성 쪽 길도 번잡스럽기는 마찬가지였지만 관도를 가득 채우는 대상 행렬은 없었기에 갓길로 길을 비켜주는 번거로움은 피할 수 있었다.

　계절은 어느덧 초가을로 접어들어 보이는 산과 들마다 붉고 누런 단풍의 빛이 짙어져 가고 있었다. 밭작물을 거둬들이는 농부의 일손이 바쁘다. 세상이 어떻게 돌아가든 그들이 있기에 천하인들이 배를 채울 수 있는 것이다.

　날이 저물자 환유성은 산하현의 한 객잔에 묵게 되었다.

　산하현은 제법 큰 마을이었다. 황도(皇都)가 위치한 하북성에 인접해서인지 곳곳마다 시전이 펼쳐져 있고, 가옥들이 다닥다닥 붙어 있었다.

　환유성은 이 층의 구석진 객실로 방을 정했다.

　그의 수중에는 무려 황금 일천삼백 냥의 은표가 있었다. 탈명귀검의 목 값으로 받은 황금 이백 냥과 중산왕부에서 받은 황금 일천백 냥을 합한 금액이 그러했다.

　중산왕은 화옥군주를 구해준 사례를 위해 작위까지 내리려 했지만 환유성은 단호히 거절했다. 그가 받은 것은 단비사도 막충과 한해귀도의 목에 걸린 현상금뿐이었다. 물론 그것도 엄청난 거금이었지만 그에게는 종이 조각에 불과했다.

　예전에 그가 은자가 필요했던 것은 검노에게 은자를 주고 검술을 배우기 위해서였다. 하지만 마검노인을 만난 이후 그는 새로운 사실을 깨닫게 되었다.

　은자를 통해 얻을 수 있는 무술은 평범한 잡기라는 사실이었다.

　환유성은 대충 먼지만 털어내고 침상에 몸을 뉘었다.

　평소 같으면 바로 곯아 떨어졌겠지만 최근 며칠간 그는 쉽게 잠을 이룰 수가 없었다. 이유는 마검노인에게서 배운 일초의 쾌검식 때문이었다.

무흔쾌섬!

평생토록 검술만 수련해 온 마검노인이 두 번의 패배를 설욕하기 위해 창안한 만큼 그 쾌검의 위력은 가히 절세적이었다.

'무흔쾌섬은 한계가 없는 쾌검식이다. 끝없이 빨라질 수 있어. 그러다 내 목까지 스스로 베는 것은 아닌지 모르겠군.'

환유성은 스르르 눈을 감고는 몸을 돌려 누웠다.

이때, 인기척과 함께 문을 두드리는 소리가 들려왔다.

'찾아올 사람이 없을 텐데?'

그는 잠자리를 살피러 온 점소이인가 싶어 모로 누운 채로 물었다.

"누구요?"

누군가 들어서며 문을 닫았다.

아주 조심스런 발걸음이었다. 사락사락 옷자락이 끌리는 소리로 미루어 여인인 듯싶었다.

환유성은 신선한 여인의 체취에 가볍게 미간을 찌푸렸다. 직감적으로 나그네를 상대로 몸을 파는 창부임을 알 수 있었다.

그는 여전히 등을 돌려 누운 상태로 한마디 던졌다.

"장삼 안주머니에서 필요한 만큼 갖고 나가."

주안상을 들고 왔는지 탁자 위에 소반을 내려놓은 소리가 들렸다.

"저어, 공자……."

아주 앳된 음성이었다.

환유성은 몸을 뒤척이며 돌아누웠다.

"필요한 만큼 갖고 가라 했잖아."

"하, 하오나 소녀는……."

부끄러움과 수줍음에 한껏 상기된 여인은 겨우 열대여섯 정도의 어린 소녀였다.

화장기 하나 없는 맨 얼굴이었지만 오히려 신선하게 느껴진다. 망사 차림의 속옷을 통해 아직 영글지 않은 몸매가 투영돼 보인다.

소녀는 어깨 위에 장옷을 두르고 있는데 꼭 쥔 하얀 손이 바들바들 떨리고 있었다.

"……?"

환유성은 천천히 몸을 일으켜 앉았다.

아직 만개하지 않은 꽃이지만 그는 소녀의 미모에 내심 감탄을 금할 수 없었다.

그가 여태껏 보아온 최고의 미녀는 당연 주화령이었다. 완벽한 이목구비에 요염한 색기까지 갖춘 그녀는 가히 한 나라를 기울일 경국지색으로 손색이 없었다.

눈앞의 소녀는 그런 주화령의 화려함과는 비교될 수 없지만 기이한 흡인력을 지니고 있었다. 겨울의 매서운 삭풍에 곧 떨어지고 말 마지막 꽃잎 같은 애틋함을 느끼게 한다.

물론 소녀의 그러한 내적인 미를 간파할 수 있는 사람은 극히 드물다.

소녀는 환유성 앞에 공손히 무릎을 꿇었다.

"고, 공자, 단잠을 깨워 송구하옵니다. 소녀가 추하지 않다 생각되시면 하, 하룻밤 모시게 허락해 주세요."

"이름이 뭐지?"

"소녀 풍요원(豊姚苑)이라 하옵니다."

"그래, 요원. 술이나 한잔 다오."

"예, 공자."

풍요원은 내쫓기지 않았다는 사실에 일단 안도하며 잔에 술을 따랐다. 이런 일이 익숙지 않은 듯 술병이 잔에 부딪쳐 달그락달그락거렸다.

환유성은 그녀가 건네는 술잔을 받고는 단숨에 털어 넣었다.

풍요원은 옆으로 선 채 어깨에 걸친 장옷을 내렸다. 젖가리개로 가렸지만 아직 부풀지 않아 젖가슴은 밋밋하기만 했다. 사내를 겪지 않은 엉덩이도 한 손으로 감쌀 만큼 작았다.

환유성은 침상에서 내려섰다.

"옷은 벗지 않아도 돼."

"예에?"

풍요원은 실망감에 젖어 눈물마저 글썽거렸다. 몸을 팔아서라도 은자를 챙겨야 했던 그녀로서는 하늘이 무너지는 듯한 절망이었다.

환유성은 의자에 앉아 잔에 술을 따랐다.

"이리 앉거라."

"예, 공자."

풍요원은 한 가닥 기대감에 젖어 환유성과 마주 앉았다.

"처음이냐?"

"예에? 아… 그, 그렇습니다."

"왜 이 일을 하려는 것이냐?"

"소, 소녀는……."

환유성은 은표 다발을 소녀 앞에 내려놓았다.

"네 한마디에 은자 한 냥씩을 계산해 주겠다."

그녀는 난생처음 대하는 엄청난 거액 앞에 입을 딱 벌렸다.

"공자, 소녀는… 그저 공자를 모셔 약간의 은자만 받으면 되옵니다."

"요원아, 같은 말 반복하게 하지 마."

환유성은 술잔을 기울여 입에 털어 넣었다.

풍요원은 기이한 사람을 만났다 싶어 잠시 그를 살피다 꽃잎 같은 입술을 떼었다.

"소녀는 유랑극단 소속입니다. 사해곡예극단(四海曲藝劇團)이란 곳인데……."

그녀가 어렵사리 털어놓은 사연은 이러했다.

사해곡예극단은 천하를 떠돌며 곡예와 경극을 공연하는 소규모 유랑극단이다.

하남성에서 별반 재미를 보지 못한 극단은 산하현으로 넘어와 공연을 준비하고 있었다. 하지만 늦장마에 제대로 공연도 펼쳐 보지 못하고 객잔에 머물며 빚만 지게 되었다.

날이 개어 겨우 공연을 열었지만 대중을 상대로 위험한 차력술을 펼치다 구경꾼 중 두 사람이 죽고 세 사람이 다치는 불상사까지 발생했다. 그 바람에 단장은 관부에 끌려가 투옥되고 공연은 아수라장이 되었다.

본래 가난한 극단이었기에 죽은 사람과 다친 사람에 대한 변상조차 제대로 할 수 없었다. 게다가 관리들에게 뇌물도 주지 않자 단장은 한쪽 발목 근육이 끊어지는 형벌까지 받고서도 뇌옥에서 풀려 나오지를 못했다.

최악의 상황인지라 극단 단원들은 은자를 벌기 위해 궂은일에 나설

수밖에 없게 되었다. 몇몇 여자 단원들은 객잔을 전전하며 나그네를
상대로 몸을 팔기도 했다.

풍요원은 가슴 아픈 사연을 털어놓으며 연신 눈물을 쏟았다.

"모두들 애를 쓰는데 소녀만은 아무것도 할 게 없었어요. 소녀도 언
니들과 함께 몸을 팔겠다고 했지만 크게 혼나고 말았지요. 소녀한테
절대 그런 일을 해서는 안 된다고 하더군요. 하지만 극단장은 소녀의
외삼촌이에요. 소녀도 어서 은자를 벌어 외삼촌이 풀려 나오는 데 돕
고 싶어요."

"생각은 기특하다만 방법이 틀렸어. 넌 이런 험한 일을 해서는 안
돼."

풍요원은 가만히 시선을 들어 그를 바라보았다.

"왜 언니들은 그런 아픔을 감수해도 되고 소녀는 안 된다는 거죠?"

"나도 모르겠다. 다만 넌 절대 그래서는 안 돼. 네가 순결을 잃으면
무서운 일이 생길 것 같은 예감이 들어."

환유성은 은표 다발을 그녀에게 건네주었다.

"이 정도면 외삼촌은 풀려날 수 있을 거다."

풍요원은 기쁨에 들떠 은표 다발을 받으려다 얼른 두 손을 등 뒤로
돌렸다.

"안… 돼요."

"왜?"

"저희 사해곡예극단은 비록 가난하게 살아왔지만 한 번도 죄를 짓지
는 않았어요. 극단에 무술이 뛰어난 사람도 있지만 아무리 아쉬워도
강도 짓은 하지 않았어요. 이건 옳지 않아요."

"받아."

"너, 너무 큰돈입니다. 소녀가 모시지도 못했는데……."

환유성은 그녀의 손을 이끌어 은표 다발을 쥐어주었다.

"그런 소리 마. 대신 한 가지 부탁을 하겠다."

"말씀만 하세요, 공자."

"어떤 상황에서도 몸을 팔아서는 안 돼. 이 약속을 지킬 수 있겠느냐?"

"예, 공자. 맹세할게요."

풍요원은 은표 다발을 손에 쥐고는 감격의 눈물을 흘렸다.

"흑흑. 소녀, 이 은혜 평생 잊지 않겠어요."

눈물에 젖은 그녀의 모습이 이슬을 한껏 머금은 백합처럼 싱그럽다.

환유성은 자신도 모르게 손을 뻗어 손등으로 그녀의 눈물을 닦아주었다. 그녀의 피부는 너무도 매끄러워 백옥을 만지는 것 같았다.

"……?"

환유성은 얼른 손을 거두었다. 그는 난생처음 가슴에 요동 치는 욕정에 스스로 놀라고 말았다. 주화령의 요염한 엉덩이를 눈앞에 두고도 눈썹 하나 까딱하지 않은 그가 아니었던가.

솜털도 채 가시지 않은 어린 소녀에게 그런 욕정을 느꼈다는 것이 그로서도 이해가 가지 않았다.

풍요원은 환유성에게 절을 올리며 물었다.

"공자의 존성대명을 알고 싶습니다."

"환유성이라 알면 돼. 어서 가봐."

"환 공자의 복록을 매일같이 천지신명께 기원하겠어요."

그녀는 방을 나서면서도 연신 고개를 조아렸다.

그녀가 방을 나가자 환유성은 마치 가슴 한 자락이 베어진 듯 허전함에 젖었다. 그는 자신의 뇌리 속에 너무도 깊이 새겨지는 풍요원의 인상을 지우고자 고개를 저었다.

"대체 왜 이런 일이 생긴 걸까?"

그는 느릿느릿 행장을 꾸렸다. 조만간 찾아올 번잡스런 일을 피하기 위해서였다.

8

사해곡예극단의 부단장은 차력술을 담당하는 단원답게 아주 건장한 체구의 소유자였다. 그는 풍요원이 들고 온 엄청난 은표 다발에 기절초풍하고 말았다.

황금 오백 냥의 은표!

그만한 거금이면 모든 빚과 변상을 하고도 단원 모두가 일 년은 풍족히 먹고 살 돈이었다. 그는 풍요원이 몰래 몸을 팔려 한 사실에 벼락같이 화를 냈지만 자초지종을 듣고는 한숨을 쉬며 안도했다.

부단장은 몇몇 단원과 함께 객잔을 찾아갔다. 하지만 환유성은 이미 행장을 꾸려 떠난 상태였다.

"오, 아마도 우리의 어려움을 알고 신령님께서 은혜를 베푸셨나 보구나."

9

서둘러 객잔을 떠난 환유성은 산중에서 한밤을 맞게 되었다.

산중의 공기는 차가웠다. 찬 공기를 폐부 깊숙이 들이킨 환유성은 비로소 풍요원의 인상을 뇌리에서 씻어낼 수 있었다.

그가 마검노인에게서 배운 쾌검식은 단순한 검법이 아니었다. 무도를 응용한 검식이었기에 그는 자신도 모르게 심안(心眼)까지 터득한 것이다.

심안이란 오감으로 분별할 수 없는 사물의 내면을 헤아릴 수 있는 여섯 번째 감각이다. 그러한 심안을 지녔기에 그는 풍요원의 내면에 숨겨진 무서운 마력을 꿰뚫어 본 것이다.

풍요원의 마력은 마치 독을 함유하고 있는 꽃봉오리와 같다. 꽃봉오리가 열리기 전에는 누구도 느낄 수 없기에 풍요원은 그저 아직 어린 소녀로만 보인다. 그러나 그녀가 성숙해 여인의 향기를 풍긴다면……

'요원에게 선천적인 마성이 없기를 바라야지. 그렇지 않으면 그녀는 무서운 마녀가 되고 만다.'

마구간에서 즐겨 눈을 붙이다 갑자기 끌려 나온 소추였지만 싫다는 기색 없이 발걸음을 놀렸다.

축시의 밤하늘이 유난히 짙다. 반달마저 스러진 하늘에서 별빛이 화살처럼 강렬하다.

"……?'

환유성의 미간이 살짝 좁혀졌다.

바람결에 실려온 음습한 기운은 피의 향기를 한껏 머금고 있었다. 그것은 바로 살기(殺氣)였다.

요동에서 현상범을 추적하는 와중에 간간이 역습을 당한 적이 있었다. 하지만 그것은 오랜 추적을 당해 악에 받친 섣부른 공격이었을 뿐이다.

지금의 상황은 그것과 비교될 수가 없었다.

정확한 위치나 거리는 추정할 수 없지만 그는 적어도 세 가닥의 살기를 감지할 수 있었다. 그를 노리는 살기는 워낙 은밀해 만일 그가 심안을 터득하지 못했다면 도저히 찾아낼 수 없을 만큼 깊이 숨겨져 있었다.

'전문 살수다!'

환유성은 소추를 멈춰 세우고 내려섰다. 그는 요염한 미모의 주화령을 떠올렸다.

'화옥군주가 보낸 자들인가?'

중원에서 그의 존재는 거대한 바다 위에 던져진 조약돌처럼 밋밋하다. 전문 살수까지 동원해 그를 죽이려 한다면 중산왕부가 있을 뿐이었다.

한해야적의 소굴에서 치욕스런 현장을 들킨 주화령 외에는 살수까지 동원해 그를 죽이려 할 사람은 없을 것이기 때문이다.

그는 소추의 엉덩이를 쳐 앞서 보내고는 천천히 숲을 따라 걸어 들어갔다.

대기하고 있던 살수들에게 있어 상대의 갑작스런 변화는 가장 곤혹스러운 상황이다. 함정과 매복을 준비했다면 헛고생이 되어버린다.

환유성이 느닷없이 말에서 내려 숲으로 향한 것은 잠복해 있는 살수들을 움직임을 느끼기 위해서였다. 그러나 살기의 변화는 전혀 감지되지 않았다.

'보통 놈들이 아니군.'

환유성은 느릿느릿 걸음을 옮기면서 자신의 육감을 최대한 열었다. 자신이 전문 살수들의 표적이 되었다면 터럭만큼의 실수도 있어선 안된다.

실수는 곧 죽음이니까.

그는 물이 졸졸 흐르는 냇가 평석 위에서 걸음을 멈추었다.

평석 주변의 삼 장 이내는 풀 한 포기 없는 바위로 뒤덮여 있었다. 몸을 숨길 만한 은폐물이 없기에 살수들로서는 가장 접근이 어려운 지형이다. 게다가 바닥은 단단한 바위라 지표를 파고들어 가는 토둔술조차 펼칠 수 없는 곳이다.

환유성은 평석 위에 서서 팔짱을 낀 채 낮게 흐르는 냇물을 내려다보았다.

눈은 물을 보고 있었지만 그의 귀는 세상을 향해 열려 있었다. 그리고 심안 또한 극도의 빛을 발하며 살수들의 움직임을 찾고 있었다.

사라라라…….

계곡 주변의 억새가 약한 바람에도 흔들거리며 춤을 춘다.

'더 가까워졌군.'

살기가 다가서는 움직임을 전혀 간파하지 못했건만 어느새 그는 살수들의 포위망에 둘러싸이게 되었다. 정확한 거리는 짐작할 수 없어도 자신이 살수들의 사정권 안에 들어갔다는 건 확신할 수 있었다.

'심안으로만 파악하자. 내가 움직이지 않을수록 괴로운 건 놈들이니까.'

그는 여전히 팔짱을 낀 채 흐르는 냇물만 주시했다. 얼굴에 서린 권태 또한 변하지 않았다.

그러기를 반 시진.

　환유성은 자신을 둘러싼 살기의 요동을 감지할 수 있었다. 그것은 공격을 펼치려는 살수들의 심장 소리였다. 아무리 뛰어난 살수라도 은신했을 때와 살법을 펼치려는 순간은 달라질 수밖에 없는 것이다.

　쐐애애액—!

　환유성의 좌우에서 동시에 살초가 전개되었다. 얼마나 쾌잔한 살초였는지 파공성이 고막을 자극했을 때는 이미 두 자루 뾰족한 기형검이 그의 몸 두 자 내로 접근한 상태였다.

　환유성은 어깨에 멘 반검의 손잡이를 쥐었다. 무흔쾌섬을 펼친다면 충분히 방어할 자신이 있었다.

　순간, 그의 등골에 싸늘한 한기가 느껴졌다. 그것은 앞서 펼친 두 살수의 살초와 간발의 차로 이어진 또 다른 살초였다.

　'맞아. 놈들은 셋이었다!'

　환유성은 찰나지간 망설이지 않을 수 없었다.

　그의 쾌검이 아무리 절세적이라도 한번 펼쳐지면 공백이 생길 수밖에 없다. 그가 다시 쾌검을 펼치기도 전에 세 번째 살수의 살초는 그의 등판을 꿰뚫고 말 것이다. 그렇다고 세 번째 살수의 살초를 해소하려면 앞선 두 살수의 살초에 당하고 만다.

　세 명의 살수는 환유성의 쾌검을 감안한 아주 교묘한 살법으로 공격을 펼쳐 온 것이다.

　환유성은 반검의 손잡이를 꽉 쥔 채 발검의 순간을 최대한 늦췄다. 그러자 두 살수의 기형검은 그의 어깨와 옆구리로 파고들었다.

　번쩍!

　한줄기 찬란한 섬광이 어둠의 한 자락을 베었다.

차— 창— 창—!

세 마디의 금속성이 동시에 울려 퍼진다. 제자리에서 한 발을 축으로 회전하며 무혼쾌검을 전개한 환유성은 어느새 검집에 검을 꽂고 있었다.

이 모두 한순간에 전개된 상황이었다.

세 명의 살수는 목과 심장이 베어지는 치명적인 부상을 입고 숨을 거두었다. 얼마나 혹독한 수련을 거쳤는지 살수들은 죽으면서도 신음 소리 한마디 흘려내지 않았다.

"으음!"

신음 소리는 환유성의 입에서 흘러나왔다.

그는 가까스로 살수들을 제거했지만 왼쪽 어깨와 오른쪽 옆구리에 가볍지 않은 부상을 입은 것이다. 그나마 그것이 최선의 선택이었다. 만일 그가 앞선 두 살수의 살초를 막는 데만 급급했다면, 세 번째 살수의 살초에 등판이 관통돼 목숨을 잃었을 것이다.

환유성은 혈도를 찍고 옷자락을 찢어 출혈을 막았다.

"이런 부상은… 처음이군."

그는 살과 근육이 베어진 극심한 통증을 참으며 느릿느릿 걸음을 옮겼다.

웬만한 사람이었으면 고통을 이기지 못해 그 자리에서 쓰러질 중상이었지만 그의 의지는 철석처럼 굳었다. 그의 심장이 뚫리고 두 다리가 베어지지 않는 한 그는 절대 쓰러지지 않는다.

그가 수풀을 헤치고 힘겨운 행보를 옮길 때였다.

허공에 둥실 떠 있는 한 사람의 그림자가 그의 시야에 들어왔다. 앞서 죽은 세 살수와 같은 복면인이었다. 하지만 네 번째 살수의 존재는 좀 더 특별했다. 그에서는 살수 특유의 피 냄새가 전혀 느껴지지 않았다.

'이자는 살수의 한계를 넘어섰다!'

환유성은 아주 드물게 전신이 마비되는 경직감에 젖어들었다. 눈으로만 볼 수 있을 뿐 살수의 존재는 그야말로 공허함 그 자체였다.

살수의 입에서 바싹 마른 모래처럼 메마른 음성이 흘러나왔다.

"삼살을 베고도 살아 있다니, 정말 놀라운 일이군."

"……."

"청부자의 지시만 아니었다면 네놈의 목을 벴을 것이다."

"그가 누구냐?"

"그것은 네가 알 필요 없다. 네가 그분에게 목숨을 빚졌다는 것만 기억해 둬라."

풀잎 위에 서 있던 복면인은 마치 유령처럼 사라졌다.

급박한 순간이 해소되자 환유성의 미간에 깊은 주름이 새겨졌다. 아픔 대신 권태와 짜증이 밀물처럼 몰려들었다.

거우 수림 밖으로 나선 환유성은 서둘러 달려오는 소추를 보고는 허전한 미소를 지었다.

"소추… 네가 있었구나."

소추는 피투성이가 된 주인을 보고는 얼굴을 비비며 울음을 흘렸다.

가까스로 소추의 등에 오른 환유성은 심한 현기증에 정신을 잃고 말았다. 적지 않은 출혈이 그의 강인한 정신력마저 소진시켜 버린 것이다.

■ 제8장
사해곡예극단의 숨겨진 정체

1

대륙 제일의 호수인 동정호가 멀리 내려다보이는 백학산 자락에 위치한 태양천(太陽天)은 무림의 하늘답게 거대한 위용을 자랑하고 있었다.

오 장 높이의 대리석 성곽은 그 둘레만도 백 리에 달한다. 성곽 내에 우뚝우뚝 솟아 있는 전각만도 백 채가 넘고, 상주 인원은 오천을 헤아린다.

무림 사상 이토록 강력한 무단이 존재한 적은 없었다.

백 년 전, 천하를 피로 물들인 천마제국(天魔帝國)도 삼천 마인을 보유하는 데 그쳤던 것이다.

태양천이 창건된 지는 불과 십수 년이다.

그 짧은 연혁에도 불구하고 수백 년 전통의 구파일방과 오대세가를 호령할 수 있는 위치에 설 수 있게 된 데에는 한 명의 천하제일인이 존재하기 때문이다.

태양천주 의천무제(義天武帝) 단목휘!

약관의 나이에 무도를 깨우친 그는 무림의 사대악적인 백마성, 천잔방, 악인궁, 혈야회를 차례로 격파해 무신(武神)의 칭호까지 얻게 되었다. 그의 가벼운 일검을 받아낼 수 있는 자라면 능히 천하제이인자로 인정을 받을 만큼 그의 무공 조예는 독보적이다.

태양천의 뒤편 산중턱에는 거대한 무덤이 조성돼 있었다.

이름하여 악인총(惡人塚).

악인들의 무덤이란 뜻이다. 그 안에는 인간 사냥꾼에 의해 베어진 수백 악인의 수급이 보관돼 있다. 악인들의 수급이 무덤 안으로 들어갈 때마다 옆에 세워진 거대한 석비에 그 이름이 새겨진다.

백도인들은 악인총을 바라보며 세상이 밝아지는 뿌듯함에 젖는다. 이 거대한 악인총은 태양천의 위엄과 권위를 상징하는 또 하나의 위대한 업적이었다.

백삼중년인이 청포를 걸친 노인과 함께 악인총으로 향하는 돌 계단을 따라 오르고 있었다.

문사건으로 상투를 묶은 중년인은 어찌 보면 유약한 문사처럼 보인다. 허리에 물소 가죽띠를 두른 것 외에는 장신구 하나 걸치지 않았다. 수려한 용모는 아니었지만 입가에 맺힌 가벼운 미소가 대하는 이를 편하게 해준다.

세상을 압도하는 위기보다는 세상을 포용할 부드러움을 지닌 인물, 그가 바로 천하무림의 절대자인 단목휘였다.

악인총 앞에 선 단목휘는 청수한 용모의 노인에게 한마디 던졌다.

"어디 좀 봅시다."

"예, 천주."

청포노인은 받쳐 든 나무 상자의 뚜껑을 열었다. 상자 안에는 부패되지 않도록 약물 처리된 단비사도 막충의 수급이 들어 있었다. 단목휘의 요청으로 중산왕부에서 보내온 것이다.

청포노인은 태양천의 문상(文相) 직위에 있는 남궁현이다.

닭 모가지 하나 비틀 힘이 없는 그였지만 뛰어난 학식과 기문학, 천문지리에 달통해 태양천의 문상으로 추대될 수 있었다.

남궁현은 수급을 꺼내 단목휘에게 바쳤다.

"단비사도 막충이 확실하외다."

"이로써 천잔방의 일곱 괴수 중 셋만 남게 되었구려."

"한갓 현상범 추적자가 단비사도의 목을 베었다는 건 천하를 진동시킬 사건이지요. 백도무림의 입장에서 본다면 참으로 경사스러운 일이외다."

"막충의 목을 벤 자가 요동 출신의 환유성이라 하셨소?"

"중산왕부에서 확인한 일이니 틀림없소이다."

막충의 베어진 목의 단면을 살피던 단목휘의 표정이 다소 놀라움에 젖는다. 잔잔하기만 한 그의 눈빛에서 번갯불과 같은 정광이 피어올랐다.

십여 년 동안 단목휘를 모셔온 남궁현으로서는 의아함을 금할 수 없었다.

'놀라운 일이군. 천주께선 심기를 외부로 드러낸 적이 거의 없었는데……?'

단목휘는 막충의 수급을 남궁현에게 건넸다.

"수고스럽지만 다시 한 번 막충의 목을 벤 사람을 확인해 주시오."

단목휘는 뒷짐을 진 채 거대한 악인비석을 올려다보았다.

"환유성이란 자가 한해귀도의 목을 벤 것은 납득할 수 있지만 막충의 목을 벤 쾌검식과는 차원이 다르오. 하루 사이에 두 악인의 목을 베었다는데, 이처럼 다를 수는 없는 것이오."

남궁현은 수급의 단면을 살피다 눈을 커다랗게 떴다.

"오, 과연 범상치 않은 검식임을 이제야 알겠소이다."

"만일 환유성이라는 검사가 막충의 목을 벤 것이 확실하다면 향후 십 년 이내에 천하제일검이 될 수 있을 것이오. 본인이 알기로 이런 쾌검식을 구사할 수 있는 검의 달인은 천하에 열도 되지 않소."

"놀랍소이다. 쾌검 하나로 이미 천하십검 반열에 올랐다는 말씀이 아니오?"

단목휘는 허공에 대고 일지를 그었다.

그의 손가락이 흔들리면서 악인비석에 단비사도 막충의 이름이 새겨졌다. 허공을 격한 격공지력만으로도 놀라운 절기인데, 일필휘지로 여섯 개의 글자를 새겨 넣는 수법은 가히 무림의 절대자다운 공력이었다.

"단순한 현상범 추적자로 살아가기엔 너무 아까운 기재요. 어쩌면 무영보다 더 뛰어난 근골을 지녔는지도 모르겠소."

"그럴 리야 있겠소? 소천주는 천하가 인정하는 백년지재가 아니오니까?"

"넓은 세상에 어찌 무영만한 기재가 없겠소?"

남궁현은 고개를 저었다.

"아무리 천고의 기재라 하여도 훌륭한 스승을 만나지 못하면 빛을 발할 수 없는 법이와다."

"맞는 말씀이긴 하오. 하여간 환유성이란 검사가 행여 본 천을 방문한다면 본인이 직접 접견할 것이니 무장들에게 그리 일러두시오."

"허허, 천주께서 이렇듯 관심을 보이시기는 처음인 듯싶소."

단목휘는 뒷짐을 진 채 천천히 악인총 앞을 거닐었다.

"그가 정도를 걷기만을 바라야 할 것 같소. 만일 그가 사도로 들어선다면… 천마제국의 부활보다 더한 피의 바람이 불 것이오."

그는 몸을 돌려 멀리 동정호를 바라다보았다.

"환유성이라… 그가 원하든 원하지 않든 이제 천하가 그를 주시하게 되었군."

2

기다란 수레 행렬이 관도를 따라 이어지고 있었다. 앞선 수레에는 '사해곡예극단(四海曲藝劇團)'이란 글자가 새겨진 깃발이 꽂혀 있었다.

그들은 바로 산하현을 떠나 하북으로 향하는 유랑극단인 사해곡예극단이었다.

행렬 가운데에는 소추가 이끄는 마차가 답답할 만큼 천천히 이동하고 있었다. 깨끗이 씻겨진 소추는 몰라볼 만큼 달라진 모습이었다. 흙먼지로 찌든 잿빛 털은 어디 가고 잡티 한 올 없는 은빛 털의 준마로 바뀐 것이다.

마차 안에서 소녀의 맑은 음성이 흘러나왔다.

"외삼촌, 은공께서 깨어나셨어요!"

마차 뒤를 따르던 수레에 타고 있던 중년인이 번쩍 손을 쳐들었다.

"잠시 쉬어간다. 수레를 한쪽으로 대라!"

피골이 상접한 듯 바싹 마른 중년인은 절뚝거리며 서둘러 마차 안으로 들어섰다. 눈두덩이 다소 들어간 세모꼴 눈매가 매처럼 날카롭다.

마차 안에는 푹신한 침상이 마련돼 있는데, 상반신을 천으로 친친 동여맨 청년이 죽은 듯 누워 있었다.

청년은 바로 환유성이었다.

침상가에 앉아 물수건으로 환유성의 얼굴을 닦아주던 풍요원은 생긋 미소를 지었다.

"공자, 이제 좀 정신이 드세요?"

눈까풀을 반쯤 끌어 올린 환유성은 풍요원의 뒤에 선 중년인 쪽으로 시선을 돌렸다.

풍요원이 얼른 중년인을 소개했다.

"소녀의 외삼촌이세요. 우리 사해곡예극단의 단장이시죠. 공자께서 거액을 주시는 바람에 관부에서 풀려나게 되었어요."

중년인은 정중히 포권을 취했다.

"사마진풍이라 하오. 환 공자가 아니었으면 우리 사해곡예극단은 풍비박산이 났을 것이오. 진심으로 감사를 드리겠소."

환유성은 풍요원 쪽으로 눈길을 돌렸다.

"내가 왜 여기에 누워 있는 거지?"

"어쩜 곧바로 객잔을 떠나셨어요? 외삼촌이 관부에서 풀려 나온 후 모두들 환 공자를 찾으러 나섰어요. 결국 못 찾고 하북으로 내려가던 중 산중턱에서 쓰러져 있는 공자를 발견하게 된 거예요. 말이 아주 영특해 공자를 지키고 있더군요. 몇몇 단원들이 공자한테 접근하다 뒷발에 걷어채이기도 했어요."

풍요원의 활기 찬 음성은 돌 틈새로 흐르는 샘물처럼 맑았다.

사마진풍이 풍요원에게 물잔을 건네며 덧붙였다.

"어찌 그토록 심한 부상을 입었는지 모르겠소만 공자를 구할 수 있어 천만다행이오. 용한 의원에게 상처를 보였더니 생명에는 지장이 없다 하오. 한동안 요양을 하면 왼팔도 정상적으로 쓸 수 있다 했으니 안심하시오."

풍요원은 환유성의 목을 받쳐 들어 물을 몇 모금 먹여주었다. 그녀는 그를 간병하는 일이 몹시 즐거워 보였다.

"우리 단원 모두가 공자를 모실 거예요. 몇몇 오빠와 아저씨들은 무술이 뛰어나 산적 따위는 물리칠 수 있어요."

그녀는 그가 산적들에게 당했다 생각한 것이다.

사마진풍은 의자를 끌어다 앉으며 풍요원에게 지시했다.

"쉬는 김에 점심을 먹도록 하자. 넌 나가서 공자가 드실 미음을 쑤어 오너라."

"네, 외삼촌."

환유성을 돕는 일이라면 뭐든 즐겁기에 그녀는 반색을 하며 마차를 나섰다.

환유성은 그나마 성한 오른손을 움직여 옆구리와 왼쪽 어깨를 매만져 보았다. 상처가 깊어 욱신거리는 통증이 느껴졌지만 참지 못할 정도는 아니었다.

"의원의 말에 의하면 워낙 강골이라 칼날이 뼈를 비껴갔다 하더이다. 다행히 장기도 상하지 않았소. 다소 출혈이 심하지만 보약과 음식으로 몸을 추스르는 데에는 문제가 없을 것이오."

"고맙소."

"그런 말씀 마시오. 공자야말로 우리 극단의 대은공이 아니겠소? 너무도 큰 은혜를 입어 어떻게 사례를 해야 할지 모르겠소. 이 사람 역시 공자가 아니었으면 뇌옥에서 맞아 죽었을 것이오."

환유성은 피로한 듯 스르르 눈을 감았다.

"관병들 따위에 죽을 단장은 아닌 것 같소."

일순 사마진풍의 눈빛이 심하게 흔들렸다. 세모꼴 눈자위에서 은은한 한기마저 감돈다.

환유성은 눈을 감은 채로 오른손을 움직여 보였다.

"요원이의 정성에 하늘도 감동했으니 말이오."

그제야 사마진풍은 내심 안도하며 마른 웃음을 흘렸다.

"하하, 그렇소. 요원이야말로 우리 극단의 보배지요."

3

사해곡예극단은 마치 인종 전시장과 같은 다양한 부류의 사람들로 구성돼 있었다.

푸른 눈망울에 금빛 머리카락을 지닌 서역의 여인이며, 얼굴이 고양이를 닮은 남만의 묘족, 머리통만 커다란 난쟁이, 얼굴에 회칠을 해 귀신처럼 분장한 쌍둥이 형제, 원숭이와 개, 고양이를 잘 다루는 북방 출신의 조련사.

또한 기름을 입에 머금고 불을 뿜어내는 환술사, 바위를 배에 얹고 철퇴로 내려쳐도 끄떡하지 않는 차력사, 입만 열면 웃음을 자아내는 구변 좋은 광대, 연체동물처럼 유연한 몸 동작으로 재주를 부리는 곡예사.

그 외에도 초나라 패왕과 우미인의 애끓는 이야기를 펼쳐 내는 연극 패왕별희(覇王別姬)에 나서는 배우들 등 평범한 사람은 하나도 없었다.

하기는 대중을 상대로 재주를 부리고 웃음을 끌어낼 곡예극단의 단원이라면 한 가지씩의 재주는 지녀야 할 것이다. 훌륭한 단원들을 보유했지만 이상하게도 사해곡예극단은 운이 따라주지 않아 대부분 배고픈 세월로 살아야 했다.

유랑극단이다 보니 단원들 대다수는 수시로 바뀌었다.

단장인 사마진풍과 조카딸 풍요원, 부단장인 차력사 왕발과 다섯 명의 무술사만이 극단을 이끌어가는 주요 인물이었다. 물론 풍요원은 특별한 재주가 없어 음식 장만과 무대 설치를 도울 뿐이다.

저녁 무렵 사해곡예극단은 하북성의 남단에 위치한 한단성(邯鄲城)으로 들어서게 되었다.

사마진풍은 변두리의 자그마한 객잔을 통째로 빌려 단원들에게 모처럼 편안한 잠자리와 푸짐한 음식을 선사했다. 풍요원이 받아온 황금 오백 냥 덕분에 단원들은 밀린 급료까지 받아 모두들 활기 찬 모습이었다.

환유성은 단원들의 극진한 보살핌에 어느 정도 체력을 회복할 수 있었다.

그는 간병 온 풍요원을 돌려보내려 했지만 그녀는 막무가내로 버티며 눈물까지 흘리려 했다. 결국 그녀는 한단성에 머물러 있을 때까지만 환유성의 간병을 책임지는 약조를 받아냈다.

객잔 전체를 세냈기에 단원들은 아주 자유스럽게 생활할 수 있었다. 몇몇 배우들은 후원 마당에서 즉흥적으로 패왕별희를 연출하기도 했다.

"힘은 하늘을 뽑고 기운은 세상을 덮는도다. 때를 잘못 만나 추가 가지 않는구나. 추가 가지 않음은 어쩔 수 없지만, 오, 우미인이여, 그대를 어찌한단 말인가?"

초패왕 역을 맡은 털보가 갖은 몸짓을 하며 초패왕의 비감 어린 시를 읊어댔다.

우미인 역의 여인은 눈가에 술을 찍어 바르며 꺼이꺼이 우는 흉내를 냈다. 조련사는 은빛 갈기의 소추가 마음에 들었는지 명마 추(騅)의 역활로 삼아 연극 무대에 올리기로 했다.

환유성은 풍요원과 함께 후원의 별실 이 층 난간에 서서 배우들의 연극을 내려다보고 있었다.

풍요원은 활기 찬 모습으로 연극에 대해 설명해 주었다.

"초한대전(楚漢大戰)의 승자는 한나라 고조 유방이지만 이 연극의 주인공은 항우예요. 항우는 용맹과 괴력 등 모든 것을 다 갖추었지만 덕이 없어 결국은 해하 싸움에서 죽게 되지요. 불우한 영웅과 당시 최고의 미녀인 우미인과의 애절한 최후는 연극의 소재로 그만이에요."

"그렇군."

환유성은 건성으로 고개만 끄덕였다.

초한대전의 고사는 그도 잘 아는 부분이었다. 중원의 한족들에게 있어 한나라 고조 유방은 시조와 같아 초패왕 항우는 악인으로 묘사된다.

무림으로 비유한다면 흑백의 대결에서 흑도맹주 격인 항우는 패할 수밖에 없는 일이다.

하지만 연극의 주인공은 초패왕이라 자칫 사도에 대한 추모로 비춰질 수도 있었다.

"패왕별희 연극은 외삼촌이 이야기를 꾸몄어요. 우리 극단만의 자랑이죠. 외삼촌은 진정한 영웅은 초패왕이래요. 한고조 유방은 그저 주의 사람들의 도움으로 나라를 세웠을 뿐이라 했어요."

환유성은 뜰의 정원석에 걸터앉아 연극을 감상하는 사마진풍 쪽으로 시선을 돌렸다.

사마진풍의 표정은 아주 진지했다.

배우들이 그저 재미 삼아 연극을 연습할 뿐인데도 그는 배우들의 한 마디 한 동작에 몰입돼 있었다. 특히 초패왕 항우가 장렬하게 자결하는 대목에 이르러서는 주먹을 불끈 쥐며 이를 악물기도 했다.

"……."

환유성은 물끄러미 그를 응시하다 난간에서 돌아섰다.

풍요원이 그의 소매를 부여잡았다.

"왜 재미없어요?"

"난 뭐든 재미없어."

"피이, 무슨 말이 그래요? 세상사에 좀 더 관심을 가져 보면 얼마나 재미있는 일이 많다구요."

풍요원은 환유성의 팔을 자신의 어깨에 둘러 그를 부축했다.

"공자는 그 권태로운 표정부터 고쳐야 해요."

"공자라는 호칭은 그만둬라. 난 사서삼경 한 줄 읽어본 적이 없는 사람이야."

"그럼, 뭐라 부르죠?"

"그냥 이름을 불러."

"어떻게 그래요? 음, 차라리 가가(哥哥)라는 호칭이 낫겠어요."

가가는 오라비를 대신하는 호칭으로 남녀 간에 있어 아주 친숙한 사이만이 부를 수 있다.

풍요원은 맑은 눈망울을 깜빡이며 그를 응시했다.

"괜찮죠, 가가?"

"마음대로 해라."

"그런 말이 어디 있어요? 좋으면 좋다, 싫으면 싫다 확실히 해야죠?"

"귀찮아."

환유성은 풍요원의 어깨에 두른 팔을 풀고는 방문을 열었다.

"가가, 소매가 잠자리를 봐드리겠어요."

풍요원이 따라 들어가려 하자 저편에서 사마진풍이 그녀를 불렀다.

"요원이는 이리 오너라!"

"외삼촌이 부르잖아? 어서 가봐."

환유성은 방으로 들어서며 문을 닫았다. 풍요원은 다가설수록 멀어지는 그의 존재에 대해 나직이 한숨을 쉬었다.

사마진풍은 풍요원을 자신의 방으로 데리고 들어갔다.

"이제 간병은 그만둬라. 환 공자는 어차피 떠날 사람이니 정을 줘서는 안 된다."

"외삼촌, 가가는 우리 극단에 큰 은혜를 베푼 분이세요. 왜 자꾸 떠나보내려 하죠?"

"우리와는 길이 다른 사람이야. 내 알아보니 그는 현상범 추적자다. 현상범의 목을 베어 은자나 챙기는 인간 사냥꾼이란 말이다."

사마진풍은 잔뜩 불쾌한 표정을 지으며 술잔에 술을 따랐다. 풍요원은 그래도 환유성을 두둔했다.

"가가의 신분이 어떻든 무슨 상관이에요? 특별히 정한 곳이 없는 떠돌이라면 우리와 함께 오래도록 다닐 수 있잖아요?"

"안 돼!"

사마진풍이 탁자를 내려치며 고함을 치자 그녀는 눈을 커다랗게 뜨며 한 걸음 물러섰다. 그녀의 외삼촌이 이토록 격분한 모습을 보이기는 처음이었다.

"외삼촌……?"

그녀가 두려워하는 모습을 보이자 그는 얼른 태도를 바꾸었다.

"미, 미안하구나, 요원아. 네게 화를 낸 것이 아니다. 만일 그가 현상범 추적자인 것을 미리 알았다면 절대 그의 피 묻은 은자는 받지 않았을 것이야."

"악인을 죽여 정당한 대가로 받은 은자잖아요?"

"악인? 악인이라고? 아니다, 요원아. 목에 현상금이 걸렸다 하여 모두 악인은 아니다. 자신의 길과 다르다 하여 힘으로 억압하고 현상금까지 건 자들이야말로 진정 사악한 자들이야."

사마진풍의 얼굴 근육이 파르르 떨린다. 그의 손에 쥐어진 술잔이 파삭 부서지고 만다.

풍요원은 이해할 수 없다는 표정으로 그를 응시했다.

"왜 이러세요, 외삼촌? 가가한테 왜 그렇게 적개심을 가지세요?"

"요원아, 환유성이란 자는 숱한 사람을 죽인 살인자야. 선이든 악이든 생명은 소중한 것이다. 그는 무수한 사람을 죽여 은자나 챙기는 못된 무리다. 다시는 그에게 접근하지 마라."

그녀가 강하게 반박했다.

"나도 들은 얘기가 있어요. 가가는 중산왕부의 화옥군주를 구하고 천잔방의 괴수를 죽인 영웅이라 들었어요. 무림계에서는 벌써부터 신룡이 탄생했다며 난리예요. 가가는 세상의 악을 소탕하는 대협이라구요."

사마진풍은 병째로 벌컥벌컥 들이켰다. 고뇌로 얼룩진 그의 표정은 몹시도 괴로워 보였다.

"그만 하려무나, 요원아. 지금은 밝힐 수 없지만⋯ 네 내력을 알게 되면 넌 절대 환유성과 같은 인간과 가까워질 수 없다."

"외삼촌?"

"미안하지만 혼자 있고 싶구나. 가서 쉬어라."

그는 입술을 깨물며 손을 내저었다. 내면에서 폭발하는 심화를 견디기 힘든 모습이었다.

"알았어요."

풍요원은 문을 열고 나섰다.

십수 년간 외삼촌의 극진한 보살핌을 받으며 천하를 유랑해 왔지만 오늘처럼 그가 낯설게 느껴지기는 처음이었다.

'내 내력이라고? 외삼촌이 내게 숨기는 뭔가가 있는 게 분명해.'

빈 술병을 탁자에 내린 사마진풍은 길게 한숨을 내쉬었다. 비감 어린 얼굴에 깊은 주름이 패인다.

'성주, 소신도 이제 지쳤소이다. 백마성(百魔城)의 부활은 영영 끝난 것이란 말이오?'

4

한단성은 전국시대의 칠웅이었던 조나라의 도읍지이다.

너무도 오랜 세월이 지나 그 유적지는 찾아볼 수 없지만 여전히 시인과 묵객들의 방문처로 행인들의 왕래가 잦다. 밤이 깊었지만 취객들의 노랫소리가 드높고, 낭랑히 시를 읊는 유랑시인들의 목소리가 고즈넉이 들려온다.

초저녁부터 한껏 술에 취해 있던 단원들은 제각기 방을 찾아 깊은 잠에 빠져 있었다.

단 한 사람 사마진풍만은 알 수 없는 불길한 기운에 잠을 못 이룬 채 정원을 걷고 있었다. 그의 세모꼴 눈매가 더욱 빛을 발한다.

'아무래도 유랑극단도 걷어치워야겠군. 아가씨께서 여인으로 성장하면서 자칫 천추의 한을 남길 것 같아.'

그는 뒷짐을 진 채 왔다 갔다 거닐다가 환유성의 별실 쪽으로 시선을 돌렸다. 비수처럼 예리해진 안광에서 섬뜩한 살기가 감돈다. 이를 악문 그는 당장이라도 문을 박차고 들어설 기세였다.

'쳐 죽일 놈! 감히 피로 맺은 동료의 목을 베다니.'

그는 치솟는 울분을 간신히 삭이며 몸을 돌렸다.

'다행히 놈도 번잡스러움을 싫어해 우리와의 동행을 원치 않으니 내일 아침 헤어지는 것으로 해야겠군.'

그는 나름대로 결정을 내리고는 자신의 방으로 향했다.

순간, 밤하늘을 진동시키는 무수한 말발굽 소리에 그는 가슴이 철렁 내려앉고 말았다.

두두두—!

엄청난 말발굽 소리는 관도를 따라 지나치지 않고 객잔 주변을 맴돌았다.

사마진풍은 얼른 후원의 담장으로 다가서 외부의 상황을 살펴보았다.

어둠 속에서 환히 드러날 흰 털의 백마 일백 필이 객잔을 겹겹이 에워싸고 있었다. 대다수 백의의 청년들이었는데 가슴 한쪽에는 '天' 이란 글자가 수놓아져 있었다.

사마진풍은 벼락을 맞은 듯 전신을 부르르 떨었다.

'허억! 태양천?'

그러했다. 객잔을 에워싼 백 명의 청년 검수들은 태양천 소속의 무사들이었다. 객잔 주변으로 횃불이 환히 밝혀지자 단원들은 비로소 외부의 소란을 느끼고 잠에서 깨어났다.

"아니, 무슨 일이야?"

"난리라도 난 겐가?"

"바깥이 왜 이렇게 밝은 거지?"

단원들은 방문을 나서다 속속들이 담장 위로 내려서는 청년 무사들의 진입에 경악하고 말았다.

"아니, 태양천이 아닌가?"

"태양천 무사들이 분명해."

"저들이 왜 우리를 포위하는 것이지?"

사마진풍은 풍요원의 방으로 뛰어들며 다짜고짜 혈도를 점했다. 뒤따라 들어온 부단장 왕발이 나직이 외쳤다.

"형님, 이게 어찌 된 일이오?"

탕마수좌는 검수들에게 지시했다.

"비찰단의 정보에 의하면 놈이 백마성주의 딸년을 보호하고 있다 들었다. 희대의 마녀가 될 계집이니 반드시 찾아야 한다."

"예, 수좌."

청년 검수들 일부가 객실로 흩어져 갔다. 환마는 빙글 회전하며 철륜을 날렸다.

"뒈져라!"

휘리리링─!

두 개의 철륜은 맹렬히 회전하며 청년 검수들의 등판을 향해 날아갔다.

"환마, 넌 내가 맡겠다!"

탕마수좌는 신속히 몸을 날리며 은검을 휘둘렀다. 그는 태양천 내에서도 서열 이십 위 안에 들 만큼 초절한 무공의 소유자였다.

차─ 창─!

환마의 철륜을 쳐낸 탕마수좌는 능공허보로 허공을 찍고는 환마를 향해 연속적으로 팔검을 격출했다.

무수한 검화가 피어오르며 환마의 팔대사혈을 위협했다. 환마는 감히 방심하지 못하고 회수된 철륜을 휘둘렀다. 잇단 금속성 속에 둘은 곧바로 목숨을 건 사생결단을 벌였다.

사귀는 각기 한 명의 검수들과 맞서 싸우고 있었다. 탕마추적대의 검수들은 하나같이 일류급의 무공을 지녔기에 능히 사귀를 압도했다.

일반 단원들은 청년 검수들에게 포박된 채 통사정을 했다.

"소인은 아무 죄도 없습니다. 그저 먹고 살자고 사해곡예극단에 가입해 재주나 부렸습니다요."

"살려주세요. 저희 자매는 극단에 가입한 지 한 달도 안 되옵니다."

"아이구, 나으리. 저는 백마성이 뭔지도 모릅니다."

모처럼 급료를 챙겨 즐거운 하루를 보내던 단원들로서는 마른하늘의 날벼락이었다. 자신들이 멋모르고 사악한 마두들의 소굴에 몸을 담았다는 것을 놀라워했다.

객실을 수색하던 청년 검수 둘은 침상에서 내려서는 환유성을 보고는 검을 들이댔다.

"허튼수작 말고 포박을 받아라."

"백마성의 잔당이 아니면 해치지 않겠다."

환유성은 그들의 경고 따위는 무시했다. 그는 허리의 상처를 감은 천을 단단히 동여매고는 천천히 장삼을 걸쳤다.

청년 검수 하나가 살벌하게 외쳤다.

"죽고 싶으냐? 어서 포박을 받아라!"

환유성은 잔뜩 권태에 젖어 검집을 어깨에 멨다. 검수 둘은 좌우로 흩어지며 공격 자세를 취했다.

"아무래도 백마성의 잔당 같군."

"태양천에 대항하는 자는 죽음뿐이다!"

환유성은 행랑마저 챙긴 후 느릿느릿 걸음을 옮겼다.

"비켜."

검수 둘은 눈짓을 보내고는 동시에 검초를 펼쳤다.

"차앗!"

"의천신위!"

그들의 강맹한 검초에 환유성은 살짝 미간을 찌푸리며 반검의 손잡이를 쥐었다.

차— 차—!

두 검수는 눈부신 섬광 속에 정신이 아득해졌다. 자신들의 수법과는 비교할 수도 없는 쾌속한 검초에 넋이 나가고 말았다. 그들이 정신을 차렸을 때 환유성은 이미 방을 나선 후였다.

그를 추격하려 했지만 발이 떨어지지 않았다.

어느새 그들의 장검은 동강 나 있었다. 게다가 앞자락까지 길게 베어진 상태였다. 얼마나 정교한 솜씨였는지 옷만 베었을 뿐 피부는 전혀 상하지 않았다.

두 검수는 마른침을 꿀꺽 삼켰다.

"저, 절대쾌검!"

한편, 탕마수좌와 환마의 격돌은 막상막하였다.

탕마수좌의 의천검법은 지극히 정교했지만 환마 역시 백마성의 마두답게 임기응변에 능했다. 그는 주특기인 음살마강(陰殺魔罡)을 적절히 펼쳐 초식의 열세를 만회했다.

그의 휘하였던 사귀는 이미 몸이 동강 나 그 혼자만 남은 상황이었다.

'지금쯤이면 전마(戰魔)가 멀리 피신했을 것이다. 이대로 개죽음을 당하기보다 훗날을 기약하자.'

환마는 혼신의 힘을 다해 음살마강을 격출하고는 몸을 뒤로 뺐다. 그러나 탕마검수들은 이미 삼엄한 검진을 펼치고 있었다. 십팔탕마검진에 휩싸인 환마는 쉽사리 출로를 찾을 수 없었다.

환유성이 검진을 향해 다가서자 검수 셋이 그를 막아섰다.

"멈춰라!"

탕마수좌가 미끄러지듯 검수들 옆으로 다가섰다.

"신분을 밝혀라."

환유성은 짤막하게 대꾸했다.

"환유성."

탕마수좌는 눈을 커다랗게 떴다.

"환유성? 하면 귀하가 화옥군주를 구출하고 단비사도의 목을 벤 반검무적(半劍無敵) 환유성 대협이란 말이오?"

"반검무적? 처음 듣는 별호로군."

"귀하는 요동 출신이 분명하오?"

"그렇소."

탕마수좌는 정중히 포권의 예를 취했다.

"환 대협을 뵙소. 천주께서는 환 대협을 천하의 영웅으로 인정하셨소. 또한 환 대협과는 절대 맞서지 말라는 천주령까지 교시하셨소."

"그럼 비키시오."

"하지만 지금은 백마성의 잔당을 소탕하는 중이오. 환 대협께서 나설 일이 아니오."

환유성은 검진 속에서 탈출을 위해 좌충우돌하는 환마 쪽으로 시선을 돌렸다.

"저자의 목에는 현상금이 얼마나 걸려 있소?"

제9장

한을 품은 마왕(魔王)의 딸

1

사해곡예극단의 부단장 왕발의 본래 신분은 백마성의 백대마두 중 전마(戰魔)였다.

싸움을 즐기는 호전적인 성격의 그가 한갓 곡예단의 차력사로 십수 년을 보냈으니 분통 터질 노릇이었다. 그러나 백마성주인 불립마제의 핏줄을 보호해야 하는 사명감 때문에 그는 여태 참아왔던 것이다.

전마는 자루에 든 풍요원을 메고 달리며 이를 부득부득 갈았다.

'집요한 태양천 놈들! 내 반드시 네놈들의 피를 갈아 마시고야 말겠다!'

그는 마땅히 방향을 정하지 못하다가 한단성 외곽의 산으로 향했다. 하지만 탕마추적대의 끈질긴 추적은 뿌리치지 못했다.

이십여 명의 탕마추적대는 학익진 형태로 포진하며 서서히 전마를 포위해 왔다. 산중턱에 이를 즈음 전마는 탕마추적대가 펼친 탕마검진

속에 빠지고 말았다.

"비켜라, 이놈들!"

전마는 폭갈을 터뜨리며 전륜마공을 전개했다.

퍼퍼펑—!

강력한 마공에 탕마검진이 잠시 움찔했지만 검진은 다시 회전하며 전마를 더욱 압박해 왔다.

풍요원을 보호해야 하는 전마로서는 한 팔로만 공격을 펼쳐야 했기에 제약이 많았다. 십 초를 겨루기도 전에 그의 전신에 수많은 검흔이 새겨졌다.

탕마검진은 태양천주와 문상 남궁현이 심혈을 기울여 창안한 검진으로 사마지공을 제압하는 데 아주 효과적이다. 최소 세 명만 모이면 진세를 펼칠 수 있고, 최대 백 명까지 진세를 형성할 수 있다.

진세로는 천하최강이라는 소림의 백팔나한진과 버금갈 강력한 진법이다.

"전륜마공!"

전마는 혼신의 힘을 다해 탕마검진과 충돌해 갔다.

"악!"

"허억!"

탕마추적대의 검수 셋이 강력한 마공에 피를 토하며 쓰러졌다. 전마역시 성하지 못했다. 그는 등판이 베어지고 다리 한쪽이 베어지는 중상을 입고는 풀썩 쓰러졌다.

"크으, 찢어 죽일 놈들!"

전마는 피투성이가 된 상황에서도 풍요원이 든 자루를 부둥켜 안으며 피를 토하듯 외쳤다.

"아가씨··· 아가씨만큼은 보호해야 하거늘!"

2

탕마수좌의 지시에 따라 검진이 열리자 환유성은 느릿느릿 검진 안으로 들어섰다. 검진은 다시 닫혔다.

환마는 잡아먹을 듯이 환유성을 쏘아보았다.

"더러운 현상범 추적자! 네놈을 죽게 내버려 두었어야 했다!"

"황금 백 냥이라면 벨 맛이 나겠어."

"환가야, 그래도 수일 동안은 식사도 같이 하고 술도 몇 잔 나눈 정분이 있지 않느냐?"

"그건 중요치 않아."

너무도 무심한 웅대에 환마는 부르르 치를 떨었다.

"네놈의 피는 나보다 더 차가운 것 같구나."

환마는 몸을 빙글 회전시키며 두 개의 철륜을 날렸다.

휘리리링―!

두 개의 철륜은 급격히 회전하며 환유성의 목과 허리를 노려왔다. 환유성은 한 걸음 물러서며 허리를 뒤로 눕혔다.

팟!

철륜 하나가 그의 옆구리를 스치고 지나갔다. 미처 아물지 않은 상처 부위에서 피가 배어 나와 장삼을 흥건히 적셨다.

철륜을 회수한 환마는 내심 회심의 미소를 지었다.

'그렇군. 놈은 아직 부상에서 회복되지 않았다. 이 참에 단비사도 형님의 원한을 갚자!'

사중악의 무리들은 태양천에 의해 패퇴한 이후 나름대로 굳건한 결속력을 가졌다. 태양천이라는 공동의 적을 두었기 때문이다.

환마는 은밀히 음살마강을 끌어올리며 재차 철륜을 날렸다.

"뒈져라!"

지켜보던 탕마수좌가 우려에 찬 음성으로 외친다.

"환 대협, 놈의 음살마강을 조심하시오!"

환유성은 권태로운 표정으로 한마디 던졌다.

"내 일에 참견하지 마시오."

어찌 보면 지독한 오만이며 독선이었다. 호의적으로 조언을 해준 탕마수좌는 그만 할 말을 잃고 말았다.

환마는 철륜과 내가강기로 동시에 공세를 가했다. 물론 철륜의 공력은 눈속임일 뿐이다. 그는 환유성의 약한 내공을 감안해 음살마강에 전력을 가했다.

음살마강은 그를 백마성 내에서도 서열 이십위권 안에 들게 한 마공 절기 중 하나다. 뼛속까지 파고드는 싸늘한 한기에 환유성은 온몸이 얼어붙는 기분이었다. 이토록 강력한 강기를 접해보기는 처음이었다.

환마의 음살마강은 환유성의 몸에 두 자 거리까지 접근했다. 이 순간, 환유성의 심안이 빛을 발한다.

그는 차디찬 한기 속에서 상대의 온기를 느낄 수 있었다. 그는 음살마강의 가장 취약한 곳을 골라 한 걸음 내디뎠다. 동시에 그의 손이 반검의 손잡이를 움켜쥐었다.

번쩍!

한줄기 섬광은 먹장구름 사이를 헤집는 햇살처럼 찬란했다.

탕마수좌는 너무도 강렬한 섬광에 눈앞이 아찔해졌다. 접전장과 칠 장이나 떨어져 있었지만 칼날 같은 예기에 피부가 베어지는 기분이었 다.

섬광은 순식간에 걷혔고 환유성을 향해 뻗어 나간 음살마강은 그를 스치고 뒤편의 바닥을 강타했다.

퍼엉!

음살마강에 적중된 바닥은 크게 구덩이가 패이며 허연 빙기로 얼어 붙었다.

환유성은 어느새 검을 꽂고 있었다. 적중되지는 않았지만 그의 몸을 스쳐 간 음살마강으로 인해 안색이 파리하다.

이미 목에 베어진 환마는 도저히 믿을 수 없다는 눈빛이었다. 쩍 벌 어진 입에서 금세라도 비명이 터져 나올 것만 같았다. 하지만 채 비명 을 지르기도 전에 그의 목은 몸통과 분리돼 허공으로 치솟았다.

썩은 짚단처럼 풀썩 쓰러지는 환마를 바라본 탕마수좌와 검수들은 모두 감탄과 경악에 젖고 말았다.

"오, 이럴 수가!"

"대체 언제 검을 뽑았단 말인가?"

"과연… 소문대로 절세쾌검이다!"

환유성의 환마의 베어진 수급에서 흘러나오는 피를 내려다보며 가 볍게 인상을 찡그렸다. 음살마강의 빙기에 오한을 느껴야 했기 때문이 다.

'역시 쾌검으로 내가강기를 상대하는 데에는 한계가 있군.'

탕마수좌는 포권을 취하며 찬사를 늘어놓았다.

"정말 놀랍소, 환 대협. 이제 환 대협의 절세쾌검 앞에 모든 사마악도들이 무릎을 꿇게 될 것이오."

환유성은 환마의 수급에서 피가 빠지기를 기다리며 뒷짐을 지었다.

"이자의 목 값은 어디를 가야 받을 수 있소?"

"태양천 열세 개 지부나 백도방파 어느 곳을 찾아가도 현상금을 받으실 수 있을 것이오. 괜찮으시다면 소생이 대협을 태양천까지 직접 모시고 싶소."

환유성은 권태에 젖은 표정으로 고개를 저었다.

"아직 태양천을 방문하고 싶은 생각은 없소."

이때, 전마를 추격했던 탕마검수들이 객잔의 뒤뜰로 들어섰다.

포박된 전마는 사정없이 바닥에 내팽개쳐졌다. 한쪽 다리가 베어진 채 바닥에 데굴데굴 구르던 전마는 목이 달아난 환마의 시체를 보고는 참담한 표정이 되었다.

"크으, 형님! 형님이 돌아가시다니!"

검수 하나가 자루를 풀어 풍요원을 끄집어냈다.

그녀는 마혈과 아혈만 제압된 상태라 움직일 수만 없었지 주변 상황은 모두 인지하고 있었다. 환마의 목 없는 시체를 목격한 그녀는 주르륵 눈물을 쏟아냈다.

환유성은 환마의 수급에서 흘러나온 피가 모두 말랐다 싶자 가죽 주머니에 환마의 수급을 담았다.

전마는 눈을 부릅뜨며 환유성을 쏘아보았다.

"네, 네놈이 형님을 죽였단 말이냐?"

"그래."

"이 악독한 놈! 아무리 현상범 추적자라지만 어찌 이럴 수 있단 말이냐! 네놈에게는 피도 눈물도 없단 말이냐? 우리가 널 얼마나 극진히 대해주었더냐? 아가씨께서는 네놈을 위해 밤잠도 잊고 간병까지 하셨거늘!"

환유성은 천천히 풍요원 쪽으로 시선을 돌렸다.

풍요원은 멍한 눈빛으로 그를 응시하고 있었다. 그녀는 도저히 믿을 수 없다는 눈빛이었다. 어렸을 적부터 외삼촌으로 믿고 따라온 환마의 목을 벤 사람이 환유성이라는 사실에 그녀는 너무도 큰 충격을 받은 것이다.

탕마수좌는 검수에게 턱짓을 보내 풍요원을 혈도를 풀도록 지시했다. 혈도가 풀린 풍요원은 환유성 앞으로 냅다 달려갔다.

"아니죠, 가가? 가가가 외삼촌을 죽일 리 없어!"

"……."

"가가, 왜… 왜? 외삼촌이 무슨 죄가 있다고?"

"난 그가 무슨 죄를 지었는지 몰라. 알고 싶지도 않고. 다만 그가 금살명부의 현상범이기 때문이지."

"아아!"

풍요원은 절망감에 젖어 털썩 주저앉았다. 그녀의 꽃다운 마음을 열게 한 사내가 이토록 증오스러울 수 없었다. 그의 눈에 비쳐진 환유성은 그저 악랄한 현상범 추적자일 뿐이었다.

"으흑흑!"

풍요원은 서럽도록 눈물을 흘렸다.

"아니야, 아니야!"

어린 나이에 엄청난 충격과 경악에 휩싸인 그녀는 악을 쓰다가 별안간 웃음을 터뜨렸다.

"오호호!"

그녀는 제정신이 아니었다. 웃다가 울고는 다시 웃음과 울음을 동시에 쏟아냈다.

바위에 기대앉은 전마는 피를 쏟듯 외쳤다.

"아가씨, 정신 차리십시오! 이대로 무너져서는 안 되오!"

그는 실성한 모습의 풍요원을 향해 씹어뱉듯이 소리쳤다.

"아가씨는 마도제일 백마성주이신 불립마제(不立魔帝)의 따님이셨소. 십오 년 전 태양천을 위시한 백도무림의 비겁한 협공에 백마성은 괴멸되었소이다! 성주님과 아가씨의 모후이신 지옥상아 두 분은 최후까지 백마성을 지키다 장렬히 돌아가셨소. 속하는 환마 형님과 함께 아가씨를 모시고 탈출하였던 것이오."

극도의 정신적 충격에서 겨우 회복된 풍요원은 허탈한 모습으로 전마를 바라보았다.

"내가… 내가 마왕의 딸이라고?"

"그렇소. 그분은 마도의 영웅이며 진정한 흑도대종사이셨소. 악인궁, 천잔방, 혈야회 같은 흑도의 대문파들도 마제 앞에서는 무릎을 꿇었지요. 비록 백마성은 괴멸되었지만 아직 그 여력은 남아 있소. 하기에 태양천은 살인 명부를 발부하고 탕마대를 조직해 끝까지 추적해 왔던 것이오."

전마는 움직일 수 있는 한쪽 다리만으로 겨우 몸을 일으켜 세웠다.

"깊은 산에 숨으려 해도 발각될까 두려웠소. 해서 환마 형님과 속하는 유랑극단을 조직해 세상 속에 묻혀 살았던 것이오. 형님과 속하는 갖은 수모 속에서도 아가씨를 지켜왔소. 오직 아가씨만이 백마성의 희망이었기 때문이오."

비로소 자신의 신세 내력에 대해 확실히 알게 된 풍요원은 손으로 얼굴을 가리며 어깨를 들먹였다. 자신의 앞날이 순탄치 않을 것이라는 막연한 불안감이 현실로 드러난 것이다.

"내가… 백마성의 희망이라고? 난 아무런 힘도 없어."

"아가씨의 몸속에는 마도 천년의 힘이 깃들어 있소. 불립마제께서 단목휘 따위한테 패할 수밖에 없었던 것은 아가씨의 태음절맥을 치유하기 위해 공력을 소진하셨기 때문이오."

전마는 환유성을 향해 눈을 부릅떴다.

"환가야, 네놈이 한 가닥 양심이 있거든 아가씨만큼은 구해다오. 너같이 더러운 현상범 추적자를 간병하신 아가씨를 생각해서라도 말이다!"

환유성은 못 들은 척 환마의 목이 든 주머니를 허리춤에 매고는 소추에게로 걸어갔다.

전마는 이를 악물며 외쳤다.

"부탁하겠다! 제발 아가씨를 지켜다오!"

상전을 위해 한 푼의 힘도 보탤 수 없는 전마는 울분을 이기지 못하고 바위에 힘껏 자신의 머리를 찧었다. 두개골이 터지며 허연 뇌수와 핏물이 흘러나왔다. 한 맺힌 자결이었다.

풍요원은 눈을 질끈 감았다.

"흑, 왕발 아저씨!"

이제 그녀 혼자뿐이었다. 십수 년간 그녀를 은밀히 보호해 온 사람들은 모두 죽었다. 그녀는 낯선 세계에 홀로 떨어진 듯 두렵기만 했다.

탕마십좌는 검수들에게 지시했다.

"마왕의 딸년을 포박해 천으로 압송하라!"

"예, 수좌!"

검수들이 포승줄을 쥐고 풍요원에게로 다가설 때였다.

다각다각!

환유성을 태운 소추가 빠르게 풍요원 옆을 스쳐 갔다. 환유성은 마상에서 몸을 굽혀 풍요원의 허리춤을 움켜쥐고는 자신 앞으로 끌어 올렸다.

풍요원은 그의 손에서 벗어나려 앙탈을 부렸다.

"놔! 당신같이 더러운 인간의 도움은 필요없어!"

"도움이 아니다. 간병해 준 신세를 갚자는 것뿐이지."

"내 손으로… 당신의 목을 조르고 싶어!"

"그런 날이 온다면 그렇게 해."

환유성은 풍요원의 마혈을 제압했다. 풍요원은 입술을 꼭 깨물었다.

"그래… 반드시 그렇게 해줄 거야. 반드시!"

탕마검수들이 겹겹이 그를 막아섰다.

"무슨 짓이오, 환 대협?"

"마왕의 딸을 데려갈 수 없소."

"어서 내려놓으시오!"

환유성은 짜증 서린 표정으로 짤막하게 외쳤다.

"비키시오!"

탕마수좌가 검수들 앞으로 내려섰다.

"환 대협, 마도의 계집을 두둔하면 여태까지의 모든 공적이 물거품이 될 거요."

"그런 건 관심없소."

"하면 정녕 태양천과 맞서 싸우겠단 말이오?"

"누구든 내가 가는 길을 막을 수 없소."

소추는 주인의 기세를 믿고 탕마검수들을 향해 발걸음을 옮겼다.

환유서의 절세적 쾌검을 본 검수들은 당황하지 않을 수 없었다. 그러나 그들은 어떤 상황에서도 물러서지 않은 태양천의 불퇴전사들이었다.

탕마수좌는 땅을 박차고 치솟으며 외쳤다.

"탕마검진을 펼쳐라!"

그는 은검에 혼신을 공력을 주입시켰다. 검극이 달아오르며 길게 검기가 피어오른다.

피피핑―!

검형 모습의 검기가 연이어 뻗어 나갔다.

검기는 상승검도의 하나로 그 위력이 엄청나다. 단점은 엄청난 공력을 소모하기에 웬만한 내가고수는 몇 초를 펼치기도 전에 내공이 소진되고 만다.

환유성은 흠칫 놀라지 않을 수 없었다. 검기를 발출하는 상승검도를 상대하기는 처음이었다. 칠 장 거리를 가로지른 검기가 날아들며 귀청을 찢는 파공성을 발했다.

'워낙 거리가 멀어 쾌검이 미치지 않겠어.'

그는 반검을 휘둘러 검기를 베었다.

퍼퍼펑―!

세찬 반탄력에 팔이 저려왔다. 전신 경맥이 진동하며 뜨거운 기운이 목까지 치밀어 올랐다. 하지만 지체할 겨를이 없었다. 그는 소추를 몰아 그대로 탕마검진과 부딪쳐 갔다.

검수들 몇이 진형을 이루며 솟아올랐다.

"쳐라!"

"마도를 옹호하는 자 역시 마도의 무리다!"

환유성은 검을 크게 휘둘렀다. 보기에는 단순한 횡소천군 초식이었지만 그 쾌속함은 이루 말할 수 없을 정도였다.

차차창―!

요란한 금속성과 함께 검수들은 답답한 신음을 토하며 뒤로 날아갔다. 그들의 손에 쥔 검이 모두 동강 났다. 만일 환유성이 검극에 살심을 담아 휘둘렀다면 그들의 목 역시 검처럼 베어졌을 것이다.

환유성이 세 번 쾌검을 휘두르자 막강한 탕마검진이 붕괴되었다.

숨을 고른 탕마수좌는 환유성의 등 뒤로 날아들며 재차 검기를 뻗어냈다.

"의천섬광(義天閃光)!"

쐐애액―!

오 장 길이로 뻗친 검기는 불꽃을 발하며 번갯불처럼 환유성의 등판을 향해 내리 꽂혔다.

환유성의 표정이 가볍게 일그러졌다. 그는 풍요원을 소추의 등에 밀착시키고는 그대로 몸을 날렸다. 그는 팽이처럼 회전하며 쾌검을 전개했다.

퍼엉―!

검기가 폭발하며 환유성과 탕마수좌는 동시에 퉁겨졌다.

'윽, 내상을 입은 것 같군.'

환유성은 내가강기와의 충돌에 울컥 피가 솟아올랐다.

다행히 영특한 소추가 환유성이 떨어지는 지점으로 방향을 틀어 달려왔다. 덕분에 그는 무사히 소추의 등에 내려앉을 수 있었다.

탕마수좌는 허공에서 세 바퀴 회전하고는 바닥으로 내려섰다.

"쫓아라!"

그는 탕마검수들과 함께 추격에 나섰다.

소추는 두 사람을 태우고도 괴력을 발휘했다.

객잔의 담장을 간단히 뛰어넘은 소추는 어둠을 뚫고 천마처럼 달려갔다. 얼마나 사력을 다해 치달리는지 소추의 몸에서는 피와 같은 땀이 흘렀다.

서역의 최고 명마는 한혈보마(汗血寶馬)다.

흐르는 땀이 피처럼 붉기에 그러한 이름이 붙여진 것이다. 소추는 바로 그런 한혈보마였던 것이다.

3

한단성 밤하늘로 수많은 비둘기들이 날아올랐다. 태양천의 자랑인 천리전서구들이었다. 두 시진 내로 천 리를 비행하는 전서구들 덕분에 태양천의 총단과 지부들은 신속하게 정보를 교환할 수 있었다.

동녘으로 여명이 피어오를 즈음 두 사람을 태운 소추는 하남 땅에 이르게 되었다.

인적이 드문 계곡으로 접어든 소추는 기력을 탈진한 듯 털썩 앞다리를 꺾었다. 세 시진을 쉬지 않고 달려온 소추는 곧 죽을 듯 허연 거품을 부글부글 뿜었다.

한번 속도가 붙으면 탈진될 때까지 쉬지 않고 달리는 것이 한혈보마의 특징이었다.

풍요원을 안고 내려선 환유성은 그녀의 혈도를 풀어주었다. 그녀는 풍요원은 징그러운 짐승을 피하듯 화들짝 뒤로 물러섰다.

"저리 가요!"

"……."

"당신을 저주할 거야. 은자에 눈이 먼 살인자!"

"네 목에는 현상금이 붙지 않았으면 좋겠어."

환유성은 냇물을 마시고 있는 소추에게로 걸어갔다.

풍요원은 작은 주먹을 불끈 쥐었다.

"내가 힘을 얻게 되면 태양천 무리들을 모두 죽이겠어! 당신도 마찬가지야!"

환유성은 소추의 목덜미를 다독이며 한마디 던졌다.

"무공 따위는 배우지 마. 차라리 머리를 깎고 비구니가 되는 것이 안전할 거야."

"홍, 당신 같은 냉혈한이 남을 걱정해 줄 때도 다 있군."

"정말 귀찮군. 왜 만나는 여자마다 날 짜증나게 하는지 모르겠어."

소추의 등에 오른 환유성은 계곡을 따라 내려갔다.

풍요원은 뒤도 돌아보지 않고 멀어지는 환유성을 향해 앙칼지게 소리쳤다.

"죽어도 잊지 않을 거야! 당신을 꼭 죽이고야 말겠어!"

그녀의 절규에 찬 외침은 계곡에 메아리쳐 울렸다.

적막에 계곡에 홀로 남겨진 풍요원은 더럭 겁이 났다.

사나운 들짐승이라도 만난다면 그녀로서는 고스란히 들짐승이 밥이 될 수밖에 없었다. 그렇다고 신분이 발각된 상황에서 마을로 내려갈 수도 없었다.

그녀는 손등으로 눈가에 맺힌 눈물을 씻고는 이를 악물었다.

'어떻게든 살아야 돼. 부모님의 원수를 갚고 저 악독한 자를 죽여야 돼!'

마음을 독하게 먹었지만 너무도 막연했다.

그녀도 태양천이란 거대한 조직에 대해서 잘 알고 있었다. 태양천주는 무림계의 황제와도 같은 존재다. 천하제일인이라 불리는 그를 상대로 어떻게 복수를 할 수 있단 말인가.

풍요원은 터벅터벅 계곡 안쪽으로 걸음을 옮겼다. 들짐승에게 잡아먹히는 한이 있더라도 태양천 검수들에게 잡히고 싶지는 않았다.

'그들에게 잡히면 혀를 깨물고 자결하겠어!'

십육 세의 어린 소녀는 쏟아지는 눈물을 애써 참으며 깊은 산중으로 들어갔다.

해가 중천에 가깝도록 떠올랐지만 수림으로 울창한 산중은 저녁나 절처럼 어슴푸레했다.

그녀가 주린 배를 움켜쥐며 개울가에 잠시 지친 다리를 쉴 때였다. 난데없는 광소성이 메아리치며 세 줄기 인영이 내려서며 그녀를 에워쌌다.

"카하핫, 걸어다니는 황금덩어리가 여기 있었구나!"

풍요원은 가슴이 덜컥 내려앉았다. 그녀의 행적이 이렇듯 빨리 발각될 줄은 꿈에도 생각지 못했던 것이다.

내려선 삼 인은 풍요원을 쓸어보며 탐욕스런 침을 꿀꺽 삼켰다.

한 명은 도복 차림을 한 삼십 대의 도사였다. 그는 황금 귀걸이와 팔찌 등 호화로운 장신구로 잔뜩 치장하고 있었다.

"카핫, 마왕의 딸년답게 요물이로군."

옆의 인물은 붉은 가사를 두른 승려였다. 술에 찌들어 살아온 듯 코 끝이 딸기처럼 벌겋다. 그는 커다란 개 다리뼈를 쪽쪽 빨며 입맛을 다셨다.

"목을 가져가면 황금 이백 냥이고, 산 채로 압송하면 황금 오백 냥이나 된다고 했지?"

세 번째 인물은 봉두난발에 타구봉을 쥔 너덜너덜한 옷의 비렁뱅이 걸인이었다.

"히히히, 나 같으면 계집을 한 번 올라탄 후 목만 베어가겠다."

그들 셋은 그녀를 이미 손아귀에 넣었다 싶어 희학질을 벌였다.

풍요원은 매섭게 그들을 쏘아보았다.

"당신들은 대체 누구예요? 왜 나를 잡으려는 거죠?"

호화스런 차림의 도사가 말을 받았다.

"카핫, 우리는 파문삼절(破門三絶)로 일컫는 분들이시다. 우리 파문 삼절의 손에 잡히게 된 것을 영광으로 생각해라."

그들은 별호 그대로 사문에서 파문당한 자들이었다.

도사는 명문정파인 무당파 소속이었지만 타고난 천성이 탐욕스러워 무당의 보물을 훔쳐 팔려다 파문을 당하게 되었다.

도명은 귀검 도장(鬼劍道張).

승려 역시 소림사 출신으로 뛰어난 무공의 소유자였지만 불공을 드리러 온 여인을 겁탈한 죄로 쫓겨나게 되었다.

법명은 탁류 화상(濁流和尙).

걸인은 개방 출신으로 한때는 사결의 신분까지 올라 지부장을 맡기도 했다. 그러나 검소해야 하는 개방의 문규를 어기고 수시로 호화 기방을 들락거리다가 파문을 당하고 말았다.

별호는 탐화걸개(探花乞丐).

비록 파문을 당했지만 그들은 자신들이 명문정파 출신이라는 데 꽤나 자부심을 갖고 있었다. 그들 셋은 결의를 맺고 현상범 추적에 나섰다. 자신들의 탐욕을 채우려면 많은 은자가 필요했기 때문이다.

파문삼절은 하나같이 뛰어난 무공을 지녀, 주로 금살명부에 오른 자들만 추적했다. 나름대로 명성도 얻고 황금을 챙길 수 있으니 그야말로 일거양득이었다.

그로 인해 파문삼절은 중원 최고의 현상범 추적자에 오를 수 있었다.

그들은 전문가답게 곳곳에 은자를 뿌려 상당한 정보망을 확보해 놓았다. 이렇듯 빨리 풍요원을 추적할 수 있었던 것도 거미줄 같은 정보망 덕분이었다.

풍요원은 절망하지 않을 수 없었다. 상대가 현상범 추적자라면 그녀는 꼼짝없이 태양천으로 압송되거나 목이 베어질 것이다.

'아, 결국 이대로 죽고 마는구나.'

귀검 도장은 미끄러지듯 다가서며 풍요원의 완맥을 쥐었다. 그녀의 얼굴을 살피던 그는 욕정 어린 미소를 머금었다.

"카핫, 대할수록 요염하구나. 하기는 네 어미 지옥상아는 사내라면 사족을 못 쓰던 희대의 색녀였지."

"더러운 입 함부로 놀리지 마라!"

"고얀 년, 더러운 마도 계집이 누구를 더럽다 하느냐?"

그녀의 볼에 그의 손자국이 선명하게 새겨졌다.

"악!'

풍요원은 피를 뿜으며 나가동그라졌다.

탁류 화상이 그녀를 안아 일으키며 가슴과 허벅지를 마구 주물럭거렸다.

"말코도사야, 아직 어린아이인데 너무 심하구나."

그는 그녀를 자신의 무릎 위에 앉히며 개기름이 반지르르한 입으로 마구 비볐다.

"클클, 이 부처님이 널 극락으로 보내주겠다."

옆에서 지켜보던 탐화걸개가 펄쩍 뛰었다.

"이 땡초야, 냉수를 마시는 데도 순서가 있는 법이거늘 어찌 너부터 하려는 거냐?'

풍요원은 이들의 역겨운 행동에 구역질이 났다.

"차라리 날 죽여라, 이 더러운 현상범 추적자들아!"

귀검 도장은 비릿한 웃음을 흘리며 고개를 저었다.

"카핫, 안 되지, 안 돼. 널 살려서 데려가야 황금을 배 이상 받을 수 있어."

탁류 화상은 풍요원의 치마 속으로 두툼한 손을 넣으며 탐화걸개에게 제안을 했다.

"빌어먹을 거지야, 내 현상금을 받으면 황금 오십 냥을 양보할 테니 이 부처님이 먼저 해탈을 할 수 있게 봐다오."

탐화걸개는 손가락으로 황금을 계산하고는 인심을 쓰듯 고개를 끄덕였다.

"오냐, 대신 빨리 끝내야 돼."

귀검 도장과 탐화걸개가 돌아서자 탁류 화상은 서둘러 풍요원의 앞자락을 벌렸다.

"두려워할 것 없다, 아이야. 이 모두 부처님의 뜻이로다."

풍요원은 몸을 빼려 했지만 탁류 화상의 솥뚜껑 같은 손에 붙잡혀 꼼짝도 할 수 없었다.

'그래, 차라리 죽자!'

그녀는 혀를 어금니 사이에 끼워 넣었다. 스스로 자결해 한 많은 생을 마감할 생각이었다.

순간, 허공에서 거대한 불덩이가 날아들었다.

화르르륵!

귀신의 풀어헤친 머리카락처럼 날아든 화염 줄기는 급격히 선회하며 탁류 화상으로 등판으로 파고들었다.

"엇!"

탁류 화상은 크게 놀라며 풍요원을 방패 삼아 내던졌다. 독랄한 수법이지만 임기응변으로는 그만이었다.

새의 부리처럼 날아들던 화염 줄기는 다시 방향을 바꾸어 풍요원을 휘어감았다. 그녀를 휘감은 화염 줄기는 뻗어 나온 수림 속으로 되돌아갔다.

이어 풍요원을 안아 든 인물이 수림 밖으로 모습을 드러냈다.

어깨와 가슴에 견갑과 호심경을 단 거구의 노인이었다. 노인은 전체적으로 아주 붉었다. 머리카락이며 수염, 눈알까지 붉었고, 피부에서는 불꽃이 피어올랐다.

풍요원은 그의 흉악한 모습에 놀라 이빨을 딱딱 마주쳤다.

"하, 할아버지는… 누구세요?"

"아가씨는 안심하시오. 노신은 마제를 모시던 구마왕 중 적염마왕(赤

焰魔王)이외다."

파문삼절은 기겁을 하며 뒤로 물러섰다.

"적염마왕?"

"으음, 틀림없군."

"크으, 저 마두가 아직 살아 있었단 말인가?"

적염마왕은 불립마제 휘하의 구대마왕 중 하나였다.

백마성이 괴멸될 당시 구대마왕 중 넷이 죽었지만 오마왕은 포위망을 뚫고 달아났었다. 이런 상황에서 불립마제의 가신 중 하나를 만났으니 참으로 기적 같은 우연이었다.

풍요원은 눈물이 나올 만큼 감격했다.

"오, 고마워요, 적염마왕."

"이렇게 아가씨를 구할 수 있는 건 구천에 계신 마제와 마후의 돌보심이오."

파문삼절은 자신들의 무공을 믿고 적염마왕을 에워쌌다.

"카핫, 안심하기는 이르다."

"적염마왕이라면 목에 황금 천 냥이 걸린 최고의 사냥감이지."

"오늘 복이 터졌구나."

적염마왕은 불꽃이 발하는 붉은 눈으로 파문삼절을 쓸어보았다.

"네놈들의 더러운 꼬락서니를 보니 파문삼절이라는 현상범 추적자들이겠구나!"

귀검 도장은 긴 장검을 뽑아 들고는 태극 도형의 검화를 일으켰다. 검법을 주특기로 삼는 무당파의 절기인 태극혜검의 기수식이었다.

"네놈의 목을 벤다면 장문인의 사면을 받아 무당으로 돌아갈 수도 있겠구나."

적염마왕은 한 손을 쳐들었다. 손바닥에서 화염 줄기가 이글이글 피어오른다.

"미친놈, 네놈의 사부도 노부 앞에서는 꼬랑지를 내리거늘!"

콰류류류―!

지상을 휩쓰는 화염폭풍이 귀검 도장을 향해 몰아쳤다.

'으윽, 과연 무서운 마왕이군.'

귀검 도장은 감히 맞받지 못하고 제운종 신법을 전개해 허공으로 솟아올랐다.

파문삼절은 오랜 세월 현상범 추적을 벌여왔기에 합공에 아주 능했다. 귀검 도장이 공격을 당하자 탁류 화상과 탐화걸개는 좌우에서 적염마왕을 노려왔다.

"항마장!"

"타구봉법!"

몸은 파문을 당했지만 지닌 바 무공은 하나같이 중원명문정파의 절기라 그 위력이 대단했다.

적염마왕은 품에 안고 있는 풍요원이 다칠세라 과감한 공격을 펼칠 수가 없었다.

그는 허공으로 솟구쳐 오르며 두 줄기 적염지풍을 날려 탁류 화상과 탐화걸개의 공격을 봉쇄했다. 동시에 각법을 펼쳐 귀검 도장을 올려찼다. 과연 백마성의 마왕답게 신속하면서 강력한 일초이식이었다.

퍼― 퍼펑―!

파문삼절은 피부가 타 들어가는 열기를 느끼며 뒤로 물러섰다. 그들 셋은 바싹 긴장하며 삼재진형을 펼쳤다.

적염마왕은 그들이 의외로 초절한 무공을 지녔다는 데 놀라지 않을 수 없었다. 마음 같아서는 당장이라도 때려죽이고 싶지만 경시할 수 없는 상대임을 직감했다.

풍요원이 나직이 속삭였다.

"적염마왕, 어서 가요."

그녀는 자신을 보호하느라 제대로 무공을 펼칠 수 없는 적염마왕이 행해 다칠까 불안했다. 게다가 또 다른 현상범 추적자들까지 가담될 것을 우려하지 않을 수 없었다.

적염마왕은 미미하게 고개를 끄덕이고는 그녀를 등에 업었다. 두 손이 자유로워진 그는 양손 가득 적염마공을 운집했다.

"더러운 쥐새끼들, 태워 죽이겠다!"

두 손이 불덩이로 화한 그는 엄청난 열기를 발하며 미끄러져 왔다. 주변의 수림과 잔목이 타 들어가고 암석마저 검게 그슬린다.

"적염파멸!"

화르르륵!

소용돌이치는 불꽃의 폭풍에 파문삼절은 제각기 호신강기로 몸을 보호하며 각자 최강의 절기를 펼쳐 냈다.

"건곤뇌적!"

"백보신권!"

"타구신효!"

파문삼절의 절기는 그대로 적염마공과 충돌했다.

콰아앙!

사위로 흩어지는 불꽃이 흡사 폭죽을 연상케 했다. 옷과 머리카락이 그슬린 파문삼절은 재차 공격을 위해 허공으로 솟구쳤다. 그러나 적염마왕은 불꽃의 꼬리를 날리며 이미 수림 너머로 사라지고 있었다.

파문삼절은 서둘러 적염마왕을 추격했다.

"놓치면 안 돼!"

"도합 황금 천오백 냥짜리다!"

1

딱. 딱.

바둑판 위로 놓여지는 흑백의 음향이 명쾌하다.

태양천주 단목휘는 문상 남궁현과 더불어 바둑을 즐기고 있었다. 그들이 위치한 곳은 태양천 내에서도 가장 수려한 풍광을 자랑하는 망심정(忘心停)이었다. 정자 옆의 소로는 십 장 높이의 폭포수가 시원스레 흘러내리고 있었다.

천하인들은 단목휘가 무공만 수련하는 무골로 알고 있지만 사실 그는 수년 내 검을 잡아본 적이 없었다.

연무장에서 무공을 수련하는 오천 무병들의 무술 교관은 무상(武相) 직위에 있는 사자천왕 연풍헌(燕豊憲)이었다. 웬만한 분쟁은 연풍헌이 나서면 모두 해소되었다.

최근에는 단목휘의 직계 제자인 강무영이 소천주의 직분으로 열세 개 지부를 순시하기에 단목휘가 친히 나설 일은 없다고 해도 과언이 아니었다. 칠현금을 타고 독서를 하거나 서예와 바둑을 즐기는 것이 단목휘의 대부분 일과였다.

남궁현은 당대의 국수로 불릴 만큼 바둑 실력이 뛰어났지만 단목휘 역시 그에 버금갈 기력의 소유자였다. 아침부터 한판 대국을 벌이면 오후 나절이 되어야 끝날 만큼 둘의 반상대결은 아주 치열했다.

남궁형은 자신의 진영 깊숙이 뛰어든 흑돌을 응시하며 골똘히 생각에 잠겼다.

형세 판단으로 집 부족을 계산한 단목휘가 외로이 백의 진영으로 뛰어든 것이다. 귀에 살고자 했다면 얼마쯤 떼어줄 수 있었지만 흑돌의 노림수는 백 진영을 초토화시키자는 의도였다.

단목휘는 잔에 차를 따르며 담담히 미소를 지었다.

"하하, 문상을 이기자면 이런 무모함에 승부를 걸 수밖에 없겠소."

"무모함이 아니외다, 천주. 노신의 허술한 약점을 정확히 짚은 맥점이오."

두 사람은 차를 마시며 다음의 변화 수를 헤아리는 데 심력을 쏟았다.

이때, 광풍과 같은 바람이 휘몰아치며 정자 아래로 한 사람이 내려섰다.

"허어, 참으로 한가하시구려."

사자 갈기와 같은 형태의 수염을 한 거구의 노인이 손에 청룡언월도를 쥔 채 정자로 올라섰다. 그는 무림의 지존인 단목휘를 대하고도 읍조차 하지 않았다.

오히려 단목휘가 앉은 상태에서 손을 모았다.

"하하. 어서 오시구려, 무상(武相)."

거구의 노인이 바로 태양천의 제이인자라 할 수 있는 사자천왕(獅子天王) 연풍헌이었다.

단목휘가 출현하기 전까지 천하십대고수 중 하나로 손꼽힌 절세고수다. 지닌 바 성격이 호방하고 거침이 없어, 흑백도 무림계가 모두 두려워하였다. 그런 그였지만 단목휘를 만난 이후 그의 품성에 매료돼 기꺼이 태양천의 무상 직위를 받아들인 것이다.

연풍헌은 탁자 옆 의자에 털썩 앉았다.

"탕마추적대가 불립마제의 딸년을 놓쳤다 하오."

"흐음, 한 번의 실수도 없었던 탕마수좌가 실수를 했나보구려."

단목휘가 대수롭지 않은 표정을 짓자 연풍헌의 송충이 눈썹이 꿈틀거렸다.

"실수가 아니오. 감히 겁도 태양천에 맞선 무뢰한의 훼방으로 놓친 것이오."

남궁현이 손에 쥔 바둑돌을 내려놓으며 물었다.

"지금 무뢰한이라 하셨소?"

"놈에 의해 탕마추적대의 검수들이 스무 명이나 부상을 당했네. 탕마수좌의 능력으로도 저지할 수 없었다더군."

연풍헌은 천리전서구에 의해 전달된 첩지를 단목휘에게 건넸다.

첩지를 펼쳐 읽어본 단목휘는 잠시 생각에 잠기다 첩지를 남궁현에게 건네주었다.

"문상께서 판단하셔야겠소."

암호문으로 쓰여진 첩지를 세심히 읽던 남궁현은 나직이 신음을 흘렸다.

"나름대로 우려를 했건만 너무 빨리 부딪친 것 같소이다."

그는 바둑돌을 쓸어담았다.

"탕마수좌가 자신의 직권으로 천리전서구를 대륙 전역으로 날렸으니 이제 그자는 천하의 공적이 되었소."

연풍헌이 질그릇 깨지는 음성으로 말을 받았다.

"당연히 그래야 하지 않겠나? 단순한 충돌도 아니고 마도의 계집을 옹호하다 그리됐으니 그자 역시 마도에 물든 악적일세. 이제 그자의 목에도 현상금을 걸어야 하네."

"아니오, 무상. 절대 그럴 수는 없소."

단목휘는 자리에서 일어나 뒷짐을 지며 단호한 표정을 지었다.

"환유성이란 검사는 천하에 드문 기재요. 흑백이 분명치 않은 그의 행로가 우려되지만, 그를 공적으로 몰았다가는 모처럼의 무림 평화가 깨지고 말 것이오."

"천주, 요동의 촌놈 따위를 왜 그리 높이 평가하시오."

연풍헌이 냉소를 치자 남궁현이 조심스럽게 끼어들었다.

"무상, 천주의 안목을 존중하셔야 합니다. 천주께서는 그자가 이미 무도의 중간 단계인 혜심무도(慧心武道)에 이르렀다 생각하시오."

"뭣이? 요동의 촌놈이 무도까지 터득했단 말인가?"

연풍헌은 상당히 놀란 모습이 되었다.

무공은 누구나 터득할 수 있지만 무도는 선천적인 자질을 지니지 않고서는 접근할 수도 없는 또 다른 경지이다. 무도를 수련하려면 심안을 깨우쳐야 하는데, 그것은 불가나 도가에서 이름하는 득도와도 지고한 분야다.

"단비사도의 수급을 본 천주의 판단이시니 확실하외다."

두 사람은 문무상이란 동등한 직분에 있지만 배분으로 따지면 연풍헌이 위였기에 남궁현은 시종 공손할 수밖에 없었다.

"그자의 쾌검을 제압할 수 있는 사람은 태양천 내에서도 다섯을 넘지 못할 것이오."

연풍헌은 사자 갈기와 수염을 내리쓸었다.

"흐음, 그런 놈이라면 한번 겨뤄보고 싶군."

정자 난간에 서서 떨어지는 폭포수를 응시하던 단목휘가 차분하게 입을 열었다.

"무상, 비합전서를 날려 환유성이란 검사에 대한 추적을 중단토록 조치하시오. 색깔로 비유하자면 그는 아직 회색이오. 하지만 그에게 서린 탁한 기운만 제거한다면 백도의 영웅이 될 수도 있소."

연풍헌은 가볍게 탁자를 쳤다.

"천주, 태양천 무사들을 상하게 한 죄는 묻지 않겠다는 거요?"

"가벼운 다툼으로 생각하시오. 본 천의 무사들은 물론이며 다른 백도문파도 그와 맞서지 않도록 주지시켜 주시오."

"허어, 이거야 원!"

연풍헌은 다소 불만스러웠지만 천주령을 거부할 수는 없는 일이었다.

"명을 받겠소."

그가 일어서자 남궁현도 따라 몸을 일으켰다.

"무상, 이왕이면 풍요원이란 아이의 목에 걸린 현상금도 삭제해 주셨으면 하오."

"무슨 소리인가, 문상? 불립마제의 딸년은 태음절맥을 지닌 타고난 마녀가 아닌가? 만일 그 계집이 전설의 태음마경(太陰魔經)을 익힌다면 천하는 멸절일세."

"알고 있소이다. 하지만 불립마제 풍천양(豊天陽)조차 그 아이의 태음절맥을 타통시켜 주지 못했소. 그 아이는 스무 살이 되기 전에 혈맥이 막혀 죽게 될 것이오. 그런 아이에게까지 현상금을 건다는 것은 너무 잔인한 일이외다. 그 아이의 목에 걸린 현상금에 눈이 먼 추적자들이 날뛰게 되면 자칫 사마의 무리들을 결속시킬 수가 있소."

역시 당세의 현자답게 남궁현은 세상의 흐름을 정확히 읽고 있었다. 단목휘도 동조했다.

"문상의 말씀이 지당하오. 마왕의 딸이라는 태생 때문에 현상금이 걸린다는 건 옳지 않소. 본인이 천하에 현상포고령을 내린 이유는 악에 대한 응징일 뿐 사마의 무리들을 멸절시키자는 의도는 아니었소. 자식이 부모의 악업을 뒤집어쓰는 건 지나친 억압이오."

연풍헌은 쓴 입맛을 다시며 말을 받았다.

"천주까지 그리 말씀하시니 풍요원에 대한 현상금은 철회토록 하겠소. 하지만 태양천에 대한 도전을 한 번 묵인한 이상 악도들의 도전은 더욱 거세질 것이오."

그는 옷자락을 떨치며 정자를 내려갔다. 일진광풍과 함께 그는 사라졌다.

단목휘는 몸을 돌려 의자에 앉았다.

"탕마수좌를 불러들이시오. 환유성과 맞섰다면 쾌검을 견식했을 테니 소상히 들어보아야겠소."

"알겠소이다, 천주."

남궁현은 포권을 취하고는 정자를 내려갔다. 무공을 전혀 모르는 그는 하얀 대리석이 깔린 보도를 따라 서둘러 걸음을 옮겼다.

단목휘는 잔에 차를 따르며 턱을 어루만졌다.

"환유성이라… 꼭 한 번 만나보고 싶은 인물이군."

2

낙양(洛陽)은 오랜 역사와 전통을 자랑하는 옛 성도다. 세상의 주인
이 몇 번 바뀌면서 찬란한 유적들이 비바람에 빛을 바랬지만 아직도
성내 곳곳은 고풍스런 영화를 간직하고 있었다.

낙양 북쪽에는 공동묘지로 유명한 북망산(北邙山)이 있다.

북망산의 무덤은 수천 수만을 헤아린다. 특히 꽃다운 나이에 궁녀로
궁궐에 들어가 천자의 성은(聖恩) 한 번 받아보지 못한 채 죽어간 궁녀
들의 한이 서려 있는 무덤이 많아 대낮에도 싸늘한 냉기가 흐른다.

낮에도 인적이 드문 북망산의 골짜기들은 밤이 되면 약초꾼이나 나
무꾼조차 찾아볼 수 없는 죽은 자들만의 세상이 된다.

우우―!

무덤을 파헤치는 여우들의 울음소리가 소름 끼치게 들려온다. 몇 마
리 여우가 어둠 저편에서 들려오는 가벼운 말발굽 소리에 귀를 쫑긋거
리며 수풀 속으로 숨어든다.

소추는 수북이 쌓인 낙엽 더미에 무릎까지 푹푹 빠지면서도 쉼없이
발걸음을 놀렸다.

환유성은 주변을 쓸어보며 어둠 저편으로 보이는 도관(道觀)의 형상
을 찾아내고는 소추의 목덜미를 다독였다.

"소추, 오늘은 그나마 이슬을 피할 수 있을 것 같구나."

태양천의 탕마검수들을 물리치고 마왕의 딸인 풍요원을 구하는 바람에 그는 갑작스레 쫓기는 신세가 되어버렸다.

제법 규모있는 성도마다 태양천 무사들이 순시하며 그의 존재를 찾고 있었다. 또한 태양천에 동조하는 백도의 무리들 역시 그의 행적을 쫓고 있었다.

갑작스레 천하의 영웅으로 부각된 요동의 이방인에 대한 질시 때문일까? 중원의 무사들은 다투듯 그를 쫓는 데 혈안이 되었다.

번거로움을 싫어하는 환유성으로서는 참으로 짜증스런 일이 아닐 수 없었다. 이후 그는 아예 산중으로만 이동하며 그들과의 충돌을 피했다. 그가 낙양을 우회해 북망산을 찾아든 것도 그런 이유에서였다.

벽이 군데군데 허물어진 건물은 도관이 아니라 오래전에 세워진 관제묘였다.

관제묘는 삼국시대의 영웅인 관우를 모신 사당이다.

오나라 장군 여몽의 계략에 의해 사로잡혀 참수를 당한 관우는 죽어서 신이 되었다. 풍요와 재물을 가져다 준다는 속설 때문에 관우를 모시는 관제묘는 공자의 사당보다 많았다.

관제묘 안으로 들어선 환유성은 풀풀 날리는 먼지에 콜록콜록 기침을 터뜨렸다. 소추 역시 콧속으로 파고드는 먼지에 진저리를 치며 연신 재채기를 했다.

어느 누군가 관제묘의 힘을 빌어 북망산의 냉기를 씻으려 했지만 찾아오는 사람이 없어 폐관이 된 듯싶었다.

지붕의 절반이 붕괴돼 달빛이 환하게 스며든다.

환유성은 말안장을 펼쳐 대충 자리를 잡고는 몸을 눕혔다. 가을이라

밤 공기가 차다. 산중의 밤이라 더욱 그러했다.

풍요원을 돕다 쫓기는 신세가 되었지만 그는 자신의 한 일에 대해 전혀 후회를 하지 않았다.

그는 살아오면서 한 번도 자신이 한 일에 대해 후회한 적이 없었다. 작심한 일은 반드시 성사시키며 곧바로 잊는다. 하기에 후회란 그에게 존재하지 않는 어휘다.

사실 탕마수좌가 배포한 환유성에 대한 수배령은 단목휘의 천주령에 의해 이미 철회되었다. 태양천 검수들을 부상케 한 사건은 아주 가볍게 처리되었기에 그가 번화한 성도의 어느 객잔에서 쉬든 이제 그를 쫓을 사람은 없었다.

그러나 태양천 무사들에 의해 몇 번 추적을 당한 이후 줄곧 산중으로만 이동한 환유성은 그런 상황을 전혀 모르고 있었기에 공연히 고생만 하는 중이었다.

우우우―!

멀리 여우의 울음소리가 들려온다. 갑작스레 주변이 소란스러워지며 산새들이 후드득 날아간다.

환유성의 발치에서 엎드려 자고 있던 소추의 귀가 쫑긋 세워졌다. 수상한 기척을 느낀 소추는 몸을 일으키며 환유성의 얼굴을 혀로 후룩 핥았다.

환유성은 귀찮은 듯 돌아누웠다.

"놔둬. 날 건드리지만 않으면 돼."

그가 관도를 피해 이동하는 이유는 태양천 무사들이 두려워서가 아니었다. 무의미한 충돌이 귀찮았기 때문이다. 일부러 피해왔는데도 집요하게 추적해 온다면 싸울 수밖에 없는 일이다.

소추는 주인의 그런 성격을 알아챈 듯 이빨로 가죽 자리를 물고는 단상 뒤로 질질 끌었다.

단상에 세워진 관우, 유비, 장비 삼 형제의 나뭇조각상은 반 토막만 남은 상태. 단상 뒤는 달빛이 스며들지 않아 여간해서는 찾아내기 힘든 위치였다.

관제묘 안으로 들어선 자들은 험상궂게 생긴 청년들이었다. 그들 넷은 하나같이 커다란 보따리를 등에 메고 있었다.

청년 하나가 화섭자를 흔들어 작은 횃불을 만들었다.

"이번에는 당주님도 만족하실 거야."

"물론이지."

"이제 우리도 궁(宮)의 일원이 될 수 있는 거겠지?"

청년들은 아무 데나 걸터앉으며 호로병을 꺼내 목을 축였다. 이때였다.

"왔느냐?"

컬컬한 음성과 함께 검은 장삼의 중년인이 관제묘 안으로 들어섰다. 아주 날랜 신법이었다. 게다가 푸른 기운이 감도는 얼굴빛 때문에 중년인의 등장은 마치 귀신이 들어선 듯 섬뜩했다.

청년들은 얼른 일어서며 포권을 취했다.

"예, 당주님."

"저희 낙양사호(洛陽四狐), 진작 도착해 있었습니다요."

말이 좋아 낙양사호지 네 청년은 낙양 일대를 떠도는 파락호들이었다. 행인들의 주머니를 털고, 때로는 부호의 집에 뛰어드는 도적 행각을 일삼는 자들이었다.

당주라 불린 중년인은 팔짱을 낀 채 오만하게 지시했다.

"어디 보자."

낙양사호는 서둘러 자루의 주머니를 열었다.

놀랍게도 자루마다 어린아이들이 들어 있었다. 그들은 무슨 목적에서인지 어린아이들을 유괴해 온 것이다. 열 살 내외의 어린아이들은 부호의 자제들인지 비단 잠옷을 걸치고 있었다.

당주는 가볍게 턱짓을 보냈다.

"혈도를 풀어주어라."

낙양사호가 어린아이들의 수혈을 풀어주자 어린아이들은 졸린 눈을 비비며 일어나 앉았다. 겨우 정신을 차린 아이들은 낯선 장소와 음침한 분위기에 놀라 냅다 울음을 터뜨렸다.

"앙, 앙, 무서워!"

"엄마— 아버지—!"

관제묘는 졸지에 울음바다가 되었다. 새파랗게 질린 아이들은 서로를 부둥켜안으며 애원했다.

"살려주세요!"

아이들을 쓸어보던 당주는 잔뜩 인상을 찌푸렸다.

"이번에도 아무 쓸모 없는 놈들만 데려왔구나!"

낙양사호 중 첫째가 궁색한 변명을 늘어놓았다.

"아, 아닙니다요, 당주님. 낙양에서 그나마 고르고 고른 아이들입니다요. 어린 나이에도 글줄을 읽을 줄 알고 제법 강단이 센 녀석들입죠."

둘째가 아이들에게 버럭 호통을 쳤다.

"이놈들, 뚝 그치지 못하겠냐!"

놀란 아이들은 잔뜩 겁을 집어먹고 더욱 서럽게 울어댔다.

당주는 고개를 내저었다.

"이런 겁쟁이들은 소용없다. 대범하면서도 영특한 아이여야 한다고 몇 번이나 말하지 않았더냐?"

부아가 치민 셋째가 스르릉 칼을 뽑아 들었다.

"울지 말란 말이다, 이놈의 새끼들! 죽고 싶으냐?"

아이들은 서슬 퍼런 칼날을 대하자 자신들의 손으로 입을 틀어막았다. 간담이 약한 둘은 앉은 채로 오줌을 줄줄 싸댔고 한 아이는 아예 혼절하고 말았다.

넷째가 비교적 또렷한 눈망울을 가진 한 사내아이를 가리켰다.

"당주님, 이놈이라면 안 될깝쇼?"

당주는 화살촉 같은 눈빛으로 사내아이를 쏘아보았다.

"네 이름이 무엇이냐?"

사내아이는 와들와들 떨면서 겨우 입술을 떼었다.

"노, 노원충… 입니다."

"네가 우리의 일을 도와준다면 목숨을 살려줄 뿐 아니라 큰 상을 내리겠다. 해보겠느냐?"

"무, 무슨 일인데요?"

"흐음, 아쉬운 대로 쓸모가 있겠군."

당주는 가볍게 고개를 끄덕이고는 낙양사호에게 지시했다.

"다른 녀석들은 없애 버려!"

낙양사호 중 셋은 아이들을 향해 다짜고짜 칼을 휘둘렀다.

실로 잔악한 자들이었다. 어린아이들의 유괴와 살해는 국법으로도 금하는 아주 흉악한 범죄 행위였다. 그러나 이들에게 사람다운 면은 그다지 찾아볼 수 없었다.

세 아이들은 비명도 지르지 못한 채 입만 딱 벌렸다.

번쩍!

관제묘 안으로 한줄기 섬광이 피어올랐다.

"악!"

"크악!"

어둠을 가르는 하얀 섬광이 가셨을 때 낙양사호의 몸뚱이는 처참하게 베어진 채 바닥에 쓰러져 있었다. 차라리 목이 베어졌으면 깨끗한 죽음이었을 것이다. 하지만 환유성은 현상금이 걸린 자들만 목을 벤다.

단상 뒤에서 나선 환유성은 아이들 앞을 막아섰다.

"네놈들 일에 나서기는 싫지만 어린아이들의 울음소리가 정말 귀찮게 만드는군."

당주의 푸른 얼굴이 살기로 인해 더욱 푸르뎅뎅하게 변했다. 경이적인 쾌검식을 본 그는 바싹 긴장한 모습이었다.

"네놈은… 대체 누구냐?"

"알 것 없어."

"네놈이 감히 악인궁의 일을 방해하고도 살아남기를 바라느냐?"

"악인궁?"

"그렇다. 난 악인궁의 순찰당주인 청면귀살(靑面鬼煞) 번주(鱕周)라는 사람이다."

그는 악인궁이란 호칭에 힘을 주어 내뱉었다.

환유성의 입가에 희미한 미소가 어렸다. 어쩔 수 없이 곤한 잠자리에서 털고 일어섰다가 예기치 않게 금살명부의 악도를 만나게 된 것이다.

"악인궁의 순찰당주가 그렇게 대단한 직함이냐?"

"큭, 세상 물정을 전혀 모르는 놈이군. 본 궁은 정파 연합 세력에 의해 잠시 문을 닫았을 뿐이다. 악인궁은 여전히 세상에 존재한다!"

청면귀살 번주의 말은 사실이었다.

악인궁은 갖은 추악한 범죄자들의 집단이었다.

그들에게는 체면이고 명예고 없었다. 악인궁 총단이 공격을 당하자 악인궁의 다섯 수괴인 오대악인과 육대당주는 뒤도 안 돌아보고 달아났다. 하기에 악인궁의 현판은 박살 났어도 그 세력은 여전히 세상 곳곳에 퍼져 있는 것이다.

환유성은 자신의 좌우에 붙어선 채 장삼 자락을 잡고 오들오들 떠는 아이들의 머리를 쓰다듬으며 물었다.

"너와 탈명귀검 소중살은 어떤 관계냐?"

"탈명귀검? 네가 어찌 소중살 형님을 알고 있느냐?"

"내가 그자의 목을 베었거든."

너무도 태연한 환유성의 말투에 번주는 자신의 귀를 의심했다.

"뭐, 뭣이라고?"

번주는 환유성을 서너 번 훑어보고는 눈을 커다랗게 뜨며 뒷걸음질을 쳤다.

"서, 설마 반검무적 환유성?"

환유성은 툴툴 마른 웃음을 흘렸다.

"네놈들이 날 알아본 볼 만큼 유명해졌나 보군."

번주는 뒤로 안 돌아보고 달아났다. 그로서는 목숨이 걸린 중대한 순간이었기에 혼신의 힘을 다한 도주였다. 그러나 환유성의 쾌검은 그보다 빨랐다.

번쩍!

무흔쾌섬의 검식이 빛살처럼 그의 신법을 쫓았다. 그는 등골이 오싹해진 순간 본능적으로 오른손을 휘저어 막았다. 덕분에 그는 목이 베어지는 참살은 면할 수 있었다.

"크윽!"

번주는 베어진 오른 팔뚝을 감싸 쥐며 그대로 몸을 날렸다. 부상의 고통보다는 살겠다는 의지가 더 강했던 것이다.

그의 팔꿈치서부터 떨어져 나간 팔뚝이 펄떡펄떡 뛴다. 아이들은 너무도 끔찍한 참상에 모두들 고개를 처박았다.

환유성은 미간을 찌푸리며 고개를 저었다.

"내 쾌검이 빗나가기도 처음이군."

그러했다. 상대의 목을 겨눈 쾌검은 여태껏 한 번도 실패한 적이 없었다. 한데 번주는 팔 하나를 잃은 대신 목이 베어지는 비명횡사를 모면하였다.

번주는 환유성이 바로 쫓아오지 않자 겨우 안도의 한숨을 내쉬었다. 무덤 사이로 뛰어든 그는 이를 부득부득 갈며 소리쳤다.

"환가야, 자신있으면 악인별궁으로 오너라!"

옷자락을 찢어 상처 부위를 감싼 번주는 이내 어둠 저편으로 사라졌다.

환유성은 우는 아이들을 달래며 소추의 안장에 차례로 태웠다. 그는 소추의 고삐를 쥔 채 움직였다.

산중에서 내려온 환유성은 민가의 사람들을 깨워 아이들을 맡겼다.

그가 직접 아이들을 집까지 데려다 준다는 건 너무도 번거로운 일이었다. 다행히 아이들은 하나같이 낙양 부호들의 자제들이라 양민들은 그 이름만 듣고도 대번에 고개를 끄덕였다.

양민들로서는 납치된 부호의 자제들을 무사히 데려다 줄 수 있다는 사실에 무척 기뻐했다. 적어도 그들 손에 은자 수십 냥은 쥐어질 선행이었기 때문이다.

소추를 타고 다시 관제묘로 돌아온 환유성은 달아난 청면귀살 번주의 흔적을 찾았다.

아직 여명 무렵이었지만 환유성은 어렵지 않게 간간이 이어진 피의 흔적을 발견할 수 있었다. 팔이 베어진 번주가 달아나면서 흘린 핏자국이었다.

환유성의 모처럼의 현상범 추적에 가벼운 흥분을 느꼈다.

"악인별궁이라… 목 벨 놈들이 많겠군."

3

귀곡(鬼谷)은 북망산에서 북서쪽으로 백여 리쯤 떨어진 곳에 위치한다. 산의 크기에 비해 골짜기가 깊고 여러 갈래로 뻗어 있어 한번 들어서며 쉽사리 방향을 가늠하기 어렵다.

귀곡은 본래 기화요초가 만발한 아름다운 골짜기였다. 한데 수년 전부터 골짜기로 들어선 나무꾼, 약초꾼, 사냥꾼들이 하나둘 죽어가면서 점점 무서운 소문이 퍼져 나가기 시작했다.

귀신이 출몰하여 사람들을 죽이고 장기까지 베어 먹는다!

이를 수상히 여긴 관부의 군병들과 몇몇 무림인들이 계곡 안으로 들어섰다. 하지만 그들 역시 돌아오지 못하는 불귀의 객이 되고 말았다.

이후, 골짜기는 귀곡이라 불리게 되었다.

청면귀살 번주는 피투성이가 된 채 비틀비틀 귀곡 안으로 들어섰다. 바닥에 너저분하게 깔린 해골이 그의 발에 밟혀 푸석푸석 부서진다.

"크으으, 나 청면귀살이 이런 수모를 당할 줄이야!"

번주는 부상 부위에서 전해지는 고통에 진저리를 치며 힘겹게 걸음을 옮겼다.

그는 계곡의 지리를 잘 아는 듯, 여러 갈래의 계곡 사이를 머뭇거림도 없이 지나쳤다.

계곡 높은 곳에서 희미한 인기척이 들려왔다. 위장 거적을 뒤집어쓴 자들이었다. 그들은 번주의 신분을 확인하고는 새 울음소리를 발해 신호를 보내주었다.

번주는 깎아지른 벼랑 사이로 들어섰다.

협곡의 틈새는 사람 하나 빠져나갈 만큼 좁은 데다 잔목과 넝쿨이 늘어져 있어 여간해서는 찾아낼 수 없는 비밀 출입구였다.

협곡을 사이에 두고 귀곡의 정경은 완전히 달라졌다.

바깥은 죽음의 냄새가 물씬 풍기는 험악한 살풍경이었지만 협곡 내부는 그야말로 신선의 세계처럼 아름다웠다. 울창한 수림과 화려한 꽃들이 절묘한 조화를 이루고 있었다. 군락을 이룬 과일나무에서는 풍성한 열매가 가지가 휘어지도록 매달려 있었다.

융단처럼 펼쳐진 풀밭 사이를 굽이굽이 흐르는 실개천에서는 하얀 김이 모락모락 피어오른다. 물은 맑았지만 발을 담그면 살이 익을 만큼 뜨겁다. 온천수였기 때문이다.

귀곡이 외부 세계와 달리 무르익은 봄날의 기운을 간직하고 있는 이유는 유난히 뜨거운 지열과 온천수 덕분이다. 하기에 이곳만큼은 겨울의 동장군도 침범하지 못한다.

계곡 곳곳에는 나무와 돌로 엮은 모옥들이 세워져 있었다. 계곡 내부를 병풍처럼 둘러싼 벼랑 아래 곳곳의 동굴까지 합하면 적어도 삼백여 명은 상주하고 있는 듯싶었다.

번주가 비틀비틀 들어서자 병장기를 휴대한 청년 몇이 급히 다가섰다.

"당주?"

"아니, 대체 어찌 된 일입니까, 순찰당주?"

번주는 진땀을 흘리며 사납게 외쳤다.

"어서 세 분 궁주께 아뢰야 한다, 어서!"

계곡 안쪽으로 제법 커다란 건축물이 세워져 있었다. 통나무로 기둥을 세우고 돌을 깎아 붙인 근사한 전각은 작은 궁전처럼 보였다.

악인별궁(惡人別宮).

편액에 새겨진 악인별궁이라는 네 글자가 핏빛처럼 붉다. 궁전 안으로 들어선 번주는 단상을 향해 무릎을 꿇었다.

"크으, 이궁주(二宮主)! 속하의 원한을 갚아주십시오."

단상에는 세 개의 화려한 태사의가 놓여 있는데 가운데 좌석에만 한 노인이 앉아 있었다.

자그마한 체구에 머리통만 유난히 큰 기괴한 노인이었다. 머리카락 한 올 보이지 않는 머리는 쭈글쭈글 주름져 마치 머리 속의 뇌피질이 그대로 투영된 듯 보였다.

악중뇌(惡中腦)!

악인궁 오대악인 중 둘째다. 그의 두뇌는 나쁜 쪽으로만 발달해 음모와 술수에 아주 능하다. 태양천주마저 그의 계략에 빠져 죽을 뻔한 일도 있었다.

악중뇌의 두 눈이 쥐눈처럼 반짝인다.

"소상히 아뢰어라, 순찰당주."

"속하가 세 분 궁주님의 명을 받들어 영물을 유인하기 위한 미끼로 쓸 아이들을 구하러 갔다가……."

"거두절미!"

악중뇌는 손을 휘둘러 베는 동작을 취했다.

번주는 잔뜩 두려운 표정을 지으며 상황을 간추려 빠른 어조로 아뢰었다.

"관제묘에서 낙양사호가 납치해 온 아이들을 접수하던 중 기습을 받게 되었습니다. 워낙 빠른 쾌검이라 팔 한쪽을 잃고 말았습니다."

"놈이 누구냐?"

"요동에서 왔다는… 환유성이란 놈입니다."

악중뇌의 표정이 돌처럼 딱딱하게 굳어졌다.

"환유성? 하면 형법당주였던 탈명귀검의 목을 벤, 그 죽일 놈이란 말이냐?"

"트, 틀림없습니다. 분명 반검무적 환유성이란 놈이었습니다."

악중뇌는 쥐눈을 반짝이며 수염 한 올 없는 턱을 어루만졌다.

"천잔방 수괴인 단비사도의 목까지 벤 놈의 무공이라면 네놈의 목도 베어졌어야 당연한데?"

번주는 잔뜩 목을 움츠렸다.

"속하는 절정의 신법을 구사해 겨우……."

"이런 찢어 죽일 놈!"

악중뇌의 폭갈이 끝나기도 전에 난데없이 한 자루 낫이 날아들었다. 번주의 백회혈을 꿰뚫은 낫은 아래턱까지 비집고 나왔다.

"크… 아악!"

번주는 몹시 고통스런 비명을 지르며 옆으로 풀썩 쓰러졌다. 자루 끝에 가는 쇠사슬이 달린 낫은 누군가의 손에 의해 뽑혀졌다.

"나야 즐겁지만 왜 죽이라 했소, 형님?"

번주의 옷에 대고 낫에 묻은 피를 닦는 인물은 얼굴이 온통 흉터로 얼룩진 파면노인이었다. 붉은빛이 감도는 두 눈에서 뿜어지는 흉포한 눈빛은 마치 지옥의 나찰처럼 끔찍해 보였다.

악중잔(惡中殘)!

악인궁 오대악인 중 다섯째이지만 가장 잔혹한 손속의 소유자이다. 그는 상대를 고통스럽게 죽이는 데 희열을 느낄 만큼 악랄한 살인광이다.

악중뇌는 자신의 주름진 머리통을 긁적였다.

"저 멍청한 놈 때문에 자칫 십년공부 나무아미타불이 되겠구나. 반검무적이란 놈은 끈질긴 현상범 추적자다. 게다가 청면귀살이 팔까지 베어져 피를 질질 흘리고 예까지 도망쳐 왔으니, 놈이 악인별궁을 찾아내는 건 손바닥 뒤집는 것보다 쉬운 일이 됐어."

악중잔은 낫에 묻은 피를 혀로 핥았다.

"무엇이 두렵소? 그냥 죽여 버리면 되지."

"그렇게 간단하지가 않아. 단비사도는 흑도무림계에서도 서열 삼십 위권 안에 드는 초절정급 무공의 소유자가 아니더냐? 놈이 단비사도의 목을 베었다면 큰형님이나 셋째가 있어야만 상대가 된다."

악중잔의 입가에 비릿한 미소가 새겨진다.

"크흣. 형님, 소제를 너무 졸로 보셨소. 그래 봐야 요동의 촌놈이 아니오? 내 놈을 잡아 삼백육십 가지의 독형을 가해 천천히 죽여 버리겠소."

"막내는 탕마추적대의 탕마수좌 역시 놈을 당해내지 못했다는 소문을 못 들었느냐?"

"뭐요? 그, 그런 일도 있었단 말이오?"

악중잔의 눈빛이 가늘어졌다.

악중뇌는 중대한 이유로 악인별궁에 숨어 살았지만 세상의 흐름과 정보에는 아주 정통했다. 천하 도처에 깔린 악인궁의 악도들 역시 비합전서를 통해 정보를 주고받기 때문이다.

그는 뒤뚱뒤뚱 단상에서 내려섰다.

"놈을 제압하려면 우리 셋이 힘을 합쳐야 한다."

그는 주변을 둘러보았다.

"악중요(惡中妖)는 어디에 있지?"

"누님은 지금 발가벗고 햇살을 쬐는 중이오."

4

환유성은 미시를 약간 넘겨서 귀곡의 입구로 들어섰다. 소추는 계곡 밖에 세워두었다.

계곡 안쪽에는 널브러진 해골들의 잔해로 뒤덮여 있어 지독히도 음산했다. 몇 구의 시체는 죽은 지 얼마 안 된 듯 아직 삭지 않아 더욱 흉측스러웠다.

환유성은 역한 악취 속을 지나면서도 눈썹 하나 까딱하지 않았다. 번주가 남긴 흔적을 찾아가는 그의 눈빛은 드물게 예리한 기운을 발했다.

까악! 까악!

허공에서 들려오는 까마귀 소리에 그는 천천히 고개를 쳐들었다. 새 울음소리가 들려왔지만 까마귀는 보이지 않았다. 까마귀 울음소리에 놀란 산새 몇 마리가 푸드득 날아오를 뿐이었다.

'까마귀 소리를 흉내 낸 신호성이군.'

환유성은 계속 계곡 안쪽으로 들어갔다.

계곡은 거미줄처럼 여러 갈래로 뻗어 있었다. 넓었다 좁아지고, 낮았다 높아지는 형세가 아주 복잡했다. 일순 그의 눈알이 옆으로 돌아갔다.

"아악!"

여인의 다급한 비명 소리였다. 여인은 곧 숨이 멎을 듯 연신 악을 써댔다.

커다란 바위 아래 거대한 구렁이가 혓바닥을 날름거리며 먹이로 잡은 여인을 향해 독기 어린 침을 질질 흘리고 있었다.

삼십 대 초반으로 보이는 여인은 상당히 육감적인 몸매의 소유자였다. 들어갈 데와 나올 데가 분명한 풍만한 여체는 거의 나신에 가까웠다.

구렁이의 똬리 속에 갇힌 여인은 구렁이를 마구 할퀴다 환유성을 보고는 절규에 가까운 비명을 질러댔다.

"아악! 사, 살려주세요! 살려주세요, 공자!"

환유성은 잠시 그녀를 응시하다 천천히 다가섰다.

"어서요. 아악! 어서요!"

여인은 구렁이가 아가리를 쩍 벌리며 물어오자 혼절할 듯 외쳤다.

환유성은 약간 거리를 둔 채 물끄러미 바라보다 몸을 돌렸다.

참으로 무정한 냉혈한이 아닐 수 없었다. 그는 구렁이가 여인을 잡아먹든 말든 상관하지 않고 계곡 벼랑을 두루 살폈다.

그러자 구렁이에 휘감긴 여인의 입에서 욕설이 터져 나왔다.

"이, 이런 쳐 죽일 놈 봤나! 네가 인간의 탈을 쓰고서 어찌 이럴 수 있단 말이냐?"

환유성은 권태로운 눈빛으로 그녀를 돌아보았다.

"악인궁의 악녀 맞지?"

자신의 연기가 탄로난 여인은 날렵한 신형으로 구렁이의 똬리 속에서 빠져나왔다.

은밀한 부위만 손바닥만한 천으로 가린 그녀의 나신은 실로 관능적이었다. 잘 익은 복숭아를 반으로 쪼개 얹은 듯한 젖가슴은 손끝만 대면 터질 만큼 팽팽해 보였다. 허리는 잘록했고 엉덩이는 펑퍼짐했다.

게다가 햇살에 잘 태운 연한 구릿빛 피부가 더욱 진한 색기를 뿜고 있었다.

카우우우―!

갑작스레 먹이가 빠져나가자 구렁이는 독기를 뿜으며 여인의 뒷덜미를 물어왔다. 여인은 돌아보지도 않고 손만 어깨 뒤로 돌려 지풍을 퉁겼다.

캐애액!

머리가 관통된 구렁이는 날카로운 비명을 지르며 뒤로 날아갔다. 가히 초일류급의 솜씨였다.

여인은 자신의 몸매를 과시한 듯 요염하게 걸음을 옮기며 환유성 쪽으로 다가섰다. 씰룩거리는 풍만한 둔부가 사뭇 매혹적이었다.

"네가 반검무적이라는 요동의 촌놈이냐?"

"악인궁 다섯 수괴 중 하나가 천한 색녀라 들었는데, 바로 너냐?"

"호호호, 정말 마음에 들어. 잘생긴 놈이 배짱까지 두둑하구나."

여인은 버들가지처럼 가는 허리를 요란스레 흔들어댔다.

악중요(惡中妖)!

악인궁 다섯 수괴 중 넷째로 유일한 여인의 몸이다.

그녀의 나이 육순에 가까웠지만 갖은 약물을 복용하고 뛰어난 화장술을 지녀 삼십 대로 보인다. 게다가 채양보음술까지 터득한 그녀는 숱한 청년 무사들의 양기를 빨아들여 처녀와 다름없는 몸매를 유지하고 있었다.

악중요는 자신의 풍만한 젖가슴을 주물럭거리며 눈웃음을 쳤다.

"네놈은 정말 악독해. 아무리 거짓을 가장한 연기라 해도 구렁이에게 잡아먹힐 여인은 구해야 하는 것 아니냐?"

"네 연기가 너무 서툴러 구역질이 나더군."

"호홋, 네놈은 혓바닥에 비수를 달았느냐? 한마디 한마디가 내 가슴을 찔러 흥분되게 만드는구나."

악인궁의 요녀는 은밀히 색공을 펼치는 중이었다. 상대를 유혹해 심기를 흐리게 만드는 색공은 그녀의 절기 중 하나였다. 정기로 가득 찬 협사들도 그녀의 색공에 걸리면 꼼짝없이 색의 노예가 되고 만다.

악중요는 자신의 사타구니 사이를 어루만지며 콧소리를 냈다.

"흐웅, 네가 너무 좋아. 진정한 영웅은 여인을 울리지 않지."

그녀는 잔뜩 교태 어린 표정을 지으며 추파를 던졌다.

"어서… 어서 날 안아줘."

그녀는 상대의 혼백을 태워 버릴 듯한 살인적인 미소를 머금으며 유일한 옷이라 할 수 있는 속옷을 천천히 밀어 내렸다.

순간, 허공에서 다급한 음성이 터져 나왔다.

"피해라!"

악중요의 눈빛이 흔들리는 순간 아찔한 섬광이 날아들었다.

번쩍!

그녀는 본능적인 위기를 느끼며 급히 몸을 뒤로 눕혔다. 그러나 싸늘한 검기는 계속 그녀의 목을 향해 뻗어왔다.

'죽었다!'

악중요는 절망감에 눈앞이 아득해졌다. 살고 싶은 간절한 욕망 때문인지 죽음에 대한 공포는 너무도 강렬했다. 다행히 한 자루 낫이 날아들며 쾌검의 방향을 틀어주었다.

차앙—!

금속성이 터졌을 때는 이미 검광이 사라진 후였다.

또르륵!

핏방울이 악중요의 볼을 타고 흐른다. 가까스로 목숨을 구했지만 볼에 세 치 길이의 검흔이 새겨지는 것은 피할 수 없었다. 그녀는 목숨처럼 소중히 여긴 자신의 얼굴이 상했다는 사실에 전신을 와들와들 떨었다.

그녀의 두 눈에 새파란 살기가 돌았다.

"이… 이 새끼, 토막을 쳐주겠다!"

그녀를 구한 사람은 악중잔이었다. 만일 그가 만반의 준비를 갖추고 있지 않았더라면 악중요의 색기 어린 몸뚱이는 한갓 고깃덩이로 변했을 것이다.

악중잔은 낫을 쥔 손잡이를 타고 흐르는 피를 보며 눈을 가늘게 떴다. 쾌검은 막아냈지만 그의 손아귀가 터진 것이다.

"으음, 실로 무서운 쾌검이군."

환유성은 자신의 쾌검이 저지된 사실에 내심 놀라지 않을 수 없었다.

'과연 악인궁의 수괴답군. 단비사도보다 강한 자다.'

악중뇌는 협곡의 입구에 서 있었다. 그는 계략 어린 눈알을 데굴데굴 굴리며 외쳤다.

"놈의 무서움은 쾌검에 있다! 최대한 거리를 두고 공격해 봐라!"

악중잔과 악중요는 환유성을 사이에 두고 좌우로 갈라졌다.

악중잔은 쇠사슬을 쥐고 낫을 빙글빙글 돌렸다.

악중요는 머리카락 속을 헤집어 암기를 꺼내 쥐었다. 그녀의 특기는 전신에서 뿜어내는 암기다. 거의 벗다시피 한 상태에서도 최소한 다섯 개의 암기를 몸에 지니고 있다.

두 명의 절세적 악인들을 상대하는 환유성으로서는 지극히 곤란한 상황이었다. 악중뇌가 지적한 대로 그의 절기는 빛살 같은 쾌검식이다. 하지만 상대가 이 장 이내로 들어오지 않으면 그의 검식은 그만큼 위력을 잃게 된다.

"뒈져라!"

자신의 얼굴이 훼손된 분노에 젖은 악중요는 독이 발린 악랄한 암기를 내던졌다.

그녀의 암기 실력은 아주 뛰어나 암기 하나하나 마다속도를 달리한다. 게다가 호선의 각도마저 다양해 웬만한 절정급 고수도 피해내기 힘들다.

환유성은 반검을 스르릉 뽑아 들었다. 지금은 공격보다 방어가 중요한 상황이었다.

다행히 그는 혜심무도라는 상승의 경지에 올라 있었다. 심안을 통해 보여지는 악중요의 암기세례는 그다지 빠르지 않았다. 바늘처럼 가는 암기 하나하나를 헤아릴 수 있을 정도였다.

태― 태태탱―!

환유성은 반검을 휘둘러 암기세례를 모두 쳐냈다. 그로서는 느리게 날아드는 암기를 하나씩 쳐냈을 뿐이지만 외부에서 보여지는 그의 모습은 그야말로 신기였다.

"허억! 설마 놈이 무도의 경지에 이르렀단 말인가?"

악의 두뇌를 지닌 자답게 악중뇌의 판단은 아주 빨랐다.

악중잔은 쇠사슬에 달린 낫을 힘껏 내던졌다.

쐐애액―!

낫은 삼 장 멀리 뿌려졌지만 쇠사슬에 연결돼 있어 그 움직임이 현란했다. 낫은 환유성의 가슴을 후벼 팔 듯하다 위로 비스듬히 틀어지며 환유성이 목을 노려왔다.

차앙―!

환유성은 가볍게 반검을 휘둘러 낫을 쳐냈다. 낫은 강한 충격에 퉁겨져 악중잔 쪽으로 되돌아갔다.

악중잔은 낫을 받아 들고는 안광을 폭사시켰다.

"단비사도가 어처구니없이 죽을 만했군."

각기 일초를 교환한 악중요와 악중잔은 잔뜩 긴장했다. 쉽지 않은 상대를 만났음을 직감한 것이다.

환유성 역시 가슴이 답답해졌다.

마검노인을 통해 무흔쾌검을 배운 이후 그는 자신의 쾌검에 충분한 자신감을 갖게 되었다. 마음만 먹으면 이 장 내의 누구도 벨 수 있을 만큼 그의 쾌검은 독보적인 경지에 이르렀다. 하지만 악중뇌는 그의 약점을 정확히 꿰뚫고 있었고, 악중요와 악중잔의 무공 또한 만만치 않았다.

그들에게는 일초필살의 쾌검이 통하지 않았다.

'이놈들의 목을 베려면 내 목숨도 걸어야겠군.'

세 사람은 섣불리 공세를 펼치지 못하고 일각 이상 대치 상태를 유지했다.

지켜보던 악중뇌는 나름대로 머리를 굴렸다.

'놈의 쾌검식은 절세적이다. 한순간의 방심으로 목이 달아난다. 그렇다면 별궁 안으로 끌어들여 수하들을 통해 지치게 만드는 것이 최상의 방법이다.'

그는 두 동생들을 향해 외쳤다.

"요와 잔은 별궁으로 물러서라!"

악중요는 볼의 상처를 매만지며 앙칼지게 반박했다.

"그렇게는 못해! 놈을 꼭 죽여야겠어!"

"악중요, 놈이 감히 악인별궁까지 들어설 만큼 간담이 큰지 보자꾸나."

악중잔은 악중뇌의 심중을 간파하고는 그녀의 손목을 잡아끌었다.

"둘째 형님 말씀이 옳소. 놈만 죽이면 되는 일 아니오?"

그는 환유성 쪽을 힐끔 살피며 염장을 질렀다.

"놈이 비겁하게 달아난다면 어쩔 수 없지만. 큭큭."

악중요도 그제야 눈치를 채고는 요사한 웃음을 흘렸다.

"요동의 촌놈, 내 목이 그렇게 탐난다면 따라오너라!"

이대악인은 이내 협곡 틈새로 사라졌다.

환유성은 검집에 검을 꽂고는 협곡 위를 올려다보았다.

협곡의 벼랑 중턱에는 악인궁의 무사들이 쇠뇌와 화살, 암석 더미를 쌓아놓고 있었다. 그가 협곡 안으로 들어서는 순간 퇴로를 봉쇄할 작정인 듯싶었다.

환유성은 오래 생각지 않고 협곡 안으로 들어섰다. 악인들의 소굴로 뛰어들었으니 이제 결과는 하나뿐이다.

그들 모두를 죽이고 살아 나오느냐, 아니면 그들의 손에 죽느냐다.

〈제2권에 계속〉

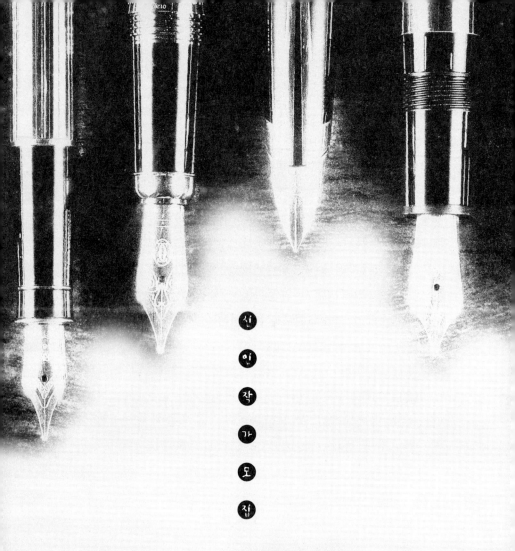

신

인

작

가

모

집

시작이 반이라고 했습니다.
작가의 길에 대한 보이지 않는 벽을 과감히 깨뜨리십시오!
청어람은 작가 지망생 여러분들의
멋진 방향타가 되어드리겠습니다.

저희 도서출판 청어람에서는
소설 신인 작가분들을 모집합니다.
판타지와 무협을 사랑하시는 분들의 많은 참여를 바랍니다.
소정의 원고(A4용지 150매)를 메일이나 우편으로 보내주시면
검토 후 출판 여부를 알려드리겠습니다.

주소:경기도 부천시 원미구 심곡1동 350-1 남성B/D 3F 우편번호420-011
TEL:032-656-4452 · **FAX**:032-656-4453
http://www.chungeoram.com
e-mail:chungeoram@chungeoram.com